O PECULIAR

STEFAN BACHMANN

O PECULIAR

Tradução
Viviane Diniz

1ª edição

GALERA
— **junior** —

RIO DE JANEIRO
2014

CIP-BRASIL. CATALOGAÇÃO NA FONTE
SINDICATO NACIONAL DOS EDITORES DE LIVROS, RJ

Bachmann, Stefan, 1993-
B12p   O peculiar / Stefan Bachmann; tradução Viviane
Diniz. - [1ª. ed.] - Rio de Janeiro: Galera Record, 2014.

Tradução de: The Peculiar
ISBN 978-85-01-40185-4

1. Ficção infantojuvenil americana. I. Diniz, Viviane.
II. Título.

13-06501   CDD: 028.5
                                      CDU: 087.5

TÍTULO ORIGINAL:
The Peculiar

Copyright © 2012 by Stefan Bachmann

Publicado mediante acordo com HarperCollins Children's Books, divisão da
HarperCollins Publishers.

Texto revisado segundo o novo Acordo Ortográfico da Língua Portuguesa.

Todos os direitos reservados. Proibida a reprodução, no todo ou em parte, através de
quaisquer meios. Os direitos morais do autor foram assegurados.

Composição de miolo: Abreu's System

Adaptação de layout de capa: Renata Vidal

Direitos exclusivos de publicação em língua portuguesa somente para o Brasil
adquiridos pela
EDITORA RECORD LTDA.
Rua Argentina, 171 – Rio de Janeiro, RJ – 20921-380 – Tel.: 2585-2000,
que se reserva a propriedade literária desta tradução.

Impresso no Brasil

ISBN 978-85-01-40185-4

Seja um leitor preferencial Record.
Cadastre-se e receba informações sobre nossos lançamentos e nossas promoções.

Atendimento e venda direta ao leitor:
mdireto@record.com.br ou (21) 2585-2002.

Para minha mãe e minha irmã,
que foram as primeiras a ler este livro.

Sumário

Prólogo — 9

Capítulo I — A coisa mais linda — 15

Capítulo II — Uma decepção privada — 26

Capítulo III — Asas negras e vento — 39

Capítulo IV — A Casa Sem Igual — 48

Capítulo V — Para evocar uma fada — 61

Capítulo VI — Melusine — 73

Capítulo VII — Uma ruim — 86

Capítulo VIII — Para pegar um pássaro — 97

Capítulo IX — Nas cinzas — 109

Capítulo X — O alquimista-mecânico — 120

Capítulo XI — A Criança Número Dez 135

Capítulo XII — A casa e sua fúria 146

Capítulo XIII — Fora do beco 161

Capítulo XIV — A coisa mais feia 178

Capítulo XV — O Mercado Goblin 192

Capítulo XVI — Bruxa 205

Capítulo XVII — A nuvem que cobre a lua 222

Capítulo XVIII — O Peculiar 241

Prólogo

P ENAS caíam do céu.
Como uma neve negra, flutuavam sobre uma antiga cidade chamada Bath. Rodopiavam até os telhados, acumulavam-se nos cantos dos becos e deixavam tudo sombrio e silencioso como um dia de inverno.

Os habitantes da cidade acharam aquilo estranho. Alguns se trancaram em seus porões. Outros correram para a igreja. A maioria abriu guarda-chuvas e continuou cuidando de suas vidas. Às quatro da tarde, um grupo de apanhadores de aves pegou a estrada para Kentish Town, levando suas gaiolas em suas carroças. Eles tinham sido os últimos a ver Bath como ela era, os últimos a abandonarem a cidade. Em algum momento da noite de 23 de setembro, ouviu-se um barulho terrível de asas e vozes, galhos estalando e ventos uivando, e então, em um piscar de olhos, Bath se foi, e só restaram ruínas, silenciosas e desoladas sob as estrelas.

Não houve chamas. Não houve gritos. Todos que estavam em um raio de 25 quilômetros desapareceram, então não restou ninguém para falar com o meirinho quando ele chegou na manhã seguinte, montado em seu cavalo cambaio.

Nenhum humano.

Um fazendeiro o encontrou horas depois, de pé sobre um campo pisoteado. O cavalo do meirinho tinha desaparecido, e suas botas estavam completamente gastas como se ele tivesse andado por dias a fio.

— Frio — disse ele, com um olhar distante. — Lábios frios, mãos frias, e tão peculiar.

Foi quando os boatos começaram. Monstros estavam se arrastando pelas ruínas de Bath, diziam os burburinhos, demônios magricelas e gigantes da altura de montanhas. Nas fazendas próximas, as pessoas prendiam ervas nos batentes das portas e amarravam suas persianas com fitas vermelhas. Três dias após a destruição da cidade, um grupo de cientistas veio de Londres para examinar o local onde ficava Bath, e, em seguida, foram vistos na copa de um carvalho nodoso, os corpos brancos e com o sangue drenado, os paletós completamente perfurados por galhos. Depois disso, as pessoas começaram a trancar suas portas.

Semanas se passaram, e os rumores ficaram ainda piores. Crianças desapareciam de suas camas. Cães e ovelhas ficavam coxos de repente. Em Gales, pessoas entraram nas florestas e nunca mais saíram. Em Swainswick, o som de um violino foi ouvido à noite, e todas as mulheres da cidade saíram de camisola a fim de seguir o som. Ninguém nunca mais as viu.

O Parlamento, pensando que isso podia ser obra de um dos inimigos da Inglaterra, ordenou que algumas tropas fossem a Bath imediatamente. Elas chegaram e, embora não tivessem encontrado rebeldes ou franceses em meio às pedras tombadas, acharam um caderninho velho pertencente a um dos cientistas que tinha encontrado seu fim no carvalho. Só havia algumas páginas preenchidas, meio manchadas e escritas às pressas, mas que causaram grande comoção em todo o país. O texto foi publicado em panfletos e jornais, até pintado com cal em muros. Açougueiros o leram; tecelões de seda o leram; crianças, advogados e duques o leram; e aqueles que não sabiam ler encontraram quem o lesse *para* eles em tabernas e praças da cidade.

A primeira parte era cheia de gráficos e fórmulas, intercalados por rabiscos românticos sobre uma pessoa chamada Lizzy. Mas conforme as anotações prosseguiam, as observações do cientista se tornavam mais interessantes. Ele escrevia sobre as penas que haviam caído em Bath, e dizia que não eram de nenhuma ave. Contava sobre pegadas misteriosas e marcas estranhas na terra. Por fim, falava de uma longa estrada sombria se desfazendo em um monte de cinzas, e de criaturas das quais só se tinha ouvido falar em contos. Foi aí que todos tiveram certeza do que temiam desde o início: o Povo Pequeno, as Pessoas Ocultas, os Sidhe tinham passado do seu mundo para o nosso. As fadas tinham chegado à Inglaterra.

Elas foram de encontro às tropas à noite — goblins e sátiros, gnomos, espíritos e os seres brancos, esguios e elegantes com olhos bem negros. O oficial no comando dos ingleses, um homem engomadinho chamado Briggs, disse logo que eram suspeitas de grandes crimes e deveriam ir a Londres imediatamente para interrogatório, o que era ridículo, como dizer ao mar que este deveria ser julgado por todos os navios que engolira. As fadas não tinham nenhuma intenção de dar ouvidos àquele sujeito desajeitado vestido de vermelho. Correram em círculos em volta dele, sibilando e provocando-o. Uma das mãos pálidas se estendeu para puxar uma das mangas vermelhas. Um tiro foi disparado na escuridão. Então a guerra começou.

O conflito ficou conhecido como Guerra Sorridente, porque deixou muitos crânios brancos com dentes arreganhados pelos campos. Houve poucas batalhas de verdade. Nenhuma grande marcha ou ataque heroico sobre o qual mais tarde pudessem escrever poemas. Porque as criaturas mágicas não são como homens. Elas não seguem regras ou se organizam em fileiras como soldadinhos de chumbo.

As fadas chamavam os pássaros do céu para bicar os olhos dos soldados. Evocavam a chuva para molhar sua pólvora e pediam às árvores que arrancassem as raízes do solo e vagassem pelo país, bagunçando os mapas ingleses. Mas, no fim, a mágica das fadas não foi páreo para os canhões, a cavalaria e as fileiras de soldados que marchavam entre elas em uma infindável maré vermelha. O exército britânico atacou as fadas no imenso despenhadeiro chamado Tar Hill, fazendo com que se dispersassem. Aquelas que fugiram foram abatidas enquanto escapavam. As que restaram (e eram muitas) foram cercadas, contadas, batizadas e arrastadas para as fábricas.

Bath se tornou o lar delas naquela nova província. Voltou a ser um lugar sombrio, ressurgindo dos escombros. O lugar em que a estrada surgira, onde tudo tinha sido completamente destruído, se tornou Nova Bath, um aglomerado de casas e ruas a mais de 150 metros de altura, todo constituído por chaminés enegrecidas e pontes com forma de teias de aranha, em um emaranhado fedido e fumegante.

Quanto à magia trazida pelas fadas, o Parlamento a classificou como uma espécie de doença que devia ser escondida sob bandagens e unguentos. Uma ordenhadora em Trowbridge descobriu que, sempre que um sino tocava, todos os encantamentos à volta cessavam — as cercas vivas deixavam de sussurrar, as estradas levavam apenas aos lugares que deviam —, então foi aprovada uma lei ordenando que todos os sinos de igreja do país soassem a cada cinco minutos em vez de a cada quinze. O ferro já era considerado uma proteção segura contra feitiços há tempos, por isso passou a ser incluído, em pequenas quantidades, em tudo, desde botões até farinha de rosca. Nas cidades grandes, campos foram arados, e árvores, derrubadas, porque acreditava-se que as fadas eram capazes de extrair magia das folhas e das gotas de orvalho. Abraham Darby propôs, de forma memorável, em seu tratado *As propriedades do ar*, que mecanismos em geral agiam como uma espécie de antídoto à natureza indisciplinada das fadas, então professores e físicos e todas as grandes mentes voltaram seus esforços para a mecânica e a indústria. A Idade da Fumaça tinha começado.

E depois de algum tempo as fadas simplesmente passaram a fazer parte da Inglaterra, uma parte inseparável, como a urze nas desoladas charnecas cinzentas, como as forcas no alto das colinas. Os goblins, gnomos e fadas mais arrojadas logo absorveram os costumes ingleses. Moravam em cidades inglesas, tossiam fumaça inglesa e, em pouco tempo, não estavam em situação pior que a dos pobres humanos trabalhando ao seu lado. Mas as fadas superiores — os Sidhe pálidos e silenciosos, com seus coletes elegantes e olhares astutos — não entregaram os pontos tão facilmente. Eles não conseguiam se esquecer de que um dia tinham sido senhores e senhoras de seus próprios salões. Não eram capazes de perdoar. Os ingleses podiam até ter vencido a Guerra Sorridente, mas havia outras formas de lutar. Uma palavra podia provocar um motim, a tinta podia determinar a morte de um homem, e os Sidhe conheciam tais armas como as palmas das mãos. Ah, como conheciam!

Capítulo I
A coisa mais linda

Bartholomew Kettle a viu no instante em que ela mergulhou nas sombras do Beco do Velho Corvo — uma dama elegante com roupas de veludo em tom de ameixa e o porte de uma rainha, andando a passos largos pela rua lamacenta. Ele se perguntou se algum dia ela sairia de lá. Talvez em um carrinho de mão para transporte de cadáveres, ou dentro de um saco, mas provavelmente não caminhando.

Bartholomew fechou o livro que vinha lendo e pressionou o nariz contra a janela suja, acompanhando-a enquanto ela caminhava pelo beco. Os cortiços das fadas de Bath não eram muito receptivos a forasteiros. Em um instante você podia estar em uma rua agitada desviando de rodas de bondes e pilhas de esterco, tentando não ser devorado pelos lobos que puxavam as carruagens, e pouco depois, encontrar-se irremediavelmente perdido em um labirinto de ruas estreitas com nada além de sombrias casas antigas assomando-se magistralmente, bloqueando o céu. Se você tivesse o azar de encontrar alguém, o mais provável é que fosse um ladrão. E não do tipo elegante como os espíritos das chaminés de Londres, com seus dedos finos, mas sim do tipo que tem sujeira sob as unhas e folhas no cabelo, e que, se achasse válido, não hesitaria em cortar sua garganta.

Aquela dama parecia *muito* válida. Matava-se por menos, Bartholomew sabia. Se os corpos subnutridos que vira serem arrastados da sarjeta serviam como indicação, matava-se por muito menos.

Ela era alta, tão diferente e singular com seus trajes vistosos; e parecia preencher cada brecha da passagem sombria. Luvas longas da cor da meia-noite cobriam suas mãos. Joias reluziam em seu pescoço. E, sobre a cabeça, trazia uma pequena cartola com uma enorme flor roxa, que, devido à sua inclinação, projetava uma sombra sobre os olhos dela.

— Hettie? — sussurrou Bartholomew, sem desviar o olhar da janela. — Hettie, venha ver isso.

Passos soaram do fundo da sala. Uma garotinha apareceu ao lado dele. Era muito magra, o rosto ossudo e pálido, a pele levemente azulada devido à falta de luz do sol. Feia como ele. Os olhos dela eram imensos e arredondados, poças negras nas concavidades do crânio. Suas orelhas eram pontudas. Em caso de encrencas, Bartholomew até podia se passar por uma criança humana, mas Hettie não. Não havia dúvidas de que o sangue das fadas corria em suas veias. Enquanto Bartholomew ostentava um emaranhado de cabelos castanhos, Hettie exibia os galhos nus e lisos de uma árvore jovem.

Ela empurrou um ramo rebelde para longe dos olhos e suspirou.

— Ah, Barthy — sussurrou ela, agarrando a mão dele.

— É a coisa mais linda que já vi em toda minha *vida*. — Ele se ajoelhou ao lado dela para que pudessem espiar sobre a madeira carcomida do peitoril sem serem notados.

Linda mesmo, mas havia algo errado naquela dama lá fora. Algo sombrio e incerto. Ela não carregava nenhuma bagagem ou capa, nem mesmo uma sombrinha para se proteger do calor de fim do verão. Era como se tivesse saído do abrigo de uma sala de estar diretamente para o coração do distrito de fadas de Bath. Seu andar era rígido e espasmódico, como se não soubesse exatamente o que fazer com seus membros.

— O que você acha que ela está fazendo aqui? — perguntou Bartholomew. E começou a roer a unha do polegar lentamente.

Hettie franziu a sobrancelha.

— Não sei. Ela pode ser uma ladra. Mamãe diz que se vestem bem. Mas ela não está elegante demais para uma ladra? Não parece... — Hettie olhou para ele, e um lampejo de medo passou por seus olhos. — ... que está procurando alguma coisa?

Bartholomew parou de roer a unha e olhou para a irmã. Depois apertou-lhe a mão e disse:

— Ela não está nos procurando, Het.

Mas mesmo tendo dito aquilo, ele sentiu um desconforto se enroscar como uma raiz em seu estômago. Ela *estava* procurando alguma coisa. Ou alguém. Os olhos dela, meio ocultos sob a sombra do chapéu, estavam buscando, analisando as casas enquanto passava por elas. Quando o olhar dela pousou na que moravam, Bartholomew se abaixou atrás do batente da janela. Hettie já estava lá. *Não seja notado e não será enforcado.* Talvez esta fosse a regra mais importante para os medonhos. E era uma boa regra.

A dama com o vestido ameixa andou pelo beco inteiro, percorreu todo o caminho até a esquina em que ele se insinuava em direção à Viela da Vela Negra. Suas saias se arrastavam pelos paralelepípedos, ficando pesadas com a sujeira pegajosa que cobria tudo por ali, mas ela não parecia se importar. Apenas se virou lentamente e fez o caminho de volta pelo beco, dessa vez atenta às casas do outro lado.

Ela deve ter subido e descido o Beco do Velho Corvo seis ou sete vezes antes de parar na frente da casa, bem diante do lugar em que Bartholomew e Hettie estavam. Era uma casa antiga, de telhado bem inclinado, com chaminés e portas que surgiam da pedra em lugares estranhos. Ficava entre duas casas mais largas, espremida no meio e um pouco mais recuada no beco, atrás de um grande muro de pedra, com um arco no meio. No chão havia restos contorcidos de um portão de metal. A dama saltou sobre eles e entrou no quintal.

Bartholomew sabia quem morava naquela casa. Uma família de mestiços: a mãe era uma fada e o pai operava o fole em uma fundição de canhões na Rua da Cura. Os Buddelbinster, como eram chamados. Houvera uma época em que eles tinham sete crianças medonhas, e Bartholomew os vira brincar pelas janelas e entradas da casa. Mas outras pessoas os viram também, e então uma multidão apareceu em determinada noite e levou as crianças embora. Agora só havia uma, um garoto de aparência frágil, com cabelo de cardo. Bartholomew e ele eram amigos. Pelo menos Bartholomew gostava de pensar que eram. Em alguns dias, quando o Beco do Velho Corvo estava particularmente silencioso, o menino saía furtivamente para a rua e lutava contra salteadores invisíveis, usando um pedaço de pau. Quando via Bartholomew olhando pela janela, o menino acenava, e Bartholomew acenava de volta. Era expressamente proibido acenar para pessoas pela janela, mas tão incrível que Bartholomew se esquecia disso às vezes.

A dama de vestido ameixa caminhou a passos largos pelo quintal coberto de cascalhos e bateu à porta mais próxima ao chão. Durante o que pareceu uma eternidade, nada aconteceu. Então a porta foi aberta com força até o fim da corrente, e uma mulher magra de aparência amarga apareceu no buraco. Era a tia solteirona. Ela morava com os Buddelbinster e cuidava da casa para eles. Isso incluía abrir as portas quando alguém batia. Bartholomew notou que os olhos dela se arregalaram ao ver a refinada estranha. Ela abriu a boca para dizer alguma coisa, depois pareceu pensar melhor e bateu a porta na cara da moça.

A dama de vestido ameixa ficou imóvel por um tempo, como se não tivesse entendido bem o que havia acontecido. Aí bateu à porta novamente, tão alto que o barulho ecoou quintal afora e por todo Beco do Velho Corvo. Uma cortina se remexeu a algumas casas de distância.

Antes que Bartholomew e Hettie pudessem ver o que aconteceria em seguida, as escadas que levavam aos quartos onde moravam começaram a ranger ruidosamente. Alguém estava subindo correndo por elas. Logo depois, uma mulher de bochechas vermelhas irrompeu ali, bufando e limpando as mãos em seu avental. Ela era pequena e estava malvestida. Seria adorável se houvesse o suficiente para comer, mas nunca havia, então ela parecia abatida e aborrecida. Quando viu os dois no chão, levou as mãos à boca e gritou.

— Crianças, afastem-se da janela! — Ela atravessou o cômodo em três passos e começou a arrastá-los pelos braços.

— Bartholomew, os galhos dela estão aparecendo sobre o peitoril. Vocês querem ser *vistos*?

Ela os enxotou para os fundos e fechou a porta do corredor com o ferrolho, depois foi para cima deles. Pousou o olhar sobre o fogão bojudo. Cinzas esvoaçavam pelas frestas da porta do forno.

— Ah, e vejam só isso. — disse ela. — Eu pedi para você esvaziar o fogão, Barthy. E cuidar de sua irmã, e torcer a roupa na tina. Você não fez nada...

Em um instante, Bartholomew quase se esquecera da dama de vestido ameixa.

— Mãe, me desculpe, me esqueci dos galhos de Hettie, mas descobri uma coisa e tive uma ótima ideia, preciso explicar para você.

— Não quero ouvir — disse a mãe dele, com ar cansado. — Quero que faça o que mandei.

— Mas é exatamente isso. Eu não vou precisar! — Ele pigarreou, se aprumou até exibir todo seu 1,07 metro de altura e disse: — Mãe, por favor, por favor, *por favor*, posso evocar uma fada domesticada?

— Uma o quê? Do que você está falando, garoto? Quem é aquela no quintal dos Buddelbinster?

— Uma fada domesticada. Isso quer dizer que ela mora nas casas. Quero convidar uma criada-fada. Já li sobre elas em alguns lugares, e aqui diz como fazer isso. — Bartholomew pegou uma pilha de livros velhos de trás do fogão e os colocou bem diante da mãe. — *Por favor*, mãe?

— Pelo brilho das estrelas, dê uma olhada naquele vestido. Barthy, abaixe esses livros, não consigo ver direito.

— Mãe, uma fada! Para casas!

— Deve valer umas vinte libras, e o que a gansa tonta faz? Vem até aqui e pisa em toda essa sujeira. Uma coisa posso lhe garantir: essa aí não tem nada na cachola.

— Mas se eu conseguir uma que seja boa, e tratá-la bem, ela fará todo tipo de serviço para nós, vai nos ajudar a bombear água e...

A mãe já não olhava mais pela janela. Seus olhos tinham ficado sem vida, e ela encarava Bartholomew.

— ... torcer a roupa na tina — completou ele desanimadamente.

— E se você arranjar uma que seja *ruim*. — Não era uma pergunta. A voz dela o atingiu entre as costelas como uma barra de ferro. — Vou lhe dizer o que acontece, Bartholomew Kettle. Vou lhe dizer! Se tivermos sorte, ela irá azedar nosso leite, esvaziar nossos armários e fugir com todos os objetos reluzentes nos quais puder colocar as mãos. Caso contrário, irá simplesmente nos sufocar enquanto dormimos. Não, filho. Não. *Nunca* convide fadas a adentrarem por aquela porta. Elas estão lá em cima, lá embaixo e do outro lado do muro. Estão à toda nossa volta por quilômetros e quilômetros, mas não aqui dentro. De novo: não, está me entendendo?

Ela pareceu tão envelhecida de repente. As mãos tremiam segurando o avental, e lágrimas brilharam nos cantos dos olhos. Hettie, muito séria e silenciosa como uma assombração, se retirou e subiu em sua cama embutida, fechando a porta com um olhar acusador. Bartholomew encarou a mãe. Ela retribuiu o olhar. Depois ele se virou e saiu para o corredor, batendo a porta com força.

Ele a ouviu chamá-lo, mas não parou. *Não seja notado e não será enforcado.* Seus pés descalços percorriam o piso silenciosamente enquanto ele subia depressa pela escada, mas o que ele desejava mesmo era poder berrar e espernear. Ele *queria* uma fada. Mais do que qualquer outra coisa.

Já havia imaginado exatamente como seria. Ele prepararia o convite e, no dia seguinte, encontraria uma fadinha com asas de pétalas na cabeceira de sua cama. Ela teria um sorriso bobo e orelhas grandes, e não notaria de forma alguma que Bartholomew era pequeno, feio e diferente de todos os outros.

Mas não. Mamãe tinha de estragar tudo.

No andar de cima da casa, onde moravam com vários bandidos, assassinos e fadas, havia um sótão grande e complexo que ia de um lado a outro sob o telhado curvo. Quando Bartholomew era pequeno, o lugar costumava ficar cheio de móveis quebrados e todo tipo de quinquilharias interessantes e empolgantes. Tudo de interessante e empolgante tinha sumido agora: as quinquilharias haviam sido usadas como lenha durante os difíceis meses de inverno, ou trocadas por bugigangas das fadas-mascates. Às vezes, as mulheres subiam até lá para pendurar as roupas lavadas de modo que secassem sem serem roubadas, mas fora isso o sótão era deixado ao capricho da poeira e dos tordos.

E de Bartholomew. Havia uma parte na qual, se ele tomasse bastante cuidado, era possível se espremer por uma fenda entre uma viga e a pedra áspera de uma chaminé. Então, contorcendo-se para lá e para cá, ele conseguia chegar a um espigão pequeno e esquecido. O lugar não pertencia a ninguém. Não tinha porta, e só mesmo uma criança conseguia ficar de pé ali. Era dele agora.

Ele havia arrumado o lugar com várias bugigangas que conseguira salvar — uma esteira de palha, alguns galhos secos e ramos de hera, e várias garrafas quebradas que tinha amarrado em uma patética imitação de guirlanda natalina sobre a qual lera a respeito. Mas sua parte preferida do sótão era a pequena janela, arredondada como uma escotilha, que dava para o Beco do Velho Corvo e um mar de telhados. Nunca se cansava de olhar através dela. Dava para ver o mundo inteiro dali do alto, e bem escondido.

Bartholomew conseguiu se espremer pela fenda e deitou no chão, ofegante. Fazia calor sob as telhas de ardósia. O sol castigava lá fora, deixando tudo frágil e quebradiço, e, após subir 79 degraus irregulares naquela corrida insana até o topo da casa, ele se sentia como um pãozinho assando sob o espigão pontiagudo.

Assim que recuperou o fôlego, se arrastou até a janela. Conseguia ver o quintal dos Buddelbinster, depois do beco e do muro alto. A dama ainda estava lá, um borrão roxo em meio aos telhados marrons e às ervas daninhas desgrenhadas e queimadas pelo sol. A mulher de aparência amarga tinha aberto a porta outra vez, e parecia estar escutando a dama cautelosamente, brincando com a trança grisalha sobre seu ombro. Então a dama de ameixa lhe entregou alguma coisa. Uma *bolsinha*? Não dava para ver direito. A mulher amarga voltou para dentro da casa, toda encurvada e gananciosa como um rato que tinha achado um pedaço de carne e não queria dividi-lo.

No instante em que a porta se fechou, a dama de ameixa começou a agir rapidamente. Abaixou as saias até o chão, todas amontoadas à sua volta, e tirou algo da cartola. Um pequeno frasco em sua mão refletiu a luz do sol. Ela arrancou o lacre com o dente, tirou a rolha e começou a derramar o conteúdo, formando um círculo ao seu redor.

Bartholomew se inclinou para a frente, apertando os olhos para enxergar através do vidro espesso. Então lhe ocorreu que provavelmente ele era a única pessoa a vê-la naquele momento. Outros olhos a haviam acompanhado desde que a dama colocara os pés no beco. Ele sabia disso. Mas agora ela estava bem para dentro do quintal, e quaisquer outros observadores no beco não conseguiriam ver nada além do muro alto em ruínas. A dama de ameixa tinha escolhido a casa dos Buddelbinster de propósito. Ela não *queria* ser vista.

Quando o frasco estava vazio, ela o ergueu no alto e o esmagou entre os dedos, deixando os cacos caírem sobre as ervas daninhas. Levantou-se abruptamente e olhou para a casa, parecendo segura e elegante como sempre.

Vários minutos se passaram. Alguém abriu a porta novamente, de maneira hesitante. Dessa vez uma criança colocou a cabeça para fora. Era o menino. O amigo de Bartholomew. Tal como Hettie, seu sangue de fada transparecia claro como a lua em sua pele muito branca. Uma moita de cardos vermelhos crescia em sua cabeça. Alguém deve tê-lo empurrado por trás, porque ele tropeçou para fora da porta e caiu aos pés da dama. E ergueu os olhos arregalados para ela.

A dama estava de costas para Bartholomew, mas ele sabia que ela estava conversando com o menino pela maneira assustada e contida com que este ficava balançando a cabeça. O menino olhou timidamente para a própria casa. A dama deu um passo em sua direção.

Então várias coisas aconteceram ao mesmo tempo. Bartholomew, que observava com atenção, inclinou a cabeça levemente para a frente, e a ponta de seu nariz roçou a vidraça. Assim que o fez, notou um movimento breve no quintal lá embaixo: a dama levou a mão atrás da cabeça e afastou os cachos do cabelo. O sangue de Bartholomew ferveu em suas veias. Bem ali, olhando diretamente para ele, havia outra cara, um rosto pequeno, marrom e feio como uma raiz retorcida, enrugado e com dentes afiados.

Com um uivo abafado, ele se arrastou para longe da janela e sentiu farpas ferirem suas mãos. *Aquele rosto não me viu, não me viu. Não teria como saber que eu estava aqui.*

Mas sabia. Aqueles úmidos olhos pretos tinham olhado dentro dos dele. Por um instante, ficaram repletos de uma raiva terrível. E então a criatura sorriu.

Bartholomew ofegava deitado no chão, sentindo o coração acelerado. *Estou morto. Completamente morto.* Ele não se parecia muito com um mestiço, não é? De lá de baixo, no quintal, ele devia parecer um garoto normal. Bartholomew apertou os olhos. *Um garoto comum que a espiava.*

Muito lentamente, ele levantou o rosto de novo até a altura da janela, dessa vez se escondendo nas sombras. A dama de ameixa tinha se afastado um pouco do garoto no quintal. Seu rosto medonho tinha desaparecido, escondido sob o cabelo. E uma das mãos, coberta por uma luva de veludo, estava estendida, acenando.

O menino olhou para ela, depois para a casa outra vez. Por um breve instante, Bartholomew pensou ter visto alguém em uma das janelas de cima, uma sombra de alguém recurvado, a mão erguida contra a vidraça, dando adeus. Um segundo depois a imagem tinha desaparecido, e a janela estava vazia.

O menino no quintal estremeceu. Depois se virou de volta para a dama. Ela assentiu, e ele foi em sua direção, pegando a mão estendida. Ela o envolveu com força em seus braços. Então, de repente, uma escuridão irrompeu, uma tempestade de asas negras batendo. As trevas explodiram ao redor deles, subindo até o céu com um guinchar. Uma ondulação passou pelo ar, e eles desapareceram. O Beco do Velho Corvo estava tranquilo outra vez.

Capítulo II
Uma decepção privada

Arthur Jelliby era um rapaz muito bom, o que talvez explique o fato de ele nunca ter se dado muito bem como político. Era membro do Parlamento, não porque fosse particularmente inteligente ou hábil em qualquer coisa, mas porque sua mãe era uma princesa hessiana muito bem relacionada e tinha lhe conseguido o cargo enquanto jogava críquete com o duque de Norfolk. Então, enquanto os outros parlamentares quase arrebentavam seus coletes de seda, inflados de ambição, planejando a derrocada de seus inimigos enquanto jantavam ostras, ou no mínimo se mantendo informados sobre os assuntos de Estado, o Sr. Jelliby estava mais interessado em passar longas tardes em seu clube em Mayfair, comprando chocolates para a linda esposa, ou simplesmente dormindo até o meio-dia.

E era exatamente isso que ele estava fazendo em certo dia de agosto, e também por isso foi pego totalmente desprevenido por uma convocação urgente para um Conselho Privado nas Casas do Parlamento.

Ele desceu a escada de sua casa em Belgrave Square aos tropeços, tentando desembaraçar os nós dos cabelos com uma das mãos e fechar os pequenos botões de seu colete vermelho-cereja com a outra.

— Ophelia! — gritou ele, tentando soar animado, mas sem muito sucesso.

Sua esposa apareceu à entrada da sala de estar, e ele apontou timidamente para a gravata de seda preta desamarrada sob seu colarinho.

— O criado não está em casa, Brahms não sabe dar o nó, e nem eu consigo *fazer* isso sozinho! Você pode, por favor, dar o nó para mim, querida, e nos poupar dos risinhos?

— Arthur, você não devia dormir tanto — disse Ophelia severamente, aproximando-se para amarrar a gravata.

O Sr. Jelliby era um homem alto e de ombros largos, e ela, bem pequena, então teve de ficar na ponta dos pés para alcançar.

— Ah, mas devo dar o exemplo! Pense nas manchetes: "A guerra foi evitada! Milhares de vidas salvas! O Parlamento inglês dormiu durante a sessão." O mundo seria um lugar muito mais agradável.

Aquilo não soou tão espirituoso quanto tinha parecido na cabeça dele, mas Ophelia riu mesmo assim, e o Sr. Jelliby, sentindo-se muito cômico, saiu para a agitação da cidade.

Estava um dia bem agradável para os padrões londrinos. O que significa que havia menor probabilidade de alguém sufocar ou ter os pulmões envenenados. A cortina negra de fumaça dos milhões de chaminés da cidade tinha sido dissipada pela chuva da noite anterior. O ar ainda tinha gosto de carvão, mas raios de luz furavam as nuvens. Autômatos a serviço do governo rangiam suas juntas enferrujadas pelas ruas, limpando a lama adiante e deixando poças de óleo para trás. Um grupo de acendedores de lampiões estava ali, dando vespas e libélulas como alimento a fadas das chamas sentadas entre os vidros dos postes de rua, sem ânimo e mal-humoradas até o anoitecer.

O Sr. Jelliby virou na Chapel Street, levantando a mão para chamar um táxi. No alto, uma grande ponte de ferro se arqueava, gemendo e espalhando faíscas enquanto os trens a vapor passavam com um estrondo. Em dias normais, o Sr. Jelliby estaria lá em cima, a cara colada no vidro, observando a cidade de maneira ociosa. Ou talvez pediria a Brahms, seu lacaio, para ajudá-lo a subir em sua bicicleta ultramoderna e lhe dar um empurrão para pegar impulso pelas ruas de pedra. Mas hoje não era um dia normal. Ele não tinha nem tomado café da manhã, e tudo parecia chato e corrido.

A carruagem que parou para pegá-lo era guiada por um velho gnomo, com dentes afiados e pele verde-musgo como uma pedra coberta de limo. O gnomo conduzia seus cavalos como se fossem um par de lesmas gigantes. Quando o Sr. Jelliby bateu a bengala no teto da carruagem e gritou para que acelerassem, foi atirado de volta ao assento por uma saraivada de impropérios. O Sr. Jelliby franziu o cenho e pensou em todos os motivos pelos quais não deveriam falar com ele daquela maneira, mas não abriu a boca pelo restante do caminho.

O relógio na nova torre de Westminster estava soando 35 minutos quando ele desceu no meio-fio na Great George Street. *Maldição*. Estava atrasado. Cinco minutos de atraso. Subiu depressa os degraus do Pórtico de St. Stephen e passou pelo porteiro em direção à vastidão do salão principal. Havia vários cavalheiros espalhados pelo salão, suas vozes ecoando nas vigas acima. O ar tinha cheiro de cal e tinta fresca. Havia andaimes presos às paredes em alguns lugares, e o ladrilho ainda não tinha sido todo colocado. Não fazia nem três meses que o novo Palácio de Westminster tinha sido aberto para reuniões. O antigo fora reduzido a uma pilha de cinzas depois que um espírito do fogo descontente se atirou sobre ele.

O Sr. Jelliby subiu correndo por uma escadaria e seguiu depressa por um corredor reverberante e bem iluminado. Ficou quase satisfeito quando viu que não era o único atrasado. John Wednesday Lickerish, Lorde Chanceler e primeiro Sidhe a ser nomeado para o governo britânico, também estava tentando acompanhar os ponteiros ligeiros de seu relógio. Ele dobrou uma esquina vindo de um lado, o Sr. Jelliby vindo de outro, e os dois acabaram colidindo com certa intensidade.

— Ah, Sr. Lickerish! Queira me perdoar. — Jelliby riu, ajudando o cavalheiro-fada a ficar de pé e espanando-lhe uma poeira imaginária da lapela. — Receio que eu esteja um pouco trapalhão esta manhã. Você está bem?

O Sr. Lickerish lançou um olhar fulminante para o Sr. Jelliby e se desvencilhou de seu aperto de mão com um leve ar de desagrado. Estava elegantemente vestido, como sempre, cada botão em seu devido lugar, cada recorte de seu traje parecendo novo e impecável. Seu colete era de veludo preto, a gravata prateada tinha um nó perfeito, e, para qualquer lugar que o Sr. Jelliby olhasse, via um bordado de folha, meias de seda e algodão tão engomado que daria para quebrá-lo com uma marreta. *Isso só faz a sujeira se destacar mais*, pensou o Sr. Jelliby. E teve de morder a língua para evitar rir. Meias-luas marrons se sobressaíam sob as unhas do político-fada, como se ele tivesse escavado a terra fria.

— Manhã? — disse o Sr. Lickerish, com voz fraca. Foi apenas um sussurro, como o vento nos galhos sem folhas. — Jelliby, rapazola, já não estamos mais no período da manhã. Nem no período da tarde. Já é quase noite.

O Sr. Jelliby pareceu um pouco inseguro. Não entendeu direito o que o outro tinha acabado de dizer, mas imaginava que não era muito educado ser chamado de rapazola. Pelo que sabia, o cavalheiro-fada não era nem um dia mais velho que ele. Mas era difícil dizer, na verdade. O Sr. Lickerish era uma das criaturas mágicas superiores e, como todas elas, era do tamanho de um garotinho, não tinha cabelo, e sua pele era tão alva e lisa quanto o mármore sob seus sapatos.

— Bem — disse o Sr. Jelliby vivamente. — Seja qual for o caso, estamos muito atrasados.

E, para desgosto do outro, acompanhou seus passos por todo o caminho até a câmara privada, falando cordialmente sobre o tempo, mercadores de vinho e como o vento quase tinha arrastado sua casa de veraneio em Cardiff para o mar.

A sala na qual o Conselho Privado deveria se reunir era pequena, revestida de lambris escuros, e ficava no meio do prédio. Suas janelas com grades em losangos davam para um espinheiro e para o tribunal. Fileiras de cadeiras de encosto alto apinhavam a sala, e só duas delas estavam vazias. O Presidente do Conselho, um tal de Lorde Horace V Alguma Coisa (o Sr. Jelliby nunca conseguia se lembrar de seu sobrenome), estava sentado no meio, em uma espécie de tribuna primorosamente entalhada com faunos e cachos de uva. O Presidente devia estar cochilando, porque se aprumou em um sobressalto quando eles entraram.

— Ah — disse ele, cruzando as mãos sobre a larga circunferência de sua cintura e franzindo o cenho. — Parece que o

Sr. Jelliby e o Lorde Chanceler decidiram nos agraciar com suas presenças, afinal. — Lançou a eles um olhar taciturno. — Por favor, sentem-se, e então, finalmente, podemos começar.

Os cavalheiros na sala resmungavam, arrastando as cadeiras e recolhendo as pernas enquanto o Sr. Jelliby passava pelas fileiras para chegar até uma das cadeiras vazias. O Sr. Lickerish foi para a cadeira no lado oposto da sala. Quando os dois se sentaram, o Presidente pigarreou.

— Cavalheiros do Conselho Privado — começou ele. — Desejo a todos uma ótima manhã.

O político-fada ergueu uma das sobrancelhas finas ao ouvir aquilo, e o Sr. Jelliby sorriu. (Afinal, não estavam mais no período da manhã. Já era *noite*.)

— Nós nos reunimos aqui hoje para tratar de um assunto muito sério e preocupante.

Maldição de novo. O Sr. Jelliby suspirou e enfiou as mãos nos bolsos. Assuntos muito sérios e preocupantes não eram coisas sobre as quais gostasse de tratar. Deixava isso a cargo de Ophelia sempre que possível.

— Suponho que a maioria de vocês viu as manchetes de hoje? — indagou o Presidente, com sua voz lenta e lânguida. — O último assassinato de um medonho?

Houve um burburinho. O Sr. Jelliby enrugou o cenho. *Ah, assassinato, não.* Por que as pessoas não podiam ser *boas* umas com as outras?

— Para aqueles que não as leram, permitam-me resumir.

O Sr. Jelliby pegou um lenço e limpou a testa. *Você não precisa se preocupar*, pensou ele de forma um pouco desesperada. Estava ficando insuportavelmente quente ali. As janelas estavam fechadas, e parecia não haver nenhuma corrente de ar no cômodo.

— Foram cinco mortes só no último mês — disse o Presidente. — Nove no total. A maioria das vítimas parece ser de Bath, mas é difícil dizer, uma vez que ninguém reclamou os corpos. Bom, mas qualquer que seja o caso, as vítimas têm sido encontradas em Londres. No Tâmisa.

Um cavalheiro baixinho e carrancudo na primeira fileira fungou e levantou a mão em um floreio irritado.

O Presidente olhou para ele, insatisfeito, depois assentiu, dando-lhe permissão para falar.

— Crimes insignificantes, meu caro. Nada além disso. Tenho certeza de que a Scotland Yard está fazendo tudo que pode. O Conselho Privado não tem nada mais importante para discutir?

— Lorde Harkness, vivemos uma época difícil. Esses "crimes insignificantes", como você os chama, podem ter consequências graves em um futuro próximo.

— Então devemos passar por cima deles quando ocorrerem. Medonhos nunca foram populares. Nem entre a espécie deles, nem entre a nossa. Sempre haverá violência contra eles. Não vejo motivos para dar uma importância desmedida a esses novos incidentes.

— Senhor, você não sabe de metade do problema. As autoridades acham que os assassinatos têm ligação entre si. Que foram planejados e orquestrados com propósito maligno.

— Acham isso, é? Bem, suponho que devam fazer alguma coisa para merecer seus salários.

— Lorde Harkness, não é *hora* para isso. — Um traço de desconforto perturbou os modos modorrentos do Presidente. — As vítimas são... — Ele vacilou. — São todas crianças.

Lorde Harkness teria dito "E daí?", mas isso não seria educado. Então, falou:

— Pelo que sei, poucos medonhos *não* são crianças. Eles geralmente não vivem muito.

— E os métodos do assassino... também são iguais.

— Mesmo, e como são então?

Lorde Harkness parecia disposto a provar que aquela reunião era uma ridícula perda de tempo. Ninguém queria saber de medonhos. Ninguém queria falar sobre medonhos ou, até mesmo, pensar neles. E ninguém queria saber, também, como tinham morrido, então tudo que Lorde Harkness conseguiu por seus esforços foi uma saraivada de olhares irritados dos outros cavalheiros. O Sr. Jelliby ficou tentado a cobrir os ouvidos.

O Presidente torceu o nariz.

— As autoridades ainda não sabem exatamente.

Ah, que bom.

— Então como podem alegar que os assassinatos têm ligação entre si? — indagou Lorde Harkness, a voz ácida. Segurava seu lenço e parecia querer usá-lo para enforcar o velho Presidente.

— Bem, os corpos! Eles estavam... Bem, estavam...

— Fale logo, homem, estavam como?

O Presidente olhou para a frente e disse:

— Lorde Harkness, eles estavam ocos.

A sala ficou no mais absoluto silêncio por vários segundos. Um rato correu sob o piso de tábuas polidas, e suas patas apressadas aturdiram a sala como uma tempestade de granizo.

— Ocos? — repetiu Lorde Harkness.

— Ocos. Nenhum osso ou órgão interno. Só pele. Como um saco.

— Santo Deus! — sussurrou Lorde Harkness, e se recostou na cadeira.

— De fato. — Os olhos do Presidente percorreram a sala, observando os demais cavalheiros como se desafiasse qualquer um a interrompê-lo. — Os jornais não falaram nada sobre isso, não é mesmo? É porque não sabem. Eles não sabem muitas coisas, e, por enquanto, devemos manter tudo assim. Há algo de estranho em relação a esses assassinatos. Algo cruel e desumano. Vocês também não souberam disso, mas além disso os medonhos estavam cobertos de escritos. Da cabeça aos pés. Pequenos sinais vermelhos no idioma das fadas. É um tipo antigo e diferente de dialeto que não pôde ser decifrado por nenhum dos criptógrafos da Yard. Tenho certeza de que todos vocês percebem que tipo de dissabores isso pode provocar.

— Ah, certamente — resmungou o Conde de Fitzwatler por trás dos bigodes caídos de morsa. — E acho que deve ficar bem claro quem é responsável por isso. Isso é coisa dos sindicatos antifadas, é claro. Mataram algumas dessas crianças e então escreveram palavras na língua das fadas nos corpos para colocar a culpa nos Sidhe. Está muito claro para mim.

O comentário foi seguido por uma grande desordem, e várias pessoas assentiram discretamente. Cerca de metade dos integrantes do Conselho fazia parte de algum grupo antifadas ou similar. A outra metade achava que ser antiqualquercoisa era ter uma visão limitada das coisas, que a magia era absolutamente fascinante, e que as fadas eram a chave para o futuro.

— Bem, eu digo que isso é coisa das fadas! — gritou o ancião Lorde Lillicrapp, batendo sua bengala no chão com tanta força que uma lasca de madeira voou como uma fagulha. — Pequenas bestas. Demônios vindos do Inferno, se quer saber minha opinião. Elas são a razão de a Inglaterra estar nesse estado. Olhe para este país. Olhe para Bath. A coisa está fugindo ao controle. Logo teremos uma rebelião nas mãos e, então, onde iremos parar? Elas vão transformar nossos canhões em roseiras e tomar a cidade. Não compreendem nossas leis. Não ligam para assassinatos. Alguns homens mortos aqui e ali? *E daí?* — Ele cuspiu desdenhosamente. — Não é nada demais para elas.

Várias pessoas assentiram após tal explosão. O Sr. Jelliby comprimiu a ponte do nariz e rezou para que aquilo acabasse logo. Queria muito estar em outro lugar, em um lugar alegre e ruidoso, de preferência acompanhado de uma dose de conhaque e de pessoas falando sobre o tempo e mercadores de vinho.

O Arcebispo de Canterbury era o próximo a falar. Alto, tinha um ar austero e o rosto invocado. Seu terno de lã — não muito novo — se destacava em meio às gravatas e coletes coloridos dos outros cavalheiros.

— Eu não julgaria tão rápido — disse ele, inclinando-se para a frente na cadeira. — E não sei por que devemos insistir em usar essa palavra "medonho". Como se ainda fôssemos crianças, conversando no quarto, aos sussurros, sobre contos de fadas. Eles são chamados de Peculiares e são bem reais. Não são crianças abandonadas colocadas nos berços de crianças humanas enquanto os verdadeiros bebês são sequestrados e levados para a Terra Velha. Eles não vão ficar enrugados e definhar em poucos anos. Serão enforcados. Estão sempre sendo enforcados em nossos povoados mais remotos. E não é de estranhar, já que falamos deles como se não fossem nada além de vento e encantamentos. Os humanos acham que eles são maldições em forma de criança. As fadas têm aversão à feiura deles e têm o hábito de enterrá-los vivos sob arbustos de sabugueiro para o caso de serem contagiosos. Prefiro pensar que as duas partes são tolas e mal informadas e, portanto, capazes de matar.

Até aquele momento, o Sr. Lickerish vinha escutando a discussão de maneira bastante impassível. Mas retesou-se ao ouvir as palavras do bispo. Ele contraiu os lábios. O Sr. Jelliby o viu levar a mão ao bolso do colete. Os dedos deslizaram para dentro, remexeram e depois pararam.

O político-fada ficou de pé. O Sr. Jelliby achava que ele tinha cheiro de terra molhada. O ar não parecia tão sufocante agora, só viciado, úmido e enjoativo.

Sem se importar em esperar pela autorização do velho integrante do conselho, o Sr. Lickerish começou a falar.

— Cavalheiros, tais questões são realmente preocupantes. Mas dizer que as *fadas* estão matando os *medonhos*? É lamentável. Não vou ficar sentado em silêncio enquanto a culpa por outro infortúnio da Inglaterra recai sobre as fadas. Elas são cidadãs! Patriotas! Já se esqueceram de Waterloo? Onde a Inglaterra estaria sem nossas corajosas tropas de fadas? Nas mãos de Napoleão, com todo o império. E a América? Se não fosse pelo esforço incansável de trolls e gigantes, forjando nossos canhões e produzindo nossas balas de mosquete no infernal calor das fábricas, construindo nossos navios de guerra e armas, ainda seria uma nação rebelde. Devemos *muito* às criaturas mágicas.

O rosto do Sr. Lickerish permaneceu sereno, mas suas palavras eram estranhamente cativantes, cheias de nuances e entusiasmo sutil. Até os integrantes do conselho que eram claramente antifadas se aprumaram nas cadeiras.

Só o homem ao lado do Sr. Jelliby, Lorde Locktower, estalou a língua.

— Sim, incluindo quarenta e três por cento de nossos crimes.

O Sr. Lickerish se voltou para ele. Mostrou os dentes afiados.

— Isso acontece porque são muito pobres — disse ele. Ficou parado por um instante, observando Lorde Locktower. Depois se virou de repente, dirigindo-se a todos os cavalheiros do outro lado da sala. — Isso acontece porque estão sendo exploradas!

Mais pessoas assentiram, e só algumas chiaram. O cheiro de umidade estava muito forte. Lorde Locktower fez uma careta. O Sr. Jelliby o viu pegar um velho e pesado relógio de bolso e examiná-lo com raiva. O relógio era antiquado, feito de ferro trabalhado. O Sr. Jelliby o considerou meio fora de moda.

O político-fada começou a andar de um lado para o outro.

— Tem sido assim desde o dia que chegamos — disse ele. — Primeiro, fomos massacrados, depois escravizados e, então, massacrados de novo. E agora? Agora somos seu bode expiatório, acusados de todos os crimes que consideram hediondos demais para ser cometidos por seu próprio povo. Por que a Inglaterra nos *odeia*? O que fizemos para seu mundo nos abominar tanto assim? Nós não *queremos* estar aqui. Não viemos para ficar. Mas a estrada para nossa casa desapareceu, a porta se fechou.

A fada parou de caminhar. Observava os cavalheiros da assembleia atentamente. E, num fio de voz, disse:

— Nunca veremos nosso lar novamente.

O Sr. Jelliby achava aquilo terrivelmente triste. E se flagrou assentindo com ar solene juntamente a quase todos os outros.

Mas o Sr. Lickerish ainda não tinha terminado. Ele foi até o meio da sala, posicionando-se ao lado da tribuna do Presidente, e continuou:

— Sofremos muito nas mãos do destino. Vivemos acorrentados aqui, presos em cortiços, entre ferro e sinos que discursam contra a essência de nossos seres, mas isso é suficiente para vocês? Ah, não. Devemos ser assassinos também. Assassinos de crianças inocentes, crianças que também têm nosso sangue. — Ele balançou a cabeça uma vez, e, quando a luz passou por ele, suas feições pareceram mudar e se suavizam. Ele já não parecia tão frio. Ficou triste de repente, como os anjos que choram sob as árvores do Hyde Park. — Só posso esperar que a justiça prevaleça no fim.

O Sr. Jelliby lançou ao político-fada o que esperava ser um olhar de compaixão sincera e profunda. Os outros cavalheiros fizeram "tsc, tsc" ou pigarrearam. Então Lorde Locktower se levantou e bateu o pé.

— Agora, chega! — gritou ele, fuzilando a todos com o olhar. — Vocês só fazem lamentar e choramingar. Não concordo com nada disso.

O cavalheiro a duas cadeiras da dele tentou fazê-lo se calar, mas ele passou a falar ainda mais alto. Outros homens intervieram. Lorde Locktower começou a gritar, o rosto vermelho de raiva. Quando o Barão Somerville tentou levá-lo de volta a seu assento, ele sacou uma luva e lhe golpeou o rosto com força.

A sala toda pareceu prender a respiração. Então o pandemônio eclodiu. Cadeiras foram derrubadas, bengalas, atiradas ao chão, e todos partiram para cima dele, gritando.

O Sr. Jelliby seguiu a caminho da porta. Havia barões e duques por toda a parte, empurrando e se acotovelando, e alguém berrava "Abaixo a Inglaterra!" a plenos pulmões. O Sr. Jelliby foi obrigado a mudar de direção e, ao fazê-lo, viu o Sr. Lickerish de novo. O cavalheiro-fada estava no meio da confusão, uma exceção pálida no mar de rostos vermelhos e cartolas agitadas. Ele estava sorrindo.

Capítulo III
Asas negras e vento

Bartholomew estava deitado no sótão, encolhido, imóvel feito pedra. A luz do dia tinha ido embora. O sol começava a se esconder por trás do horizonte de Nova Bath, a claridade da pequena escotilha se estendia cada vez mais e brilhava cada vez mais vermelha pelo rosto dele, e, ainda assim, ele não se moveu.

Um medo frio e intenso tinha se instalado em seu estômago, e ele não conseguia tirá-lo dali.

Bartholomew viu a dama de ameixa de novo, repetidas vezes em sua mente, andando pelo beco. O cabelo dela estava afastado, o pequeno rosto o encarava, nodoso e sinistro, e o garoto de cabelo de arbusto a seguia para sombras com formato de asas. *Joias e chapéus e saias roxas. A mão com uma luva azul esmagando o vidro. Olhos negros úmidos e um sorriso logo abaixo, um sorriso terrivelmente horrendo.*

Havia sido muito para ele. Muita coisa, rápido demais, um ímpeto de som e fúria, como tempo acelerado. Bartholomew tinha visto ladrões pela janela do sótão, um autômato sem pernas, um ou dois corpos pálidos e sem vida, mas aquilo era pior. Aquilo era perigoso, e ele fora visto. *Por que a dama tinha ido até ali? E por que havia levado seu amigo embora?* A cabeça de Bartholomew doía.

Ele ficou encarando o piso por tanto tempo que já decorara a posição de cada rachadura e buraco. Sabia que não tinha ficado abalado por causa da magia. A magia era parte da vida em Bath, sempre fora. Em algum lugar em Londres, homens importantes haviam decidido que seria melhor tentar escondê-la, manter as fábricas chiando e os sinos da igreja soando, mas isso não surtira muito efeito. A magia ainda estava lá. Só que disfarçada, escondida nos meandros secretos da cidade. Bartholomew via um gnomo de olhos brilhantes no Beco do Velho Corvo de vez em quando, arrastando uma raiz no formato de uma criança. As pessoas abriam as janelas para olhar, e, quando alguém dava uma moeda ou um pedaço de pão ao gnomo, ele fazia a raiz dançar, rodopiar e cantar. E sabia-se que, muito raramente, o carvalho na Ruela Espalhacobre murmurava profecias. E era do conhecimento de todos que a mãe-fada dos Buddelbinster conseguia fazer os camundongos saírem das paredes, mexerem suas sopas e enrolarem a lã em sua roca de fiar.

Sendo assim, um redemoinho de escuridão nem era algo tão assustador para Bartholomew. Assustador era o fato de ter acontecido ali, nos confins lamacentos de sua ruazinha, a alguém como ele. E Bartholomew Kettle tinha sido visto.

O sol já havia ido embora agora. As sombras estavam começando a se esgueirar de trás das vigas, e isso fez Bartholomew se levantar. Ele se arrastou para fora do sótão e desceu, tentando não deixar que os rangidos da velha casa o denunciassem. *Não seja notado e não será enforcado.*

Quando chegou à porta dos quartos de sua família, Bartholomew parou. Uma luz amarela, da cor do mel, saía por baixo dela. O retinir rítmico da máquina de torcer roupas soava fracamente no corredor.

— Venha, Hettie — dizia Mamãe. A voz soou alta e alegre, o que acontecia sempre que as coisas não estavam nada bem e ela não queria demonstrar. Tentava não deixar Hettie preocupada. — Beba seu caldo depressa e depois vá para a cama. Esse lampião não vai durar mais 15 minutos, e eu ainda vou precisar dele por uma ou duas noites.

Hettie bebericou o caldo ruidosamente e resmungou:

— Não tem gosto de nada.

É porque isso é só água, pensou Bartholomew, apoiando a cabeça no batente da porta. *Com pingos de cera para que a gente pense que tem carne.* Era por isso que os pires na base dos castiçais de latão estavam sempre vazios de manhã. Mamãe pensava estar sendo discreta, mas ele sabia. Eles eram raspados com uma colher.

— Mamãe, Barthy ainda não voltou.

— Eu sei... — A voz de sua mãe não estava mais tão alta.

— Está escuro lá fora. Já passou da hora de dormir, não é?

— Sim, querida, já está tarde.

— Eu desconfio de uma coisa, Mamãe.

— Ah...

— Você quer saber do que desconfio?

— Não sobrou nenhum sal.

— Não. Desconfio que um *kelpy** o pegou e o arrastou para sua poça sem fundo.

---

* Espírito em forma de cavalo, que costuma afogar seu cavaleiro (*N. do E.*)

Bartholomew se virou antes de ouvir a resposta da mãe. Ela não estava pensando sobre o sal, mas sim onde ele podia estar escondido, onde ela ainda não havia procurado e por que ele não tinha voltado. Sentiu-se cruel, de repente, esgueirando-se para fora de casa enquanto ela ficava preocupada lá dentro. Mamãe não demoraria a entrar em pânico, então bateria na casa dos vizinhos e sairia pela noite com os 15 minutos remanescentes de querosene da lamparina. Precisava voltar antes disso.

Desceu o restante do caminho na ponta dos pés e seguiu colado à parede em direção à porta que dava para o beco. Havia um goblin sentado ali, dormindo pesadamente em um banquinho. Bartholomew passou por ele e tateou a porta à procura da tranca. A porta tinha um rosto — bochechas rechonchudas, lábios salientes e velhos olhos sonolentos, que se destacavam da madeira acinzentada e gasta pelo tempo. Mamãe dizia que o rosto costumava pedir besouros das pessoas que queriam entrar e cuspiam seus élitros nas pessoas que queriam sair, mas Bartholomew nunca havia visto o rosto sequer piscar.

Seus dedos encontraram a tranca, e ele a puxou. Então passou por baixo da corrente e saiu para a rua de pedra.

Era estranho estar do lado de fora de novo. O ar ali era abafado e úmido. Não havia paredes nem tetos, somente o beco se abrindo para outros becos, indefinidamente, mundo afora. Parecia imenso, assustador e infinitamente perigoso. Mas Bartholomew não via outra saída.

Correu pelo beco até o arco baixo no muro dos Buddelbinster. O quintal estava escuro, a casa torta também. Suas diversas janelas estavam escancaradas e pareciam observá-lo.

Ele pulou sobre o portão quebrado e seguiu colado ao muro. A noite não estava fria, mas ele tremia mesmo assim. Apenas algumas horas antes, a dama de ameixa tinha estado lá, tão perto de onde ele estava parado naquele momento, atraindo seu amigo com seus dedos cobertos por uma luva azul.

Bartholomew afastou aquele pensamento e seguiu em frente. O círculo que a dama fizera derramando algo no chão ainda estava lá, a alguns passos à direita do caminho. Da janela do seu sótão, Bartholomew tinha conseguido vê-lo claramente, mas de perto ficava bem fraco, praticamente invisível, se você não soubesse que estava lá. Ele se ajoelhou para examinar, afastando um tufo de ervas daninhas. Franziu a sobrancelha. O círculo era feito de cogumelos. Minúsculos cogumelos pretos, diferentes de qualquer um que ele gostaria de comer. Arrancou um e, por um instante, sentiu sua forma frágil e macia com as pontas dos dedos. Então o cogumelo pareceu derreter, até se tornar apenas uma gota de líquido preto manchando a palidez de sua pele.

Ele observou a própria mão, curioso. Depois acenou-a sobre o círculo. Nada aconteceu. A outra mão e a testa. Nada ainda. Ele quase riu. Não funcionava mais. Agora eram apenas cogumelos.

Ficou de pé e remexeu o terreno frio dentro do círculo com o dedo descalço. Depois pisou em alguns dos cogumelos, esmagando-os. Não tinha certeza, mas pensou ter ouvido um risinho quando o fez, como um monte de sussurros distantes. Sem pensar duas vezes, deu um pulo e aterrissou bem no meio do círculo.

De repente ouviu um guincho horrível ao redor. Então uma escuridão irrompeu no ar, e havia asas por toda parte, batendo em seu rosto, machucando-o. Ele estava caindo, voando, um vento gelado e forte bagunçando seu cabelo e suas roupas esfarrapadas.

— Idiota! — gritou ele. — Burro, burro, em que você estava pensando, seu...

Mas já era tarde demais. A escuridão estava diminuindo. E o que ele viu em seguida não era o Beco do Velho Corvo nem o quintal dos Buddelbinster. Não era lugar algum nos cortiços das fadas. Por entre as asas, como raios de sol, ele notava o calor, a magnificência, o brilho do bronze e de madeira polida, e pesadas cortinas verdes bordadas com folhas. Também havia um fogo por perto. Ele não conseguia vê-lo, mas sabia que estava lá, crepitando.

Então, com um impulso desesperado, tentou se atirar para longe das asas. *Por favor, por favor, me leve de volta.* A magia não podia tê-lo carregado tão longe naqueles poucos segundos, podia? Talvez alguns quilômetros, mas se ele se apressasse poderia encontrar o caminho de volta antes que as fadas e os ingleses enchessem as ruas.

As asas lhe açoitavam o rosto. A gravidade parecia estar incerta das próprias leis, e, por um instante, Bartholomew pensou que seu plano tinha funcionado; ele estava voando, leve. Então as asas desapareceram. Os guinchos cessaram. Sua cabeça bateu em um pedaço de madeira lisa, e o ar saiu de seus pulmões.

Bartholomew se apoiou nos cotovelos, zonzo. Ele estava no chão da sala mais bonita que já havia visto. Cortinas verdes escondiam a noite. Ali estava: a lareira e as chamas. Fumaça saía da grelha, deixando o ar quente e enevoado. Vários livros cobriam as prateleiras. Abajures com figuras pintadas projetavam um brilho suave logo acima. E no piso havia um círculo cuidadosamente desenhado com giz, a poucos metros de onde Bartholomew tinha caído. Havia coisas escritas em volta do círculo, letras finas e retorcidas que pareciam girar e dançar enquanto ele olhava para elas.

Era lá que eu devia ter aterrissado, pensou ele, sentindo o galo que crescia em sua cabeça.

Ainda trêmulo, ficou de pé. A sala era um tipo de escritório. Uma escrivaninha de madeira maciça ocupava a maior parte de um dos cantos. Era entalhada com várias rãs e sapos bulbosos, um parecendo devorar o outro. No alto da escrivaninha, enfileirados, havia três pássaros mecânicos. Cada um tinha o tamanho ligeiramente diferente dos demais — e haviam sido feitos para se assemelharem a pardais, com asas de metal e minúsculas rodas dentadas feitas de bronze, que despontavam entre as chapas. Estavam completamente imóveis, com os olhos de obsidiana observando Bartholomew atentamente.

Ele deu alguns passos em direção aos pássaros. Uma vozinha no fundo de sua mente lhe dizia para correr, para fugir daquela sala o mais depressa possível, mas estava se sentindo tonto e idiota, e a cabeça ainda doía. Alguns minutos não fariam diferença, não é mesmo? E estava tão agradável ali, tão quente e brilhante.

Ele se aproximou um pouco mais dos pássaros. Sentiu o mais forte dos impulsos para tocar em um deles. Queria *sentir* aquelas penas perfeitas de metal, o maquinário delicado e os astutos olhos negros... Abriu a mão.

Então congelou. Algo tinha se mexido dentro da casa. Uma placa de piso ou um painel. Depois, tudo que Bartholomew ouviu foi o *tap-tap* de pés se aproximando rapidamente do outro lado da porta, no lado oposto da sala.

O coração se apertou, dolorosamente. *Alguém tinha ouvido.* Alguém ouvira o barulho que ele fizera, e agora estava vindo investigar. E essa pessoa encontraria um medonho em seus aposentos particulares, um pobre dos cortiços das fadas, claramente invadindo sua casa. Um policial viria e bateria nele até deixá-lo desacordado. Pela manhã, estaria balançando pelo pescoço no ar quente da cidade.

Bartholomew correu pela sala e girou a maçaneta, os dedos desesperados. Estava trancada, mas a pessoa do outro lado devia ter uma chave. Ele precisava sair dali.

Correu de volta para o círculo de giz, pulou e aterrissou diretamente no meio. Atingiu o chão com tanta força que suas pernas vacilaram.

Nada aconteceu.

Voltou a olhar para a porta, apavorado. Os passos tinham cessado. Alguém estava bem ali do outro lado, respirando. Bartholomew ouviu quando a pessoa apoiou a mão na maçaneta, que começou a girar, a girar. *Clique.* Trancada.

O pânico resvalou por sua garganta. *Preso. Saia, saia, saia!*

Por um instante, a pessoa lá fora ficou em silêncio. Então a maçaneta começou a chacoalhar. Devagar a princípio, mas depois de forma mais insistente; e ficou mais forte, mais forte, até toda a porta estar tremendo contra o batente.

Bartholomew bateu o pé. *VÁ!*, pensou ele desesperadamente. *Funcione! Leve-me daqui!* Seu peito começou a doer. Sentiu uma irritação no fundo dos olhos, e, por um instante, tudo o que ele queria era se sentar e chorar como fizera quando pequeno, no dia em que soltara a mão da mãe no mercado.

A pessoa do lado de fora começou a esmurrar a porta violentamente.

Não adiantaria chorar. Bartholomew passou a mão pelo nariz. Um ladrão choroso seria enforcado do mesmo jeito. Olhou para as marcas no chão ao redor e tentou pensar.

Ali. Uma parte do círculo de giz estava borrada. O círculo já não dava mais a volta completa. Provavelmente ele tinha apagado o trecho quando caiu.

Ficou de joelhos e começou a juntar o pó do giz, empilhando-o em uma linha mal-acabada para fechar o círculo.

Então ouviu um estalo surdo vindo da porta. A madeira. *Quem quer que estivesse do lado de fora, estava tentando derrubar a porta!*

Bartholomew não esperava conseguir reproduzir todas as marcas e símbolos, mas podia ao menos completar o círculo. *Mais depressa, mais depressa...* Suas mãos chiavam no piso.

A porta arrebentou com um barulho atroador.

Mas as asas já estavam envolvendo Bartholomew, a escuridão uivando ao redor e o vento puxando suas roupas. Só que alguma coisa estava diferente dessa vez. Errada. Ele sentiu *coisas* na escuridão; corpos finos e frios que se lançavam em sua direção e lhe cutucavam a pele. Bocas junto aos seus ouvidos, sussurrando com vozes baixas e sombrias. Uma língua fria e molhada deslizando em sua bochecha. E, logo, ele sentiu apenas dor, uma dor excruciante lhe rasgando os braços e corroendo seus ossos. Conteve o grito apenas por tempo suficiente para a sala começar a desaparecer em meios às sombras que rodopiavam. Então berrou juntamente ao vento e às asas em fúria.

Capítulo IV
A Casa Sem Igual

A Casa Sem Igual parecia um navio — um imenso navio aterrorizante de pedra, encalhado na lama de Londres, ao norte da Blackfriars Bridge. Seus telhados denteados eram as velas, suas chaminés cobertas de musgo, os mastros, e a fumaça que escapava delas fazia lembrar bandeiras esfarrapadas ao sabor do vento. Havia centenas de janelinhas acinzentadas pontilhando suas paredes. Uma porta toda marcada dava para a rua. Abaixo, o rio serpeava, alimentando os musgos que subiam por suas fundações, deixando a pedra preta de limo.

Uma carruagem fazia o caminho sinuoso até a casa através da agitação noturna da Fleet Street. A chuva não parava de cair. A iluminação da rua começava a se acender e se refletia nas laterais polidas da carruagem, projetando feixes de luz nas janelas.

A carruagem sacudiu um pouco até parar em frente à Casa Sem Igual, e o Sr. Jelliby se abaixou para sair, pulando uma poça para chegar ao abrigo do portal. Levantou sua bengala e bateu duas vezes na madeira escura e cheia de marcas. Então colocou os braços ao redor do corpo e fez uma careta.

Não queria estar ali. Queria estar em qualquer lugar *menos* ali. Em casa, espalhados sobre sua escrivaninha, havia um monte de cartões de borda dourada e convites adornados com monogramas que garantiriam sua entrada em diversos salões animados e elegantes. E ele estava ali de pé, no vento e na chuva, em frente à casa do Sr. Lickerish, o político-fada. Devia haver leis contra esse tipo de coisa.

Malditas reuniões sociais... Eram uma tradição muito antiga, mas isso não significava que o Sr. Jelliby era obrigado a gostar delas. Integrantes do Conselho Privado, dois ou três por vez, se encontravam nas casas uns dos outros para beber e jogar conversa fora, na esperança de que isso pudesse estimular a amizade e o respeito por opiniões divergentes. O Sr. Jelliby fechou a cara mais ainda. *Amizade, claro.* Talvez tivesse funcionado quatro séculos atrás, quando os membros do conselho ainda bebiam cerveja. Mas atualmente só se bebia chá e as reuniões eram frias, e nem anfitriões nem convidados gostavam delas.

O Sr. Jelliby se aprumou quando ouviu o barulho das trancas do outro lado da porta. Ele devia pelo menos *parecer* disposto a estar ali e não em qualquer outro lugar. Ergueu o queixo, cruzou as mãos no topo da bengala e ostentou uma expressão de agradável inquisição.

Após um último *retinir*, a porta finalmente se abriu. Uma criatura muito alta e magra colocou a cabeça para fora e piscou para o Sr. Jelliby.

O Sr. Jelliby espelhou as piscadelas. A criatura que se inclinava em meio às sombras da entrada devia ter mais de 2 metros de altura, mas era tão ossuda e subnutrida que mal parecia capaz de sustentar o próprio peso. A pele pálida das mãos era fina como casca de bétula, e os nós dos dedos se destacavam. Ele (porque era um "ele", o Sr. Jelliby percebia agora) usava um terno surrado, e a calça terminava vários centímetros acima dos tornozelos. O ar à volta dele lembrava levemente o cheiro de cemitério. Mas essa não era a parte mais estranha sobre a criatura. Um lado de seu rosto estava escondido sob uma teia de metal, uma trama de engrenagens e pistões minúsculos que zuniam e tiquetaqueavam em movimento constante. Um monóculo verde ficava preso ao olho. De vez em quando, o monóculo se contraía e uma lente passava rapidamente por ele, como uma piscadela. Então um fio de vapor saía com um chiado de debaixo de um parafuso na armação.

— Arthur Jelliby? — indagou a criatura.

Tinha uma voz suave e aguda, e seu outro olho — oblíquo, de fada — se semicerrava até quase se fechar quando ele falava. O Sr. Jelliby não gostava nada daquilo.

— Ah... — respondeu.

— Entre, por favor.

O mordomo-fada o conduziu para dentro com um gesto gracioso. O Sr. Jelliby entrou, tentando não encará-lo. A porta se fechou com um estrondo, e ele mergulhou no silêncio instantaneamente. Já não se ouvia mais a agitação da Fleet Street. O barulho da chuva estava muito, muito distante, apenas um tamborilar suave no limite do que era possível ouvir.

O casaco do Sr. Jelliby pingava no piso preto e branco. Ele estava em um salão alto e reverberante, e as sombras pareciam pressioná-lo ao redor, pesadas e sufocantes, a partir dos cantos e das entradas. Não havia nenhum pavio aceso à vista, nenhuma iluminação a gás ou vela. O mofo marcava o revestimento de madeira em longas linhas verdes. Tapeçarias desbotadas cobriam parte das paredes, pouco visíveis naquela penumbra. E, em um canto, havia um relógio de pêndulo, emudecido, com pequenos rostos no lugar dos números.

— Por aqui, por favor — disse o criado, atravessando o salão.

O Sr. Jelliby o seguiu, puxando suas luvas, meio inseguro. O mordomo devia tê-las recolhido. Em uma casa distinta, ele teria recolhido não só as luvas do Sr. Jelliby, como também o chapéu e o sobretudo. De repente, o Sr. Jelliby ficou ciente do barulho alto que seus sapatos faziam no chão, ensopados. Nem se atreveu a olhar, mas imaginou que devia estar deixando uma trilha escorregadia nos pisos, como uma lesma gigante.

O mordomo-fada o conduziu até o final do corredor, e então começaram a subir. As escadas eram um amontoado de madeira podre, entalhadas com sereias de aparência tão cruel que o Sr. Jelliby teve medo de se apoiar no corrimão.

— O Sr. Lickerish vai recebê-lo na biblioteca verde — disse o mordomo por sobre o ombro.

— Ah, está bem — murmurou o Sr. Jelliby, pois não sabia o que dizer. O vento gemeu em algum lugar da casa. Provavelmente alguém esquecera uma janela aberta.

A singularidade da Casa Sem Igual lhe perturbava mais a cada passo. Obviamente não era um lugar para humanos. Os quadros nas paredes não traziam paisagens ou ancestrais carrancudos, como na casa do Sr. Jelliby, mas coisas comuns, como uma colher manchada, um jarro com uma mosca pousada e uma porta de tom vermelho intenso em uma parede de pedra. E, ainda assim, eram pintados com tanta sombra que tinham uma aparência totalmente sinistra. A colher provavelmente fora usada para matar alguém, o jarro devia estar cheio de veneno, e a porta vermelha, sem dúvida alguma, levava a um jardim emaranhado de plantas carnívoras. Não havia fotografias ou quinquilharias. Em vez disso, havia muitos espelhos, cortinas e pequenas árvores crescendo de rachaduras no revestimento de madeira.

Ele estava quase no alto da escadaria quando viu um pequeno goblin encurvado correndo pelo balcão que dava para o salão. Havia alguma coisa tilintando nas mãos do duende, e ele parava a cada porta, fazendo um ruído de estalo e de arranhão. O Sr. Jelliby percebeu que ele as estava trancando, uma por uma.

No segundo andar, a casa parecia um labirinto, e o Sr. Jelliby perdeu completamente o senso de direção. Primeiro o mordomo o levou por um corredor, depois por outro, então passaram por salas de estar, arcos e galerias longas e sombrias, e ainda subiram alguns lances curtos de escada, seguindo cada vez mais em direção ao interior da casa. De vez em quando o Sr. Jelliby notava algum movimento na escuridão. Ouvia passos velozes e som de vozes. Mas sempre que se virava para olhar, não encontrava nada. *Os criados, provavelmente*, pensou ele, mas não tinha certeza.

Após alguns minutos, eles passaram pela entrada de um corredor longo e muito estreito, como o de um vagão de trem. O Sr. Jelliby congelou, observando o ambiente. Estava tão claro. Lampiões a gás chiavam ao longo das paredes, fazendo-o parecer um flamejante túnel de ouro cortando a escuridão da casa. E havia uma mulher no corredor. Estava correndo, de costas para ele e, em sua urgência, parecia estar voando como um pássaro, as saias roxas ondulando atrás dela como asas. Então o mordomo se aproximou do Sr. Jelliby e o conduziu para o alto de uma escada em caracol, e ele se viu cercado pelas sombras mais uma vez.

— Com licença — disse o Sr. Jelliby, desvencilhando-se do mordomo. — O Sr. Lickerish tem uma esposa?

— Uma esposa? — disse o mordomo, com a voz fraca e enjoada. — E para quê ele iria querer uma esposa?

O Sr. Jelliby franziu a testa.

— Bem... Bem, eu não sei, mas eu vi uma...

— Aqui estamos. A biblioteca verde. O chá será servido imediatamente.

Eles tinham parado em frente a uma porta alta e pontiaguda, feita de placas de vidro verde em forma de enguias, algas e serpentes marinhas, retorcendo-se umas em torno das outras.

O mordomo bateu à porta com uma de suas longas unhas amarelas.

— *Mi Sathir?* — gemeu ele. — *Kath eccis melar.* Arthur Jelliby chegou. — Depois se virou e desapareceu na escuridão.

A porta se abriu silenciosamente. O Sr. Jelliby tinha certeza de que o político-fada colocaria a cabeça para fora da sala e o cumprimentaria, mas ninguém apareceu. Então ele colocou sua cabeça para dentro. Uma longa sala se estendia diante de seus olhos. Era uma biblioteca, mas não *parecia* muito verde. Alguns lampiões estavam acesos, deixando a sala quase acolhedora em comparação ao restante da casa. Havia cadeiras, carpetes e mesinhas por todo lado, e cada centímetro das paredes estava coberto por... Ah. Os livros eram verdes. Todos eles. De diferentes tonalidades e tamanhos. À meia-luz pareceram livros comuns, mas agora que os olhos do Sr. Jelliby tinham se ajustado à iluminação, ele notava que era mesmo uma biblioteca de livros verdes. Ele deu alguns passos, balançando a cabeça lentamente. Perguntou-se se em algum lugar naquela estranha casa havia também uma biblioteca azul, para livros azuis, ou uma vinho, para os livros de tal cor.

Ao final da sala, viu o contorno de três figuras sentadas contra a luz do fogo.

— Boa noite, jovem Jelliby — cumprimentou o político-fada enquanto ele se aproximava. Foi uma saudação bem baixinha, bastante fria. O Sr. Lickerish obviamente não pretendia esconder o fato de nenhum deles ser bem-vindo ali.

— Boa noite, Lorde Chanceler — respondeu o Sr. Jelliby, e conseguiu forçar um sorriso tímido. — Sr. Lumbidule, Sr. Throgmorton. Que prazer. — Ele se curvou para os dois homens, que assentiram de volta. Aparentemente também não pretendiam disfarçar nada. Afinal de contas, tinham opiniões contrárias às do Sr. Jelliby. Ele se sentou apressadamente em uma das cadeiras vazias.

Havia algumas iguarias servidas em uma mesa baixa. O mordomo-fada entrou com uma chaleira prateada, então tudo ficou parecendo muito respeitável e inglês. Embora o sabor não fosse inglês. Nem mesmo francês. Os sanduíches, que pareciam ser de pasta de fígado, tinham um gosto que lembrava muito o vento frio de outono. O chá tinha cheiro de joaninhas, e a torta de limão estava azeda de um jeito que não se parecia em nada com limão. E, para piorar, a cada um dos lados havia dois suntuosos incensários de ônix lançando uma fumaça esverdeada no ar. Era tão doce e enjoativa que fez o Sr. Jelliby pensar em frutas maduras demais esmagadas, mofo e moscas zumbindo. Quase como o cheiro que ele sentira na câmara do Conselho Privado quando o Sr. Lickerish remexeu os dedos no bolso do colete.

O Sr. Jelliby pousou sua torta de limão na mesa e deu uma olhada nos outros dois cavalheiros. Eles não pareciam desconfortáveis. Bebericavam seu chá de joaninha, sorrindo e assentindo como se para demonstrar gratidão a tudo. Quando um deles falou, foi para dizer algo tão sem propósito que dois segundos depois o Sr. Jelliby já não conseguia se lembrar mais do que era. Quanto ao cavalheiro-fada, ele estava perfeitamente imóvel, braços cruzados, sem comer nem beber.

O Sr. Jelliby tomou fôlego brevemente, arfando. A fumaça verde atravessava sua garganta de maneira sinuosa, e seus pulmões pareciam forrados com seda. Sua visão começou a se enevoar. Tudo pareceu girar ao redor. O chão oscilou e serpenteou como ondas em um oceano de madeira. Ele ouvia vagamente o Sr. Throgmorton perguntando sobe o peso do javali de caça mecânico do Sr. Lumbidule.

— Deve ser atingido com um tipo especial de arma... — explicava o Sr. Lumbidule — ... tem sangue de verdade dentro, carne de verdade, e, se você estiver cansado de caçá-lo, ele se deita sobre suas costas de ferro e...

O Sr. Jelliby não conseguia aguentar mais. Limpou a testa e disse:

— Perdoe-me, Sr. Lickerish, mas estou me sentindo mal. Há algum toalete por perto? — Os outros dois homens pararam de falar tolices por tempo suficiente para sorrir zombeteiramente. O Sr. Jelliby mal notou. Estava muito ocupado tentando não vomitar.

O Sr. Lickerish retorceu a boca. Observou o Sr. Jelliby com atenção por um instante, depois respondeu:

— É claro que temos um toalete. À esquerda da porta você encontrará um cordão de campainha. Alguém virá para acompanhá-lo.

— Ah...

O Sr. Jelliby se levantou e se afastou das cadeiras aos tropeços. Sua cabeça girava. Enquanto atravessava a sala, pensou ter derrubado alguma coisa — ouviu um barulho e sentiu algo delicado sendo esmagado e transformado em cacos sob seus pés —, mas estava muito zonzo para parar.

Saiu da biblioteca cambaleando, tateando a parede à procura da campainha. Seus dedos tocaram uma franja. Ele envolveu uma corda grossa de veludo e a puxou com toda força. Em algum lugar no interior da casa, um sino soou.

Ele aguardou, atento ao som de passos, de alguma porta se abrindo, alguma voz. Nada. E já não se ouvia mais o barulho do sino. Voltou a escutar a chuva tamborilando no telhado.

Puxou o cordão pela segunda vez. Outro tilintar. Nada ainda.

Está bem. Encontraria o banheiro sozinho. Agora que estava fora da biblioteca verde, já se sentia melhor. Sua mente começava a clarear e seu estômago tinha se acalmado. Um jato de água fria no rosto, talvez, e ele ficaria bem. Então começou a refazer o caminho por onde tinha passado quando chegou, descendo pela escada em caracol, seguindo pelo corredor lá embaixo, verificando se alguma das portas dava para um banheiro. Lembrou-se então do corredor fortemente iluminado e da mulher que o percorria apressadamente. Perguntou-se quem seria ela. Não era uma criada. Não com aquelas roupas elegantes. Mas também não parecia uma fada.

O Sr. Jelliby chegou ao fim do corredor e virou em direção a outro. Era o mesmo pelo qual tinha passado há menos de vinte minutos, mas, agora que estava sozinho, o lugar parecia ainda mais sombrio e assustador. O corredor levava a uma sala grande e empoeirada, com a mobília toda coberta por lençóis. Tal sala abria para outro corredor, que dava em um cômodo cheio de gaiolas vazias, e, depois, em uma sala para fumantes; nenhum daqueles lugares se assemelhava àquele nos quais ele havia estado mais cedo. Então percebeu que não procurava mais pelo banheiro, mas pelo corredor iluminado, imaginando se a mulher ainda poderia estar lá, se ele poderia descobrir quem ela era. Já estava para se virar e procurar em outra direção quando uma sala levou a outra e ele se flagrou diante da entrada do corredor fortemente iluminado.

O Sr. Jelliby podia jurar que aquele corredor ficava em um lugar diferente. Não havia um vaso com rosas murchas à esquerda? E um aparador com uma tigela branca? Mas o corredor estava bem ali: longo e estreito, muito parecido com aqueles dos vagões dos trens. Não podia ter mudado de lugar.

Estava vazio agora. As portas dos dois lados, fechadas, sem dúvida trancadas pelo goblin que o Sr. Jelliby tinha visto. Ele deu um passo adiante, ouvindo com atenção. Não escutava mais o ruído distante da chuva. Não havia som algum. Somente uma vibração fraca, um zumbido mais sentido que ouvido no revestimento de madeira e no chão, que parecia formigar dentro da sua cabeça.

Ele caminhou por todo o corredor, passando a mão em cada porta. A madeira da última estava quente. Provavelmente havia alguma lareira acesa no cômodo por trás dela. Ele colou a orelha à porta e prestou atenção. Então ouviu um baque surdo do outro lado, como se um objeto grande tivesse batido no chão. *Será que a dama estava lá?* Será que era *ela* quem havia caído? Oh, minha nossa. Imagine se ela tivesse desabado da cadeira enquanto tentava alcançar alguma coisa e agora estava no chão, ferida. Ele girou a maçaneta. Estava trancada. Então a segurou firmemente e começou a sacudi-la. Outro barulho veio de trás da porta, uma respiração rápida e algo similar ao som de arranhões. Ele começou a bater. *Com certeza ela não estava inconsciente. Mas será que era surda? Ou muda?* Talvez ele devesse correr e chamar um criado. Mas antes que pudesse pensar melhor sobre o assunto, houve um barulho estrondoso de algo se estilhaçando e quebrando, e então a porta caiu em pedaços a seus pés. Ele estava em uma sala com uma linda lareira e uma escrivaninha entalhada com sapos. Não havia ninguém. Pensou ter ouvido um grito bem, bem distante. Tão distante que ele não sabia se havia imaginado.

Então o mordomo-fada chegou à entrada do corredor, seu olho verde parecendo em chamas e o maquinário de um dos lados do rosto se movimentando furiosamente.

— O que é *isso*? — gritou ele. — O que você fez? — Ele começou a correr, os longos braços estendidos à frente como as garras de um inseto asqueroso.

— Ai, Santo Deus — gaguejou o Sr. Jelliby. — Queira me perdoar. Eu não pretendia...

— Sr. *Lickerish*! — guinchou o mordomo. — *Sathir, el eguliem pak!*

A voz dele se elevou a um tom tão desesperado na última palavra que fez o Sr. Jelliby estremecer. Uma porta se abriu em algum lugar da casa, depois outra. O Sr. Jelliby ouviu o som de passos nos corredores, nas escadas, não tão altos, mas firmes, e se aproximando rapidamente.

Ai, minha nossa, pensou o Sr. Jelliby.

O mordomo-fada o alcançou e segurou-lhe o braço, o rosto tão perto que o Sr. Jelliby sentiu seu hálito pútrido.

— Saia daqui agora! — sibilou o mordomo. — Volte para casa.

Então praticamente arrastou o Sr. Jelliby pelo corredor, para longe da intensa iluminação a gás e em direção à penumbra compacta que vinha em seguida. Alguém aguardava por eles lá. Várias pessoas, na verdade. O Sr. Throgmorton e o Sr. Lumbidule, um Sr. Lickerish de olhos arregalados e, nas sombras, um grupo de fadas menores, sussurrando "*Pak, pak*" repetidamente entre elas.

— Não... não era o banheiro — disse o Sr. Jelliby com voz fraca.

O Sr. Throgmorton deu uma gargalhada.

— Ah, que surpresa! E ainda assim você quebrou a porta. Sr. Jelliby, portas ficam trancadas por um motivo, eu acho. Ficam fechadas quando o cômodo está ocupado por alguém, quando cômodos não devem ser usados ou quando não são um banheiro.

O Sr. Throgmorton começou a rir novamente, os fartos lábios tremendo. O Sr. Lumbidule se juntou a ele. As fadas só observavam, os rostos lívidos.

De repente, o Sr. Lickerish bateu as mãos, produzindo um som alto e claro. As gargalhadas dos dois políticos ficaram presas nas gargantas.

O político-fada se virou para o Sr. Jelliby.

— Quero que vá embora agora — disse ele, e sua voz fez o Sr. Jelliby querer se encolher e sumir pelas rachaduras do piso.

O Sr. Jelliby não conseguia se lembrar de como tinha retornado ao saguão com escada de sereia. Só se lembrava de andar por corredores intermináveis, a cabeça abaixada para esconder a vergonha. Finalmente chegara à porta da frente, e o mordomo a abrira para ele sair. Mas antes de tropeçar rumo à tristeza fluida da cidade, ele se lembrava de ter voltado a olhar para as sombras da Casa Sem Igual. E lá, aos pés da escada, estava o político-fada, uma centelha de branco na escuridão. Ele estava observando o Sr. Jelliby, as mãos pálidas cruzadas sobre os botões prateados do colete. Seu rosto era uma máscara, inexpressiva e impenetrável. No entanto os olhos ainda estavam arregalados. E o Sr. Jelliby percebeu que uma fada de olhos arregalados não era uma fada tomada pela surpresa, mas uma fada muito, muito irritada.

Capítulo V
Para evocar uma fada

Bartholomew abriu os olhos. Sentiu o ar fétido à volta. Ele estava na sua própria cama, e a luz do sol entrava pela janela. Mamãe estava de pé junto a ele. Hettie, grudada às saias dela, observava-o como se ele fosse uma fera selvagem.

— Barthy? — A voz de Mamãe saiu trêmula. — O que houve, Barthy?

Ele tentou se sentar, mas a dor em seus braços era insuportável, então desabou, ofegante.

— Como assim o que houve, mãe? — perguntou ele baixinho.

— Não banque o sonso comigo, Bartholomew Kettle, quem fez isso com você? Você *viu* quem fez isso com você?

— Fez *o quê?* — Sua pele doía. Mas por que doía tanto assim? A dor chegava até os ossos, latejando, como se vermes estivessem mastigando por baixo dela.

Mamãe desviou o rosto e abafou um gemido com a mão.

— Pelo brilho das estrelas, ele não se lembra do que houve. — Então ela virou de costas para Bartholomew e praticamente gritou: — Quem rasgou sua pele, isso é o que quero saber! Quem rasgou meu pobre filhinho? — Ela ergueu a ponta do velho cobertor de lã.

Hettie escondeu o rosto.

Bartholomew engoliu em seco. Na parte da frente de seu corpo, braços e peito, havia um monte de linhas vermelho-sangue, finos arranhões que davam voltas e voltas na pele branca. Pareciam seguir metodicamente ordenados. Formavam um padrão como as palavras escritas na sala com os pássaros mecânicos. E, de uma forma violenta e assutadora, eram quase bonitos.

— Ah... — Ele suspirou. — Ah, não. Não, não, eu...

— Foram fadas ou pessoas? — Havia medo na voz da mãe. Um medo desesperado, cru. — Algum dos vizinhos descobriu o que você é? John Longstockings ou aquela dona Weevil?

Bartholomew não respondeu. Mamãe provavelmente tentara encontrá-lo na rua. Ele se lembrava de ter se arrastado, meio entorpecido de dor, para fora do quintal dos Buddelbinster. *As pedras sujas em minha bochecha. Imaginando se uma carroça iria me atropelar.* Não podia contar à mãe sobre a dama de ameixa. Não podia lhe contar sobre o menino medonho ou os cogumelos ou a sala com os pássaros. Só iria piorar as coisas.

— Eu não me lembro — mentiu ele.

Tentou esfregar as linhas, como se o vermelho pudesse sair com a fricção dos dedos. A dor piorou tanto que sua visão saiu de foco. As linhas continuaram iguais, vivas e intactas.

Ele olhou para cima. Hettie o espiava de novo. Mamãe parecia muito cansada, e contraía a boca para evitar que tremesse, o medo nos olhos dela prestes a transbordar em mais um ataque histérico.

— Preciso ir — falou ele. — Mãe, posso perguntar a alguém. Vou resolver as coisas. — Ele se levantou, vacilando um pouco quando a dor voltou com toda força. Pegou as roupas sujas na cabeceira da cama. Então seguiu para a porta, mancando o mais depressa possível.

Mamãe tentou detê-lo, mas ele passou por ela, saindo do apartamento em direção ao corredor.

— Bartholomew, por favor! — A mãe choramingou da porta. — Volte para dentro. E se alguém o *vir*?

Bartholomew começou a correr. Ele ia evocar uma fada. *Precisava* fazê-lo. Estava claro como água. Uma fada doméstica poderia lhe esclarecer sobre o círculo de cogumelos, para onde levava e por que as pequenas criaturas em meio às asas tinham escrito coisas no corpo dele. Ela poderia manter todos eles seguros e lhes trazer sorte. E podia se tornar amiga dele. Uma amiga de verdade que não só acenasse para ele pela janela.

Vou resolver as coisas.

Ele mancou escadaria acima, até o telhado. A casa sempre parecia segura de manhã, quando os corredores estavam vazios e os grãos de poeira rodopiavam lentamente sob a luz amarelada das janelas. Mas não era segura. Ninguém nos cortiços das fadas dormia depois das cinco, isso quando dormiam, e Bartholomew não tinha interesse em conhecer de fato o que acontecia por trás daquelas velhas paredes. Um som agudo e metálico preencheu o corredor diante da porta dos Longstockings, e atrás dela havia um som como o de facas sendo afiadas, uma batendo contra a outra. Fadas gemiam e corriam dentro do apartamento dos Prickfinger. No terceiro andar, onde o calor era maior e o ar estava pesado como cobertores, o cheiro de nabos cozidos e roupa de cama mofada era tão forte que o sufocava.

Uma porta se abriu à sua frente, e ele mal teve tempo de desviar um pouco para o lado. Uma fada matrona saiu dali e bateu a porta.

A garganta de Bartholomew começou a se fechar como se tivesse um arame em volta. *Ah, isso também, não.*

Ela estava tão perto. Bartholomew via cada vinco em seu avental, a centáurea azul bordada em seu chapéu desbotado e franzido. Ela parou durante um segundo apavorante, a cabeça erguida como se estivesse tentando ouvir melhor alguma coisa. Se olhasse em volta, mesmo um pouquinho de nada, ela o veria ali, congelado no meio do corredor. Veria seu rosto pontudo, o rendilhado das linhas ensanguentadas pelos seus braços.

Um. Dois. Três...

Por fim, a velha fada fungou e começou a se arrastar pesadamente pelo corredor. Atrás dela, uma briga, depois algo batendo. Ela parou no meio do caminho e se virou.

Mas Bartholomew já havia desaparecido pelo alçapão do sótão.

Já dentro do frontão secreto, pegou uma velha lata de café em seu esconderijo nas vigas e a abriu, esvaziando o conteúdo e espalhando-o rapidamente pelo chão.

A mãe tinha lhe proibido de convidar uma fada doméstica, mas ela não era a dona da verdade. Só tinha medo de fadas, e isso desde que o pai Sidhe deles saíra alegremente certa noite para nunca mais voltar. Mas aquilo era diferente.

Bartholomew queria que ela pudesse enxergar. Seu pai era uma fada superior. Ardiloso e egoísta, tinha afastado a mãe da trupe teatral quando ela ainda era jovem, bonita e cheia de vida. Mamãe tinha aberto mão de tudo para ficar com ele. Então, quando já não era mais tão bonita e suas mãos estavam rachadas pelo sabão de tanto trabalhar duro para alimentar os filhos, ele simplesmente desapareceu. Desde esse dia, a mãe de Bartholomew nunca mais dirigira a palavra a uma criatura mágica.

Os dedos de Bartholomew encontraram uma fita na lata, e ele hesitou por um instante. As lembranças de seu pai não eram muito claras, mas ele se lembrava de que temia a figura paterna, aqueles olhos negros que sempre o encaravam com desgosto e talvez com uma insinuação de dúvida. Certa vez o pai ficou conversando com ele em um idioma estranho pelo que pareceram horas. Quando terminou, ao notar que Bartholomew tinha simplesmente ficado lá parado, mudo e com olhos arregalados, o pai teve um ataque de fúria e atirou todo os pratos de Mamãe na parede. Fadas domésticas não eram assim, Bartholomew dizia a si. Não eram tão frias e excêntricas. Eram mais como animais, concluiu, como pássaros muito inteligentes.

Ele encarou os objetos diante de si com um olhar sombrio, tentando ignorar a dor nos braços. A fada não ia sufocá-los durante o sono. *Não ia.* Em um dos livros de Bartholomew, desenhada com tinta preta, havia uma criaturinha cintilante, quase da altura do castiçal que estava ao lado dela. A fada usava um chapéu com uma pena e tinha pétalas de campânula branca crescendo de suas costas. Ela parecia *legal.*

Bartholomew pegou um dos seus galhos e o jogou no chão outra vez. *Por que minha mãe tinha de proibir as coisas?* Isso só piorava tudo. Ela estava errada e perceberia isso em pouco tempo quando a fada domesticada desse fim a todos os seus problemas. Depois que Bartholomew pedisse à fada para soprar as linhas vermelhas para longe, lhe contar coisas e brincar de pique-esconde no sótão, ele a faria trabalhar. Ela poderia ajudar nos consertos e nas tarefas, e alimentar o fogo do fogão bojudo para aquecer a chaleira. Mamãe não teria de trabalhar tanto, e talvez algum dia pudessem sair dos cortiços das fadas e morar em um lugar lindo como a sala com as cortinas verdes e a lareira.

Então ela ia ver.

Abrindo ruidosamente um livro empoeirado, Bartholomew começou a evocar uma fada.

A fada domesticada, ou "fada doméstica", é um ser mágico originário da Terra Velha, que fica além do portal das fadas. É imaterial e pode aparecer em todas as formas e tamanhos. A aparição de sua fada dependerá inteiramente da personalidade e do temperamento dela.

Para evocar uma fada, você deve encontrar um lugar silencioso, isolado e muito sossegado. Os buracos escuros e cobertos de musgo que se formam perto dos córregos dos bosques são especialmente apropriados. (Não tenha medo, a fada irá segui-lo até sua casa.) Reúna várias folhas, palha, pequenos galhos e outras fibras vegetais. Teça-os juntos em um monte oco, deixando uma pequena abertura na base. (Essa é a porta para a fada poder entrar.) Misture restos de alimentos naturais (como frutos de sabugueiro e anis) às paredes da casa. Coloque no interior:

Uma colher (que NÃO seja de ferro)
Uma fita, graciosamente colorida
Um dedal
Um caco de vidro
Pedacinhos de comida (como pão ou queijo, por exemplo)

Por fim, cubra tudo com uma pitada de sal. Fadas desprezam sal sobre todas as coisas, mas, ao acrescentá-lo à sua oferenda, você lhes dará um motivo para respeitá-lo. No entanto, não polvilhe muito *sal ou a fada irá temê-lo como se fosse o Diabo em pessoa e não vai surtir efeito.*

Atenção: quanto melhor a qualidade de cada item, mais chance se tem de atrair uma fada. A qualidade dos itens também está diretamente relacionada à qualidade da fada sobre o qual se terá poder. Uma colher de prata e uma fita de seda provavelmente irão lhe garantir uma fada doméstica boa e gentil.

Depois, em letras bem pequenas e desbotadas:

Trecho extraído da "Enciclopédia das fadas", de John Spense, 1779. Thistleby & Sons Ltda. não pode garantir a eficiência das ações supracitadas nem pode se responsabilizar por nenhum resultado indesejado que se venha a alcançar.

Bartholomew tinha lido aquilo tantas vezes que praticamente era capaz de recitar tudo de cor, porém resolveu repassar uma última vez. Em seguida pegou os ingredientes e começou a trabalhar. Ele reunira todos os itens da lista ao longo de vários meses, procurando-os por aí e escondendo-os em sua arca do tesouro. As folhas eram da corda de hera que tinha ficado presa nos fundos da casa. A palha, surrupiada do próprio travesseiro. A colher, as migalhas de pão, três cerejas secas e o resto de sal haviam sido todos furtados da cozinha de sua mãe.

Vinte minutos depois, Bartholomew bateu as mãos, limpando a poeira, e se recostou para avaliar seu trabalho. A casa da fada não tinha ficado muito boa. Na verdade, parecia bem deprimente, como se alguém simplesmente tivesse esvaziado uma lata de lixo no chão. Então começou a se perguntar se aquilo tudo era apenas uma bobagem sem sentido. Sua pele doía tanto. Ele não sabia quanto tempo uma fada levava para encontrar uma moradia daquelas, e não sabia se devia esperar por ela ou se era melhor ir embora e voltar depois. E se a fada *não* o ajudasse? E se não quisesse ser sua amiga e azedasse o leite como Mamãe alegava que faria? Quanto mais Bartholomew pensava a respeito, mais triste ficava, até que finalmente balançou a cabeça e se agachou em frente à escotilha. Abraçou os joelhos contra o peito e olhou lá para fora.

Um cachorro preto sarnento caminhava pela sarjeta, procurando uma folha de repolho ou um osso. Na outra ponta do beco, dois homens conversavam baixinho sob as sombras cinza-azuladas de um beiral. Uma luz da cor do querosene cortava o céu. Do outro lado da rua, ele via a casa encurvada dos Buddelbinster. A mulher de aparência amarga estava no quintal, com uma cesta de roupa lavada apoiada no quadril. Estendia lençóis na grama para secar. Passou por cima do lugar onde o círculo de cogumelos estivera uma, duas, dezenas de vezes, mas nada aconteceu. Nenhuma asa ou vento. Já não funcionava mais. A magia tinha acabado.

O olhar de Bartholomew seguiu para a casa. Algo se mexeu em uma das janelas de cima. Ele ficou tenso, esperando rever a figura sombria que estivera lá no dia em que seu amigo fora levado. A janela se abriu. Alguém afastou as finas cortinas. Era a mãe-fada, sentada em uma cadeira de madeira de espaldar reto, com a cabeça erguida e as mãos sobre o colo, olhando para fora.

Bartholomew se afastou do vidro. Ele a vira poucas vezes antes. Mas também ele pouco via qualquer um. Ela era uma fada da madeira, pequena e delicada, com uma coroa de chifres. Era quase bonita. Com exceção de seus olhos, que pareciam inexpressivos e vazios ao observarem o quintal, cegos como bolas de gude. Ela havia chorado.

Bartholomew semicerrou os olhos em direção a ela, confuso. *Estava sentindo falta do filho? Ele tinha sido mesmo sequestrado?* Quase se convencera de que a dama de ameixa era algum tipo de feiticeira e parente da famíllia, que havia levado seu amigo para lhe dar uma vida melhor. Mas, de repente, Bartholomew já não tinha mais tanta certeza. Aquele não era o rosto de uma mãe solitária. Mas sim o rosto vazio, incrédulo, de alguém com tanta tristeza presa dentro de si que não sabia o que fazer com aquilo, alguém com uma dor tão profunda que nem todo choro ou grito do mundo poderia amenizá-la.

No quintal, a mulher de aparência amarga continuava a estender a roupa lavada. Ela olhava para a casa, até mesmo passava embaixo da janela várias vezes, mas jamais voltava seu olhar para a fada lá dentro. *Que pessoa má e desalmada*, pensou Bartholomew. E olhou para a mãe-fada mais uma vez.

Ela estava mexendo os lábios, formando palavras, mas Bartholomew estava muito longe para conseguir entender o que era. Ela cruzava e descruzava as mãos no colo. Então começou a se embalar na cadeira, lentamente. A mulher de aparência amarga continuava a estender a roupa de cama, transformando o quintal em um tabuleiro de damas de fronhas e grama seca.

Bartholomew se aproximou da vidraça. Havia uma brisa soprando. A cortina branca voava em direção ao rosto da mãe-fada, aos seus galhos e olhos. Ela não saiu da cadeira.

A brisa ficou mais forte. As roupas de cama começaram a se deslocar, deslizando suavemente sobre as ervas daninhas do quintal. Uma sombra passou no alto. Bartholomew olhou para cima e viu que o céu de verão tinha ficado degradado e furioso, escurecendo com a mudança súbita do clima. Os lençóis começaram a se embolar e a se amontoar.

A mulher de rosto amargo estava ocupada, estendendo mais lençóis, mesmo com os outros se embolando pelo quintal. No fim do Beco do Velho Corvo, os dois homens ainda conversavam. O cachorro tinha achado restos de comida espalhados e os revirava preguiçosamente. Nenhum deles parecia perceber a escuridão que se formava.

A brisa já havia se transformado em vento, revirando a roupa de cama, levantando-as e atirando-as pelo ar. As cortinas se agitavam, voando pela janela, no cômodo em que a mãe-fada estava sentada, ora ocultando-a, ora expondo sua rigidez em contraste à brancura do tecido.

De repente, ouviu-se um som horrível, como metal rangendo contra metal. O rosto da mãe-fada surgiu a centímetros do de Bartholomew, colado do outro lado da janela dele. Os olhos dela eram enormes, escuros, fundos e sem vida. Lágrimas escorriam deles, muitas lágrimas, rolando pelas bochechas. A boca da fada estava aberta.

Bartholomew gritou. Ele tentou se afastar do vidro, mas não conseguiu se mexer. Seu corpo estava frio, rígido como a bomba d'água no inverno. A boca da mãe-fada se abriu ainda mais, e ela emitiu um gemido triste e terrível.

— Você não vai ouvir quando ele chegar! — gritou ela, começando a revirar os olhos.

Bartholomew estava chorando, tremendo, o pavor o deixando sem ar.

— Você não vai ouvir nada. Os cascos fendidos no chão. A voz na escuridão. Ele virá até você, e você não vai ouvir nada.

Bartholomew colocou as mãos na janela, tentando desesperadamente cobrir aquele rosto.

Mas ela só deu uma risada aflita e desanimada, e cantou:

— *Você não vai ouvi-lo chamar. Não saberá até que seja tarde demais, tarde demais, TARDE DEMAIS!*

Assustado, Bartholomew caiu para trás e bateu a cabeça com força no chão.

Na manhã seguinte, quando Bartholomew ainda estava na cama, Mamãe entrou com um emplastro quente e malcheiroso, e um pano úmido para sua cabeça. Ela não perguntou onde ele tinha estado. Quando ele se lembrou do que tinha acontecido — da pequena casa de fada no sótão, da escotilha e do rosto —, sentiu-se um milhão de vezes pior.

— Mãe? — disse ele baixinho. — Mãe, você ouviu alguma notícia sobre os Buddelbinster?

— Os Buddelbinster? — A voz dela estava quase tão rouca quanto a dele. — Não se preocupe com eles. Já temos azar suficiente nesta casa. Não precisamos do de mais ninguém.

— Azar? — Bartholomew se sentou um pouco. — Você está falando do filho deles?

— Silêncio, Barthy. Fique quieto. Não do filho. Da mãe. Enlouqueceu de tristeza, disse Mary Cloud, mas isso é só fofoca. Provavelmente morreu de cólera. A doença está devastando Londres.

Mamãe terminou de aplicar o emplastro e saiu. A porta do quarto se fechou, e também a que dava para o beco. Ele ouviu Hettie andando pela cozinha e, em seguida, o retinir de uma tigela. Alguns minutos depois, ela entrou no quarto minúsculo. Seus braços estavam à mostra. Ela havia espremido o suco das frutinhas vermelhas que Mamãe usava para avivar as cores quando lavava roupas, e pintara os braços com linhas espiraladas malfeitas.

— Olá, Barthy — disse ela, e sorriu para ele.

Bartholomew a encarou de volta e quase gritou. *Que coisa boba para se fazer. Que pessoinha tonta e ignorante você é!*

Hettie continuava sorrindo.

— Aonde Mamãe foi? — perguntou ele depois de um tempo.

Ela parou de sorrir e subiu ao lado dele na cama.

— Foi procurar alguns nabos para o café da manhã. Vai ficar tudo bem, Barthy.

Bartholomew olhou para os braços de ambos: os de Hettie, que pingavam tinta vermelha, ao lado das delicadas espirais dos dele. Ele sabia por que ela havia feito aquilo.

— Ora, veja só se não somos as pessoas mais bonitas de Bath — disse ele.

Então foram para a banheira, onde ele a ajudou a limpar a tinta vermelha. E os dois estavam sorrindo quando Mamãe retornou com os nabos.

Capítulo VI
Melusine

P<small>AK</small>, s. *Termo da língua das fadas que significa "aquele que tem nariz grande" ou espião. (Não deve ser confundido com o tipo de fada chamado "puck" ou "pooka", aqueles terríveis metamorfos cuja falta perspicaz e chocante de controle moral ilustra, mais uma vez para nós, a aviltante natureza das fadas.)*

O Sr. Jelliby fechou o dicionário e enterrou a cabeça nas mãos, deixando o volume com encadernação de couro escorregar de seu colo. O livro caiu no carpete e lá ficou, a lombada para cima, as páginas amassadas.

Ele gemeu baixinho. Acharam que ele estivesse espionando. O Sr. Lickerish, Lorde Chanceler da Rainha, pensou que ele fosse um espião. Logo ele. Sem dúvida os Throgmorton e Lumbidule do mundo não se importariam em derrubar uma ou duas portas para bisbilhotar a vida alheia. Mas a suspeita recaía justamente sobre o Sr. Jelliby, que se cansava só de sair da cama e não tinha o menor interesse em se meter nos assuntos dos outros. Não estava acostumado a ser fruto da desconfiança de terceiros, e isso o aborrecia muito.

Durante dias, após sua saída vergonhosa da Casa Sem Igual, ele ficou mal-humorado. Ophelia notou quase imediatamente, mas quando perguntava o que o incomodava, ele não dizia. Parou de ir ao clube. Parou de receber as visitas que vinham à sua casa na Belgrave Square. Não esteve no camarote da família durante a performance de *Semiramide*, no Covent Garden, nem foi à igreja no domingo de manhã. Quando Ophelia por fim o confrontou dizendo que ficara sabendo o que havia acontecido através de algumas amigas queridas e confiáveis, e que ele não precisava se preocupar com o episódio, Jelliby se trancou em seu escritório e se recusou a sair.

Ele conhecia a maioria das "amigas queridas e confiáveis" de Ophelia. Sabia bem como eram. Fofoqueiras, todas elas. Empenhavam-se em descobrir tudo sobre todo mundo e depois espalhavam as informações como se estivessem jogando flores em um casamento. E se elas já haviam descoberto qualquer coisa sobre o escândalo, àquela altura todo mundo em Londres já devia saber. Que humilhação. Que desonra para seu nome. As pessoas sempre o consideraram agradável e tranquilo. O tipo de pessoa a qual podia se convidar para festas sem se preocupar que viesse a abordar assuntos delicados como a integração das fadas ou os romances de Charles Dickens. Ninguém jamais prestara muita atenção ao Sr. Jelliby, mas pelo menos também não pensavam mal dele. E agora? Agora inventariam todo tipo de história. Veio-lhe à cabeça a imagem de um grupo de gansas de pescoço comprido, usando anáguas e crinolinas, sentadas ao redor de uma sala de estar abafada e falando sobre ele.

— Você ouviu, Jemima, que ele derrubou uma porta? Ah, é! Na casa do Lorde Chanceler! Deve haver uma pessoa violenta escondida atrás daquela aparência elegante e sorriso largo.

— Certamente, Muriel. Mas na profissão dele, é esperado que seja assim. E como a pobre Ophelia está lidando com tudo isso pairando sobre sua cabeça como uma verdadeira Espada de Dâmocles, só Deus sabe. Ela é um perfeito anjo, não demonstra preocupação por aí e só diz coisas boas a respeito dele. A coitadinha. Quando está na cara que ele é um espião mal-intencionado...

E elas nem eram a pior parte. Ele definitivamente temia a reunião seguinte do Conselho Privado. O Sr. Lickerish estaria lá, assim como os outros membros, todos muito bem informados e se perguntando se ele trabalhava para os americanos, para os franceses ou para alguma organização antifada. Todos se perguntando quanto estaria recebendo por isso.

Mas o dia chegou, quisesse ele ou não, e quando Ophelia encostou o ouvido à porta e lhe disse que ele devia se aprontar, ele resmungou para que enviasse o criado até lá com um bilhete.

— Arthur, isso só vai piorar as coisas — disse ela, encostando a cabeça na porta. — O melhor a fazer é sair daí e confrontá-los! Você não tem nada a temer. — Ela aguardou por uma resposta, mas como ele não falou nada, acrescentou gentilmente: — Eu não acredito que você estava espionando o Sr. Lickerish. E você sabe que não estava. Você não fez nada de errado além daquele pequeno incidente com a porta, e já enviei ao Sr. Lickerish nosso sincero pedido de desculpas e seis guinéus para o conserto.

O Sr. Jelliby resmungou e golpeou as cinzas frias na lareira com o atiçador.

— Seis guinéus. Seis guinéus não irão reparar minha reputação. Nunca mais vou poder mostrar meu rosto em público. Graças às suas amigas loucas, isso deve até sair na primeira página do *Times*.

Ophelia suspirou.

— Ah, Arthur. Você está pintando tudo muito pior do que realmente é. As pessoas vão falar sempre! E sempre vão inventar e enfeitar as coisas para torná-las mais interessantes. Ora, você se lembra da vez em que usei a seda azul em vez das cores de luto quando meu pai morreu e, apesar de ter sido um engano, começaram a falar que papai não era meu pai e que, na verdade, eu tinha sido adotada na Índia. Na Índia, querido! A única coisa que se pode fazer em relação a isso é ignorar. Apresente-se alegre e confiante e...

Ela foi obrigada a continuar o discurso por uns bons 15 minutos, encorajando-o pacientemente enquanto ele resmungava, mal-humorado. Mas poucas coisas são tão persuasivas quanto o tempo, e por fim, ele disse:

— Ah, mas que diabos.

Então se arrumou, penteou o cabelo e saiu do quarto com cautela, como se esperasse que a casa toda fosse para cima dele no instante em que colocasse os pés no corredor. Ficou surpreso quando a empregada só se curvou, cumprimentando-o, Brahms o tratou com alegria, e o velho gnomo, que para seu azar era o mesmo condutor de carruagem da outra vez, não o tratou pior do que nas outras ocasiões.

Naquele dia, carroças e carruagens a vapor obstruíam as ruas mais densamente do que a fumaça, mas o gnomo tomou outro caminho, pela Tothill Street, e o Sr. Jelliby chegou a Westminster na hora. Desceu da carruagem em frente ao portão sul e ficou parado por alguns instantes, em meio à usual confusão de manifestantes e vendedores de jornal que ali se reuniam. Deixou as cinzas da chaminé se depositarem em seu paletó. Depois respirou fundo e entrou no salão.

Todo o poder do discurso bajulador e encorajador de Ophelia se desfez assim que ele pisou nas gigantescas placas de mármore do piso. De repente, se sentiu menino novamente, um garoto novo que entra no refeitório do internato pela primeira vez e é atingido por cada risinho e olhar de soslaio. Manteve o olhar fixo nas pontas de seus sapatos enquanto andava, desejando poder simplesmente passar voando por todos aqueles rostos que o encaravam fixamente. Só quando já estava sentado no canto mais escuro da câmara do Conselho Privado, ousou erguer os olhos de novo. Um criado o encarou do ponto onde estava, encerando as pernas das cadeiras. Eles se entreolharam por um instante. Então o criado deu de ombros e voltou a atenção ao pano que usava para lustrar. O Sr. Jelliby desmoronou na cadeira. *Maldição.* Exceto por ele e pelo criado, a sala estava vazia. Ele havia chegado absurdamente cedo.

Não podia simplesmente ficar ali sentado por vinte minutos. Não enquanto os lordes e barões entravam com os narizes empinados e espanto nos olhos. Ele se levantou e saiu da sala, caminhando a passos largos pelo corredor para que todos que o vissem achassem que ele estava indo a algum lugar. Havia quilômetros de corredores no novo palácio, todos muito amplos e com uma iluminação um pouco fraca, apesar dos lustres a gás acesos ao longo das paredes. Assim que começou a caminhar, viu pessoas reunidas por todo lugar, e o ambiente estava repleto de vozes, mas quanto mais andava, mais desertos ficavam os corredores, até que ele já não ouvia nada além do tique-taque distante de um relógio, ecoando em sincronia com seus sapatos. Depois de alguns minutos, se sentiu meio bobo por andar apressadamente de um corredor vazio a outro. Então saiu depressa em direção a uma porta, aguçou a audição e, como não ouviu nada, entrou.

A sala era bem pequena se comparada a algumas outras câmaras do palácio. A parede que dava para o rio era coberta por janelas, e nas outras havia apenas estantes vazias e um grande armário de nogueira perto da porta. Não havia cortinas, nenhum papel ou fotografias. O Sr. Jelliby concluiu que devia ser o escritório de um escriturário que ainda não tinha se instalado. Tanto melhor. Ele se sentou no piso vazio e resolveu esperar. Em dez minutos voltaria depressa para a câmara do conselho e entraria com os outros cavalheiros sem ser notado.

A sala estava muito silenciosa. A ausência de livros nas prateleiras dava uma sensação de vazio, de lugar inabitado. Pegou seu relógio e esperou o ponteiro dos minutos se mover. Levava uma eternidade. *Tique.* Ele começou a tamborilar os dedos no chão. *Tique.* Duas pessoas passaram pela porta, conversando. "Muito impróprio...", ele ouviu alguém dizer antes que as vozes se distanciassem de novo. *Tique.* Mais passos. Outra pessoa vinha pelo corredor com passadas suaves. O Sr. Jelliby ficou de pé, se aprumando. Os passos se aproximaram. *Estão desacelerando? Ai, céus, não podem parar. Vão passar direto. Têm de passar direto.*

Os passos pararam, bem em frente à porta do escritório vazio.

O Sr. Jelliby agarrou o relógio com tanta força que quase quebrou o vidro do mostrador. Seus olhos percorreram a sala. *O que devo fazer?* Ele podia ir até a porta e encarar a pessoa prestes a entrar. Ou se esconder. Podia se esconder no armário e esperar que a pessoa — quem quer que fosse — estivesse com pressa e não demonstrasse o menor interesse em armários de nogueira. O Sr. Jelliby escolheu o armário.

Era um desses armários com escrivaninha, cheio de gavetas e compartimentos para tinta e envelopes. Havia ali também um banquinho acolchoado e um lampião à parafina. Na porta do móvel, um vidro deformava as imagens. O Sr. Jelliby se escondeu nele desajeitadamente e, quando já estava o mais enfiado possível ali, fechou a porta.

Bem na hora. A porta do corredor se abriu silenciosamente. O Sr. Jelliby prendeu a respiração. E John Wednesday Lickerish entrou sorrateiramente.

O Sr. Jelliby levou um segundo para perceber o azar que dera. Aquilo tinha de ser um sonho. Talvez houvesse um vazamento de gás no palácio e ele tivesse inalado, ou tivesse sofrido envenamento por chumbo e os efeitos estivessem se manifestando agora através de alucinações e dores de cabeça. Mas não. Aquela era sua vida mesmo. E isso o deixou irritado.

Mas que diabos! Mas que diabos mesmo! É claro que tinha de ser o político-fada. E é claro que aquele idiota desprezível precisava escolher justamente aquela sala, dentre as centenas existentes em Westminster. Se o Sr. Jelliby fosse descoberto, aquilo representaria mais do que uma humilhação. Resultaria em uma investigação, que o faria ser expulso do clube e de todos os seus lugares preferidos, e talvez até ser preso. Esconder-se dentro da mobília de uma sala particular do Parlamento dias depois dos boatos de que estava realizando espionagem não era algo passível de ser interpretado favoravelmente. Com o discurso certo, seus oponentes podiam expulsá-lo facilmente do Parlamento. O Sr. Jelliby quis sair dali na mesma hora e gritar com o Sr. Lickerish que este estava lhe trazendo azar de montão e que não estava nem um pouco interessado nele. Mas é claro que não podia fazer isso. Então permaneceu lá, sentado, preso, observando pelo vidro.

O político-fada caminhou até o meio da sala e olhou em volta. Então foi até as janelas com largas barras verticais que davam para o Tâmisa e destrancou uma, abrindo-a ao máximo. Colocou o braço para fora. Algo se moveu na mão dele — penas de metal e maquinário. Um pardal mecânico. O pássaro se elevou da palma do Sr. Lickerish, flutuando no ar por um instante. O Sr. Jelliby viu uma cápsula de bronze, presa a uma perna também de bronze, refletir a luz do sol. Então o pássaro voou por cima do rio e se perdeu nas faixas de fumaça que se erguiam dos telhados da cidade.

O Sr. Jelliby suspirou baixinho e com cuidado. *Uma cápsula.* Que carregava uma mensagem. O pássaro era um mensageiro, igual aos que seus avós utilizavam quando não havia coisas como telefones e telégrafos. Só que os pássaros usados por seus avós tinham corações pulsantes e penas macias. Uma geringonça mecânica do tipo que o Sr. Lickerish tinha acabado de lançar não era barata. A família do próprio Sr. Jelliby não tinha uma. Ophelia não se deixava levar por tais artifícios, era sofisticada e se interessava muito mais por magia que por máquinas. Mas ele já tinha visto aquelas coisas várias vezes em seus passeios: autômatos no formato de cachorros, corvos e aranhas, e até mesmo de pessoas, encarando-o com olhos brilhantes das janelas das lojas elegantes de alquimistas-mecânicos na Jermyn Street. Cavalos mecânicos eram a última loucura da moda. Eram horríveis e barulhentos, lançavam vapor de todas as juntas e se assemelhavam mais a rinocerontes do que a cavalos, mas o rei da França tinha um estábulo cheio desses animais, e a Rainha da Inglaterra, sem querer ficar para trás, havia comprado um campo cheio deles. Então, em pouco tempo, todo duque e nobre de menor importância tinha pelo menos uma carruagem movida mecanicamente.

O político-fada fechou a janela e se virou para sair, lançando mais uma vez um olhar cauteloso pela sala. Estava a poucos passos da porta do corredor quando esta foi aberta novamente. E por pouco não arrancou alguns dentes pontudos de fada.

Dali de seu esconderijo no armário, o Sr. Jelliby não conseguia ver quem tinha entrado, mas notou que o rosto do Lorde Chanceler ficou sério, os olhos mais severos e as mãos agarrando o tecido do paletó. Era alguém que ele conhecia. Alguém que não queria ver.

— Idiota — sibilou o Sr. Lickerish. — O que você está fazendo aqui? Melusine, nós *não* devemos ser vistos juntos! Não em público.

Era a dama. A dama que o Sr. Jelliby tinha visto caminhando depressa pelo corredor bem iluminado da Casa Sem Igual. O Sr. Lickerish a puxou para dentro da sala, fechou a porta e passou o trinco ruidosamente.

Ela caminhou até o meio do salão.

— Não estamos *em* público — disse ela, virando-se para ver a fada.

O Sr. Jelliby a observava. Os lábios dela, em um tom de vermelho-vivo em meio ao rosto pálido, não se mexiam. A voz tinha vindo de algum lugar nas imediações dela, mas não era a voz de uma dama. Não era nem a voz de um homem. Era uma voz fina, fria e indolente, que fazia o Sr. Jelliby pensar em folhas congeladas nas pedras. E era, sem dúvida alguma, a voz de uma criatura mágica.

O Sr. Lickerish bateu o pé.

— Melusine, nós...

— *Não* me chame assim — disparou a voz. Mais uma vez, os lábios vermelhos não se mexeram.

O Sr. Lickerish arregalou os olhos, que se transformaram em duas luas negras. Com rapidez bárbara, ele levantou sua bengala e bateu na cabeça da dama com força. Ouviu-se um grito. A dama se curvou devido à força do golpe, mas seu rosto permaneceu firme.

— Nunca me dê ordens — disse o Sr. Lickerish, abaixando a bengala —, *Melusine*. — Ele repetiu o nome, com raiva.

— Perdoe-me, *Sathir*. — A voz saiu branda e obediente de novo. — Esse é o nome dela. Não o meu. Isso traz lembranças a ela. E lembranças que não quero que ela tenha.

O Sr. Lickerish começou a caminhar de um lado para o outro por trás da dama. Ela permaneceu imóvel como uma imagem de cera, uma estátua sombria no meio da sala. Com um sobressalto, o Sr. Jelliby percebeu que o rosto dela estava virado diretamente para seu esconderijo. Ela usava uma pequena cartola que ocultava seus olhos, *mas será que o via? Naquele exato instante?* Ele a olhou, perguntando-se quem seria ela. Na outra ocasião, suas roupas eram suntuosas, todo aquele veludo e os botões e espirais de bordados. Agora não mais. As saias cor de ameixa estavam imundas, cada farfalhar trazendo à luz camadas e camadas de renda e anáguas manchadas pela sujeira. Uma de suas luvas estava rasgada e salpicada do que parecia ser sangue seco. Ele tentou ver melhor as feições da mulher, mas tudo o que conseguiu enxergar foi um queixo delicado e a boca muito vermelha.

— Por que está aqui, Jack Box? — O Sr. Lickerish parou de andar de um lado para o outro por tempo suficiente para olhar para as costas dela, irritado. — Fale sem rodeios e implore às estrelas para que o motivo seja importante o bastante para me incomodar. O Conselho Privado vai se reunir em menos de cinco minutos. — Ele tirou um relógio de bolso do colete e examinou-o furiosamente.

— Minutos — disse a voz, com desprezo e descrença. — Minutos são para *humanos*.

O Sr. Lickerish voltou a arregalar os olhos. A dama deu alguns passos vacilantes para longe dele.

— Não importa! — acrescentou a voz rapidamente. — Você deve agir como preferir, é claro. Encontrei mais um.

Houve uma pausa.

— Eu o vi no dia em que levei a Criança Número Nove; ele estava olhando por uma janela. Ele mora de frente para o Nove, no mesmo beco.

Outra pausa. O Sr. Lickerish continuou calado.

— Os distritos das fadas são uma dádiva para nós, *Sathir*. Dezenas e centenas de medonhos só esperando para serem pegos. E ninguém dá a mínima se eles vivem ou morrem.

— Uma gargalhada aguda e desagradável soou pela sala.

— O último, não precisei nem roubar. Eu o comprei bem debaixo do nariz da mãe. E paguei com um saco de rosa mosqueta.

O Sr. Jelliby, que estava com cãibras e tentava aliviá-las silenciosamente de todas as formas possíveis, aguçou os ouvidos. *Medonhos. Onde ouvi falar deles recentemente...* Ah. Ah, céus. Então era John Lickerish. Ele fazia parte disso. O Lorde Chanceler da Inglaterra está embrenhado na morte de nove mestiços.

O Sr. Jelliby só conseguia pensar no próprio azar por ter descoberto aquilo. *Se ao menos tivesse ficado longe daque-*

la maldita sala. Ele poderia muito bem ter escolhido outra porta ou fingido estar perdido ou, simplesmente, ficado na câmara do conselho e enfrentado os olhares. Então teria ido embora em poucas horas e passado uma noite sossegada e agradável reclamando sobre seus infortúnios com Ophelia. Porque o Sr. Jelliby não *queria* saber quem estava assassinando as crianças. Eram medonhos, afinal de contas. Moravam longe dali, e ele nunca havia conhecido nenhum e, além disso, tinha os próprios problemas. Mas a conversa prosseguiu, e o Sr. Jelliby foi forçado a ouvir cada palavra.

— Não quero centenas — dizia o Sr. Lickerish, a voz irritada, porém muito suave. — Eu quero um. Só *um* que realmente funcione. Estou cansado disso. Cansado dos fracassos intermináveis. Isso tem demorado demais, está me ouvindo? Está atraindo muita atenção, muitas pessoas têm ficado sabendo. Na semana passada, o Conselho Privado se reuniu para discutir o assunto. — Ele se voltou para a janela, o rosto tenso. — Se você prestasse alguma atenção ao que acontece ao redor, teria ouvido que os medonhos que não nos serviram foram encontrados. Eu sabia que seriam. O rio não esconde seus mortos por muito tempo. Mas por que tal assunto causaria tanto tumulto? Foram apenas nove. Nove pequenos Peculiares chorões e inúteis, e o país todo entra em histeria. Isso tem de acabar. Você precisa encontrar um medonho que faça funcionar, um que atenda a todas as qualificações. Não quero mais nenhum *quase*. Mais nenhum *muito perto.* — O Sr. Lickerish ficou na ponta de seus sapatos polidos e sussurrou à nuca da dama, tão baixinho que o Sr. Jelliby mal conseguiu ouvir suas palavras. — Eu quero um que seja tudo, Jack Box. Não me traga outro até ter certeza.

A dama se afastou do Sr. Lickerish novamente.

— Pensei ter certeza da última vez — disse a voz. — Eu *tinha* certeza. Mas mesmo assim... Não. Não haverá mais enganos, *Sathir*. Vou me certificar em dobro dessa vez. Não terei sombra de dúvida.

A perna do Sr. Jelliby repuxou. Foi apenas uma pequena contração muscular, de um músculo ou um nervo, mas que agitou o armário. O banco acolchoado rangeu um pouco. O Sr. Lickerish se virou de repente.

— Você ouviu isso? — sussurrou ele, os olhos correndo pela sala.

O Sr. Jelliby ficou branco.

— Ouvi — disse a voz. — Ouvi, sim.

O Sr. Lickerish deu um passo em direção ao armário, os lábios tão comprimidos que estavam pálidos. Levantou a mão, estendendo os dedos longos em direção ao puxador. Era muito pequeno para tornar possível enxergar através do vidro, mas não fazia diferença. Mais um passo e ele ia abrir a porta. E veria o Sr. Jelliby encolhido no escuro, e então...

Um espasmo passou pelo rosto da dama, um tremular sob a superfície da pele, e, de repente, a expressão dela já não estava mais vazia. Seus olhos se fixaram no Sr. Jelliby através do vidro. Ele podia vê-los agora, brilhando intensamente e cheios de dor. Então seus lábios vermelhos se abriram, e ela falou com uma voz suave, com leve sotaque.

— É só a madeira, meu senhor. Ela se expande com o calor do dia.

Sua voz se calou, mas ela manteve os olhos fixos no Sr. Jelliby, e a boca continuou a se mexer, formando duas palavras. Duas palavras sem som, só uma vez, mas que soaram claras como cristal na cabeça dele.

Me ajude.

Capítulo VII
Uma ruim

— Mãe, você tem moedas por trás dos olhos? — Hettie nem olhou para cima ao perguntar isso. Suas mãos ossudas estavam segurando uma caneca lascada contendo caldo, e ela observava alguma coisa no fundo.

Mamãe não disse palavra. Ela furava uma meia de lã com uma longa agulha. Sua mente estava muito, muito distante.

— Você tem moedas por trás dos olhos? — perguntou Hettie de novo, dessa vez mais alto.

Bartholomew ergueu os olhos de seu caldo. Normalmente ele teria rido, então a beliscaria por baixo da mesa e repetiria a pergunta com uma voz aguda e boba até fazê-la rir. Mas ele não se achava mais capaz de fazer isso. Sentia-se velho agora, assustado, e rir e beliscar pareciam coisas de muito tempo atrás.

Os símbolos vermelhos não estavam cicatrizando. Mamãe tinha lhe banhado em água quente, esfregado as marcas com folhas fedorentas, coberto tudo com emplastros e feito curativos com os lençóis mais limpos que encontrara, mas mesmo agora, dias depois, pareciam iguais. A carne em volta não estava tão inchada quanto antes, e, por mais estranho que parecesse, ele só conseguia senti-las quando ouvia um som agudo, como o estalar de um piso ou o piar de um pássaro. Mas não estavam sumindo: não estavam cicatrizando ou formando casca. Continuavam lá, um padrão de linhas bem vermelhas em espirais na pele.

— Mãe! — Era Hettie.

A agulha espetou o dedo da mãe logo abaixo da unha, e ela ergueu a cabeça, ofegante.

— Hettie, que ideias estranhas *são* essas? — Ela chupou o dedo espetado. — Por que eu teria moedas por trás dos olhos?

Hettie afundou o rosto na caneca.

— Alguém me falou que você tinha — respondeu ela, e sua voz ecoou. — Ele disse que eu devia pegá-las e comprar caramelos de açúcar mascavo com elas.

Bartholomew se endireitou na cadeira. Mamãe ia gritar com Hettie agora, chorar e implorar que não fosse verdade, que Hettie não vinha falando com estranhos. Porém, a mãe não tinha ouvido a última parte. Em vez disso, seus olhos se iluminaram com um brilho raro, e ela perguntou:

— Ah, e que tipo de alguém seria? Um pequeno príncipe, talvez, montado em um javali?

Hettie olhou para ela de forma reprovadora.

— Não. Um homem maltrapilho.

— Um homem maltrapilho? — Mamãe bateu o dedo ferido na mesa, como se para ter certeza de que ainda estava funcionando, então se curvou de volta à costura. — Isso não é muito encantador.

— É claro que ele não é encantador, mamãe, é um maltrapilho.

Hettie estava muito mal-humorada naquela manhã. *Que motivos tinha para estar irritada?*, perguntou-se Bartholomew. Ela não havia escapado de ser enforcada por pouco. Não tinha visto seu amigo ser sequestrado, nem teve seu corpo coberto por escrita mágica, nem ouvira uma fada morta gritar alguma coisa sem sentido sobre cascos e vozes.

Mamãe olhou para Hettie com tristeza.

— Ah, querida. — Ela colocou a costura de lado e pegou Hettie no colo. — Querida, querida, querida. Eu queria muito que você pudesse ter amigos de verdade. Queria que você pudesse ir até a rua correr atrás de fadas da madeira ou ao mercado comprar alguma coisa, como as outras crianças, mas... Bem, você simplesmente não pode. As pessoas lá fora, elas não... Elas iriam... — A mãe não completou a frase.

Elas iriam matar você, pensou Bartholomew, mas Mamãe não ia dizer isso a Hettie. Não ia dizer a Hettie que ela nunca poderia brincar na rua ou ir ao mercado ou correr atrás de fadas da madeira. Não em Bath. Hettie seria apanhada e enforcada mais depressa do que alguém poderia pronunciar "uísque".

— Receio que você terá de se contentar com amigos imaginários por mais tempo — foi tudo o que Mamãe disse.

— Mamãe, o maltrapilho *não* é meu amigo. — Hettie a corrigiu, séria.

Mamãe ergueu Hettie de seu colo e a colocou no chão.

— Bem, então por que você o inventou? — disse ela sem rodeios, e pela maneira dura como enfiou a agulha na meia, estava claro que não queria ouvir a resposta.

Mas Hettie não percebeu e continuou:

— Não inventei! — disse ela, indo até o caldeirão de lavar louça perto do fogão e mergulhando sua caneca na água fria com sabão. — Ele veio por conta própria. Vem todas as noites através do buraco da fechadura. — Então falou, com voz mais baixa: — Ele canta músicas para mim. Músicas longas e tristes. — A caneca atingiu o fundo da vasilha com um ruído abafado. — Não são músicas bonitas.

Mamãe abaixou a costura lentamente. Estava observando Hettie, olhando para as costas dela.

— Filha, do que você está falando? Quem é essa pessoa?

Bartholomew via o medo nas rugas do rosto dela, era capaz de percebê-lo pela maneira como ela baixara a voz. E, então, tudo que Hettie dissera de repente fez sentido. *Um estranho... que vem pelo buraco da fechadura... à noite.*

Ele deu um pulo, fazendo seu banquinho ranger.

— O café da manhã estava ótimo, mãe. Não ligue para Hettie, ela está só brincando. Devemos ir procurar areia para você atrás da casa? Vamos lá, Hettie? Agora.

Mamãe pegou a meia de novo, mas ainda estava de olho em Hettie.

— Areia. Sim. Vão até lá e tragam um pouco. Mas Bartholomew... — Mamãe segurava a lã com tanta força que os nós de seus dedos estavam brancos. — Se alguém sequer olhar para Hettie, quero que a traga de volta para cá depressa, está me ouvindo? Quero que voltem depressa por aquela porta, com ou sem areia.

— Pode deixar, mãe. Vamos ficar bem. E logo estaremos de volta.

A Sra. Kettle lavava roupas para as pessoas que podiam bancar o serviço, as poucas que ela conseguia convencer de que possuía uma lavanderia adequada e não que levava suas camisolas e roupas íntimas para o coração dos cortiços das fadas em um carrinho de mão pintado de verde. Ela comprava o sabão de mascates, mas sempre tinha sido tarefa das crianças cavar para achar areia de limpeza no pequeno quintal atrás da casa.

Hettie amarrou o capuz embaixo do queixo e caminhou até Bartholomew, ignorando-lhe a mão estendida.

— *Vamos!* — disse ele baixinho, colocando a mão no ombro dela e empurrando-a em direção à saída. Ele destrancou a porta e deu uma olhada para ter certeza de que não havia ninguém lá. Então saiu com cuidado para o corredor e fez sinal para Hettie segui-lo. Assim que estavam fora do alcance dos ouvidos da mãe, Bartholomew puxou Hettie para baixo de um lance de escadas e se ajoelhou ao lado dela, sussurrando: — Onde ele mora, Het? Ele sabe voar? Ele era legal?

Hettie olhou para ele em silêncio.

— Legal? — repetiu ela. — Devíamos pegar areia. Por que estamos embaixo da escada?

— Sim, e quando foi a primeira vez que você o viu? E em quê você estava pensando quando assustou Mamãe daquele jeito? — Ele sacudiu o ombro dela. — Vamos, Hettie, me conte!

— Anteontem — disse ela, empurrando a mão dele. — E Barthy, você não precisa me sacudir. Vai soltar minha cabeça assim.

O dia em que construí a casa de fada. Bartholomew saiu do espaço sob a escada sorrateiramente.

— Volte correndo o mais depressa que puder, Hettie. A gente pega areia depois.

Era capaz de ele levar uma surra da mãe por deixar Hettie sozinha, mas não podia se preocupar com isso agora. Sua evocação tinha funcionado. Tinha *funcionado*. Ele passou depressa pelo corredor e subiu outra escada, dois degraus por vez. E, por um instante luminoso enquanto subia correndo, se sentiu feliz. Completamente feliz.

Então entrou na escuridão empoeirada do sótão e pensou no fato de a fada ter se mostrado somente para Hettie, não para ele, e uma pontada de inveja se instalou em seu peito. *Ela* não devia ter visto a fada primeiro. A fada era dele. Devia ter ido até ele.

Atravessou o piso e se esgueirou para dentro de seu espigão secreto. A casa da fada estava exatamente onde tinha deixado. As cerejas secas ainda estavam presas às paredes. O sal que tinha espalhado pelo telhado brilhava à luz do sol como neve, intacto. Nos últimos dias, Bartholomew tinha ido até ali sempre que possível, procurando por qualquer pequena mudança no quartinho, a menor pista de que sua fada tinha chegado. Mas nunca encontrava nada. E ainda não havia nada.

Ele se ajoelhou, bufando, soprando uma teia de aranha para a frente e para trás, para a frente e para trás. *O que isso queria dizer?* Se a evocação tinha funcionado, por que a fada não havia comido as oferendas de Bartholomew? Ele tinha passado o maior tempão reunindo tudo para aquela coisa estúpida. E a fada não devia ter se anunciado? Sua respiração desacelerou. A felicidade de alguns instantes se apagou como uma vela. *Quanto tempo terei de esperar?*

Ele se lembrou das palavras no livro surrado, que diziam que a fada devia seguir quem a evocou até em casa. Ele não tinha visto nenhuma fada. Hettie, sim. E se a fada seria capaz de segui-lo até a casa vinda de um rio no meio do bosque, também devia ser capaz de encontrar o caminho descendo alguns lances de escada.

Mas e se a fada não quisesse se mostrar? E se não fosse assim que as fadas domésticas agissem, e Bartholomew tivesse de ser gentil com ela primeiro para ganhar sua confiança? O livro tinha sido bem vago. Então ele achava que devia tentar. Ele podia escrever uma carta para a fada, fazer uma ou duas perguntas, colocar o papel dentro da casinha e torcer para que ela respondesse. Ele nem sabia se fadas domésticas sabiam ler. Mas não lhe ocorria outra ideia.

Sua primeira pergunta seria sobre o que as marcas em sua pele significavam. Eram palavras, ele tinha certeza, mas em qual idioma? Assemelhavam-se muito aos padrões que tinha visto escritos no chão da sala com os pássaros de metal. Mas nem de longe tão complexos. Na verdade, pareciam ser dois ou três símbolos, repetidos indefinidamente.

Um de seus livros velhos tinha uma página em branco entre a capa e a folha de rosto, e ele a desgrudou da lombada com muito cuidado para não rachar a cola. Não era muito bom em escrever. Quando era bem pequeno — o que parecia ter sido há eras —, havia um jovem, que usava coletes extravagantes e parecia sempre doente, morando no apartamento ao lado. Era um pintor indigente que, por alguma razão insondável, tinha achado pitorescas as ruas sujas e casas tortas dos distritos das fadas. Ele não era como as outras pessoas. Quando vira Bartholomew correndo para o sótão, não se assustara ou o enterrara sob um arbusto de sabugueiro. Ele contara histórias a Bartholomew e o ensinara a ler. E lhe dera os livros que Bartholomew agora guardava atrás do fogão. Ele tinha sido meio que um amigo. Mas aí, um dia, ele foi embora em um caixão, e Bartholomew se esquecera da maior parte do que ele lhe havia ensinado. Não, Bartholomew não era muito bom em escrever. Mas tentou mesmo assim.

Querido Sr. Fada, escreveu ele. Usava uma pena que tinha esfregado no alcatrão da moldura da janela. O alcatrão era usado para selar as rachaduras e impedir a chuva de entrar, mas, durante os meses de verão, ele ficava quase líquido sob o sol quente. Não dava uma tinta muito boa. Era grudenta e difícil de conduzir pelo papel, mas ele não tinha tinta de verdade.

Tenho uma pergunta importante. Ficaria muito feliz e grato se pudesse responder. O que esses símbolos significam?

Então ele copiou as marcas de sua pele da melhor maneira que conseguiu. Era muito mais fácil que escrever em seu idioma. Parecia um desenho, e ele não precisava se preocupar com o modo como as letras se encaixavam ou com os sons que formavam. Então escreveu:

Muito obrigado, e tenha um bom dia.

E assinou:

Bartholomew Kettle

Fez um floreio embaixo do nome, que o deixou muito orgulhoso, e colocou o papel com cuidado dentro da casa da fada. Então desceu para o apartamento e levou uma surra por ter deixado Hettie sozinha.

Naquela noite, quando Bartholomew estava deitado em sua cama simples, meio pensando, meio sonhando com fadas e penas e pontos de interrogação, ouviu um barulho. Um clique suave na cozinha, como um metal velho e enferrujado rangendo. A porta do apartamento. Alguém estava mexendo na fechadura.

Ele se sentou rapidamente. Mais cliques. Girou as pernas para a beirada da cama, se levantou e caminhou silenciosamente até a porta do quarto. O barulho parou. Ele se ajoelhou e posicionou o olho no buraco da fechadura. A cozinha era escura e assustadora. O fogo tinha se apagado por completo. Mamãe dormia profundamente em sua cama estreita, e todas as chaves estavam penduradas no lugar, na parede do outro lado: a grande chave denteada da porta do apartamento; a chave do quarto dele; as chaves do armário de sabão e do portão dos fundos. Todas lá, em um prego grande enfiado no gesso.

Algo estava errado. Seus olhos varreram a sala de novo. *A porta da cama embutida de Hettie.* Estava aberta, só um pouco. E, lá dentro, alguém estava cantando.

Ele sentiu o coração dar um tranco. Não era a voz de Hettie. Não se parecia com nenhuma voz que já tivesse ouvido. Era abafada e grave, e cantava em uma língua delicada e marcante que, por algum motivo, fazia Bartholomew sentir-se imoral por ouvi-la, como se estivesse escutando o que não devia, como se estivesse bisbilhotando. Mas a melodia era paralisante. O som subia, depois descia, ora tentador, ora selvagem, serpeando para fora da cama embutida e enchendo todo o apartamento. Ele foi cercado pela canção como se nadasse em espirais negras de som. A música lhe encheu a cabeça, tornando-se mais alta e mais veloz até passar a ser tudo o que existia, tudo o que ele escutava, tudo que sabia.

Suas pálpebras ficaram pesadas como chumbo, e ele começou a enxergar pontos pretos. A última coisa da qual se lembrou antes de afastar o olho da fechadura e deslizar para o chão foi de ver a porta da cama embutida de Hettie se abrindo um pouco mais. Uma sombria mão deformada se esguei-rou lá de dentro. Então a cabeça de Bartholomew atingiu o chão como uma pedra, e ele adormeceu.

Foi a porta que acordou Bartholomew na manhã seguinte. Mamãe entrou no quarto com um monte de restos de fios de lã, e a madeira velha bateu na cabeça dele com vontade. Ele deu um pulo e gritou.

— Bartholomew Kettle, o que você está fazendo no *chão*? Pelo brilho das estrelas, para que serve sua cama? Bem, es-tou pensando seriamente em...

Ele não ficou para ouvir em quê exatamente ela estava pensando. Saiu correndo, passou pela porta e subiu a escada até o sótão, as pernas pulsando de agitação. *Por favor, que ela tenha respondido, por favor, que ela tenha respondido.* Ele sentiu um medo terrível de que a fada pudesse tê-lo ignora-do e que fosse encontrar tudo exatamente do jeito que havia deixado.

Mas dessa vez nada estava do jeito que ele deixara. Ele ficou sem ar ao chegar ao frontão. Parecia que um furacão tinha passado por ali. A arca de tesouros estava aberta, e o conteúdo, espalhado pelo chão. O cordão com as garrafas de vidro havia sido amarrado com um grande nó, tão aperta-do e intrincado que ele sabia nunca ser capaz de desatá-lo. A palha da esteira fora rasgada e enfiada entre as telhas no alto. E pendia de cima agora, delicada e dourada sob a luz da janela. Quanto à casa da fada, estava arruinada. Os galhos que ele tinha passado tantos meses reunindo haviam sido esmagados nas fendas do piso. As cerejas tinham desapare-cido. A colher também.

Ele deu alguns passos para a frente, estarrecido. Então notou alguma coisa se amassar sob seus pés. Era sua carta, meio escondida em um emaranhado de hera. Ele se ajoelhou e a desdobrou, trêmulo.

Ali estava seu texto, as letras tão tortas e feias que sentiu vergonha, e, ao redor das palavras, pequenas marcas sujas de dedos como as de uma criança pequena. Do outro lado, havia um número sangrando no papel creme tal qual uma mancha. Um simples número...

10

E só.

Ele olhou para o número, a palha pendurada ao redor, e as palavras da mãe lhe vieram à mente. As palavras que ela dissera naquele dia, semanas atrás, quando a dama de ameixa surgira nas sombras do Beco do Velho Corvo e ele implorara à mãe para deixá-lo evocar uma fada.

E se você arranjar uma que seja ruim?

Capítulo VIII
Para pegar um pássaro

VINTE minutos depois que o cavalheiro-fada enxotou Melusine da sala como se fosse um bode sarnento, o Sr. Jelliby ainda estava agachado dentro do armário, os olhos fechados, o sangue martelando na cabeça. Ele achou que fosse enlouquecer. Seu cérebro doía. E ele tinha quase certeza de que sairia pelo seu nariz a qualquer momento e que se contorceria pelo chão sobre tentáculos.

A dama de ameixa o vira. Havia olhado diretamente dentro de seus olhos, porém não gritara nem alertara o Sr. Lickerish, como era de se esperar, já que ela era capanga de um terrível assassino. Não, em vez disso ela implorara pela ajuda do Sr. Jelliby. Ele ainda podia enxergar os lábios dela formando as duas palavras, o desespero naqueles olhos vivos e brilhantes.

Me ajude. Foi como se ela tivesse gritado as palavras para ele. Mas ajudá-la como? Quem *era* ela?

Lentamente e com muito cuidado, o Sr. Jelliby abriu a porta do armário e deu uma espiada. A sala parecia absurdamente agradável. A luz do sol brilhava calorosamente pelas vidraças, formando um padrão no chão. Toda a penumbra e escuridão pareciam ter ido embora com o político-fada e a dama de ameixa.

O Sr. Jelliby desceu do armário. Suas pernas quase desmoronaram, e ele precisou se apoiar no móvel, os joelhos tortos.

Ele não tinha entendido nada. Não sabia de onde viera aquela voz fina ou toda aquela conversa sobre rosa mosqueta e números. Mas ele não podia simplesmente ficar sem tomar uma atitude. Afinal, a dama tinha impedido que o Sr. Lickerish o descobrisse. Ele devia aquilo a ela, tinha de fazer *alguma coisa*. Achava que podia salvá-la. Muito sutilmente, é claro. Não havia razão para querer bancar o herói. Ophelia não aprovaria que ele andasse por aí abordando damas desconhecidas com vestidos sujos.

Deu alguns passos vacilantes para se livrar do formigamento nas pernas e, então, se dirigiu até a porta.

Melusine. Que nome mais estranho e misterioso. Era francês? Não, o nome francês que conhecia era Mélisande. Ele teria de investigar quando chegasse em casa. Ou perguntar à tia Dorcas. Ela saberia. Ela sabia de tudo. Tia Dorcas era a irmã de seu pai. Era casada com um escriturário e morava em uma casa de três cômodos alugada em Fitzrovia, pois ela não chegava nem perto de ser próspera como gostaria e, por isso, se consolava sabendo tudo sobre todos. Para todos os efeitos, tia Dorcas era uma enciclopédia da sociedade trajada em um vestido. Se houvesse uma dama de alguma importância que atendesse pelo nome de Melusine, tia Dorcas com certeza saberia.

O Sr. Jelliby pôs a cabeça para fora da sala e espiou o corredor, um lado, depois o outro, então saiu de fininho e correu para longe dali, tenso. *Maldição*, pensou ele. *Maldição dupla*. O Conselho Privado. Provavelmente a reunião começara há séculos. Não seria possível entrar sem ser notado.

Ele refez seus passos pelos corredores reverberantes até chegar de volta à ala do prédio onde ficava a câmara do conselho. O corredor estava vazio agora. Pousou a mão na maçaneta de bronze, apoiando a cabeça na madeira fria da porta. A voz monótona do Presidente soou, vinda do outro lado. Uma frase. Uma pausa. Três frases, outra pausa. Uma cadeira rangeu estrondosamente. Nenhuma briga ou discussão. Provavelmente todo mundo estava morrendo de tédio. *E não seria uma distração empolgante se aquele tal Arthur Jelliby adentrasse agora, atrasado, é claro, provavelmente por ter se detido em algum ato vil de espionagem?*

Ele não podia abrir a porta. Simplesmente não conseguia. Talvez fosse melhor ir até um café, aguardar por uma hora atrás de um jornal e aí ir para casa e... Ophelia ficaria chateada com ele. Ela perguntaria como havia sido, e ele teria de contar um monte de mentiras. Mas mentir parecia infinitamente mais fácil que aquilo. Ele não tinha coragem de abrir aquela porta e de encarar todos aqueles olhares curiosos. Além disso, o Sr. Lickerish estaria lá. E o Sr. Jelliby não sabia se algum dia seria capaz de se sentar tranquilamente na companhia daquela criatura vil e desprezível.

Um cavalheiro elegante usando um chapéu feito com um cogumelo gigante entrou no corredor, interrompendo o dilema do Sr. Jelliby imediatamente. Sem pensar em mais nada, ele saiu na direção oposta.

Uma vez livre das paredes de Westminster, sob a luz do sol e a fumaça, com os ruídos da cidade ao redor, o Sr. Jelliby se sentiu quase leve. Inspirou profundamente aquele ar poluído algumas vezes, depois seguiu para Whitehall, os dedos brincando com a corrente do relógio.

Se queria encontrar Melusine, precisava de um plano. Talvez ela tivesse sido sequestrada. Ou se tornado vítima de chantagem. E, nesse caso, tia Dorcas com certeza saberia algo a respeito dela. Provavelmente saberia de qualquer jeito, uma vez que a dama de ameixa claramente já havia sido rica um dia. Há não muito tempo, aquele vestido de veludo fora uma visão esplendorosa, feito para virar cabeças e abrir bocas. Deve ter custado uma fortuna.

Ele caminhou pelo labirinto de barracas na Charing Cross, deixando os vendedores o cercarem. Mal notou as bandejas com brinquedos de corda, biscoitos, maçãs do amor e espelhinhos de mão que faziam você parecer mais bonito do que realmente era. As pessoas o atropelavam de todos os lados. Rostos sujos gritavam perto dele e depois se afastavam de novo, perdidos em meio às abas dos casacos. Uma fada pequenina, com longos cabelos verdes como grama à beira de um rio, se materializou diante dele. Ela trazia algo que parecia ser um monte de bengalas amarradas às costas.

— Um guarda-chuva para o patrão? — indagou ela, exibindo os caninos pontudos. — Um abrigo para a chuva?

O Sr. Jelliby riu. Não foi sua risada alegre e despreocupada de sempre, mas foi o melhor que conseguiu.

— Chuva? Senhora, o céu está tão limpo.

— Sim, patrão, mas não vai ficar assim por muito tempo. Nuvens estão chegando. Vindas do norte. Chegarão aqui à noite. Um melro me contou há menos de uma hora.

O Sr. Jelliby fez uma pausa, observando a fada de maneira curiosa. Então lhe jogou uma moeda e mergulhou na multidão, apertando o passo.

Um melro tinha lhe contado. *Um pássaro.* Pelo visto, os pássaros eram conhecedores de todo tipo de coisas. E o que saberia o pássaro do Sr. Lickerish? O pequeno pássaro mecânico que havia voado da janela do escritório vazio? Que tipo de mensagem existia na cápsula reluzente no pezinho dele? E para quem se dirigia tão rapidamente? Poderia não levá-lo diretamente à Melusine, mas de repente a alguém que ela conhecia? Um cúmplice, talvez? Pelo menos era uma pista, algo a seguir.

Ele precisava capturar o pássaro. Quando conseguisse, esperava que o levasse até Melusine. E uma vez que ele a tivesse salvado bravamente e tudo o mais, imaginava que deveria descobrir um jeito de deter o Sr. Lickerish. Essa parte soava menos interessante. Na verdade, soava um pouco perigosa. O político-fada não era nenhum assassino violento à espreita nos becos de Londres em noites nebulosas. Não dava para simplesmente mandar um policial prendê-lo. Ele era um Lorde Chanceler da Rainha. Era rico e poderoso, e, se quisesse, poderia esmagar o Sr. Jelliby com o polegar como se fosse um piolho. A justiça não ajudaria o Sr. Jelliby em nada. Não contra um Sidhe.

Mas basta disso. Chega de andar por aí se lastimando e pensando na vida. Ele precisava pegar aquele pássaro. Só que não fazia ideia de *como* capturá-lo. Sentou-se a um café na esquina da Strand com a Trafalgar Square e pensou um pouco mais.

Supunha poder atirar naquela coisa e derrubá-lo lá do alto. Tinha um velho rifle de caça pendurado sobre a lareira em seu escritório. Mas a arma era meio exagerada e, mesmo que de algum modo ele conseguisse chegar à região de Westminster sem ninguém notá-la, toda Londres iria ouvi-la quando disparasse. Também tinha o par de pistolas espanholas no armário do saguão. E aquela arma pequena, que ganhara ao completar 15 anos. O cabo era de madrepérola, e havia opalas e rubis verdadeiros por todo o cano e incrustando o gatilho. Ele nem sabia se ela funcionava mesmo. Coisas tão bonitas assim raramente funcionavam bem.

Um garçom usando calças antiquadas na altura dos joelhos e sobretudo se aproximou para atender o Sr. Jelliby, que pediu uma dessas novas bebidas tropicais, definidas por "doces como açúcar, refrescantes como gelo, coloridas como flores e duas vezes mais gostosas". Londres podia ser sufocantemente quente no verão quando as nuvens de cinzas fechavam o céu como uma tampa e nada além de uma leve brisa soprava do rio. Mesmo ali, onde as ruas eram mais amplas que a maioria e as casas se erguiam retas e altas de cada lado, o ar era praticamente sólido, com um cheiro rançoso de cebolas, chaminés e pele suja. O colarinho engomado da camisa do Sr. Jelliby já estava úmido de suor.

Quando a bebida chegou, já não estava mais tão gelada. Parecia um copo de tinta verde, grossa, xaroposa e tão doce que lhe deu nervoso. Ele bebeu dois goles e a deixou de lado, esfregando os olhos com as palmas das mãos. Em que estava pensando? Uma *arma*? O pássaro se estilhaçaria em pleno ar. Ele precisava derrubá-lo e pegá-lo, causando o mínimo de danos possível. Não fazê-lo em pedacinhos. Talvez primeiro devesse ver para onde o pássaro voava. Ele sabia que máquinas como aquela só podiam viajar de um ponto fixo para outro. Eram construídas para fazer apenas um trajeto único; a envergadura das asas, as engrenagens e outras peças, além do tamanho eram apropriados para percorrer apenas um único trecho. Os pássaros mais novos, ele sabia, tinham pequenas fadas de bateria para propeli-los. Eram equipados com um tipo de mapa mecânico, capaz de assegurar que não entrassem em campanários de igrejas ou pontes de cavaletes. E os pássaros ainda por cima precisavam ser enviados do lugar correto, da altura correta e para a direção correta. Então simplesmente voavam até seu mecanismo parar. Deve ter sido por isso que o Sr. Lickerish o lançou da janela do escritório do escriturário, bem no alto de Westminster. Se fosse mais baixo, o pássaro provavelmente teria batido contra a janela do sótão de alguém.

Um grupo de crianças maltrapilhas passou correndo pelas mesas, todas gritando e pedindo ao mesmo tempo, tentando conseguir algumas moedas antes que os garçons as expulsassem. Uma delas foi até o Sr. Jelliby, a mão estendida, tão suja que seria possível cultivar um pequeno jardim ali. O Sr. Jelliby ofereceu ao moleque a bebida que parecia tinta verde, mas a criança só fez uma careta e foi embora.

Então ele voltou sua atenção à tarefa que tinha em mãos. Tudo que precisava fazer era descobrir a trajetória do pássaro sobre os telhados de Londres. Assim poderia simplesmente escolher um ponto ao longo do trajeto e esperar que chegasse. Ele se imaginou de pé sobre uma chaminé em algum lugar, balançando de um lado para o outro, procurando se equilibrar, com uma rede de caçar borboletas na mão. Não era uma imagem muito bonita. E esperava que ninguém estivesse lá para vê-lo.

Ainda sentado, abaixou-se e jogou a mistura verde gosmenta na sarjeta. Seguiu para casa, caminhando sem pressa pelas ruas da cidade, olhos nos paralelepípedos, chapéu cobrindo o rosto. *Lábios rubros, inertes em um rosto alvo. Saias cor de ameixa. A pequena cartola projetando uma sombra sobre seus olhos.* Estava tão perdido em pensamentos que já havia chegado em frente à própria casa, na Belgrave Square, quando percebeu que havia começado a chover e ele estava encharcado até a alma.

Na manhã seguinte, depois de um bom café da manhã com salsicha e torrada amanteigada, o Sr. Jelliby foi pedalando até Westminster e desceu na ponte, em um lugar que lhe permitia ver as janelas do palácio renovado que davam para o rio. Apoiou a bicicleta em um poste e cruzou os braços sobre a grade, observando as fileiras de janelas cuidadosamente. Elas quase nunca eram abertas, e, quando alguém fazia isso, o Sr. Jelliby estendia o pescoço e semicerrava os olhos de maneira determinada, mas a única coisa que via eram rostos exaltados e, em uma das vezes, o fraque de um cavalheiro. A roupa caiu no rio e foi fisgada por um barqueiro, que a vestiu mesmo estando completamente ensopada.

Os vendedores de flores perto do Sr. Jelliby começaram a balançar a cabeça, olhando para ele. Um policial o observava mais desconfiadamente a cada vez que passava. Depois de seis horas, o Sr. Jelliby não conseguia mais aguentar aquilo e pedalou de volta para casa, cansado e humilhado, bem na hora em que as fadas das chamas começavam a acender a iluminação da rua.

Foram seis dias assim. Seis dias observando as janelas de Westminster como um louco, até que uma finalmente foi aberta, bem no alto, perto do telhado, e um objeto delicado feito de maquinário e bronze saiu voando, passando acima do rio.

No momento em que o Sr. Jelliby o viu, saiu correndo. Largou a bicicleta, o chapéu, largou os vendedores de flores gritando e girando o dedo perto das orelhas, no clássico gesto para maluco, e saiu em disparada pela ponte.

Assim como antes, o pássaro estava voando diretamente para a floresta de sótãos e chaminés na margem leste de Londres. O Sr. Jelliby invadiu o tráfego da Lambeth Road, ignorando o barulho das buzinas e os gritos furiosos. Uma carruagem a vapor passou zunindo a centímetros de seu nariz, mas ele mal se encolheu. Não podia perder o pássaro de vista. Não agora.

Para sua sorte, não era um pardal de verdade. As asas de metal o deixavam pesado e lento, mesmo batendo freneticamente, e o pássaro não foi atrás de minhocas e insetos escondidos nas pedras tal como as aves normais de carne e penas fariam. O Sr. Jelliby quase conseguia acompanhá-lo enquanto corria o mais rápido possível.

Infelizmente, seu "mais rápido" não era nada muito impressionante. O Sr. Jelliby não corria assim desde uma caça à raposa vários anos antes na propriedade rural de Lorde Peskinborough, quando o Sr. Jelliby discordara de seu cavalo sobre qual direção tomar e este o abandonara para seguir o caminho que mais lhe agradava.

O Sr. Jelliby acelerou ao entrar em uma rua secundária, os pés fazendo barulho nos paralelepípedos, o queixo erguido, os olhos cegos a qualquer outra coisa que não o pássaro acima. Alguém literalmente ricocheteou nele enquanto corria, e ele ouviu essa pessoa bater contra a vitrine de uma loja. As pessoas começaram a gritar coisas em sua direção, rindo e debochando. Um homem de aparência rude e dentes de metal lhe agarrou o braço e o girou. O Sr. Jelliby conseguiu se desvencilhar, mas colidiu violentamente contra uma dama rechonchuda que segurava uma sombrinha. A dama gritou. O embrulho que ela trazia — e que ele pensara ser um agasalho de pele para as mãos — de repente revelou uma boca e latiu, e uma chuva de pacotes coloridos caiu à volta. Ele não parou.

— Desculpe-me! Eu preciso passar! Por favor, me perdoe! — berrou ele, sacudindo as mãos para afastar um limpador de chaminés coberto de fuligem de seu caminho.

Lá estava o pássaro. Houve um vislumbre de bronze e maquinário quando a ave passou depressa por um espaço entre dois telhados, mas logo sumiu de novo.

O Sr. Jelliby precisava chegar à outra rua. *Maldição, aquela rua na qual ele estava o levava para a direção errada!*

Ele viu um beco, sinuoso e escuro, que seguia até um emaranhado de prédios, então se atirou naquela direção. Uma roupa lavada com um cheiro azedo de detergente lhe açoitou o rosto. Crianças de rua se dispersaram, gritando, ao vê-lo, desaparecendo em vários cantos como besouros diante de uma vassoura. Um pedaço de calha que caía quase encerrou a busca ali mesmo, mas ele conseguiu se desviar e saiu para a claridade de uma rua mais ampla.

O pássaro! Onde está o pássaro? Parou então, arfando e girando para verificar os telhados.

Lá. Ele estava mais adiantado que o pássaro, a ave voando ao longo dos telhados das casas em sua direção, sem pressa. O Sr. Jelliby mergulhou na sombra fria de um arco, e uma fada sem pernas saiu se arrastando em busca de um lugar seguro. Depois, ele irrompeu por uma porta, subiu algumas escadas, passou por um corredor e seguiu por mais algumas escadas, tão frágeis que podiam desabar sob seus pés a qualquer momento. *Terceiro andar, quarto andar...* Ele precisava chegar até o topo da casa, encontrar uma janela e pegar o pássaro no ar. Era o único jeito.

A escada terminava diante de uma porta baixa e torta com a pintura de cal meio descascada. Ele bateu à porta, e a tranca se abriu. Flagrou-se diante de uma sala pequena e bonita sob um telhado inclinado. O lugar estava limpo e arrumado, com louças no armário e uma toalha branca como a neve sobre a mesa. Uma senhora idosa estava sentada ali, e bordava, curvada sobre seu aro. Ela ergueu o rosto languidamente quando ele entrou, como se aquela invasão fosse a coisa mais monótona do mundo.

— Queira me perdoar, senhora. Vou ficar aqui só por um minuto. Isso é tão constrangedor... Posso abrir sua janela?

Ele não esperou que ela respondesse. Em duas passadas largas cruzou a sala e abriu a janela. As vidraças estremeceram na estrutura, e a janela bateu contra a parede do frontão. Ele colocou a cabeça para fora.

Lá estava o pássaro. Vinha voando pela rua. Em três segundos iria embora, flutuando sobre a cidade enfumaçada. Mas ele *era capaz de* alcançá-lo. Caso se inclinasse bem para fora e esticasse os dedos o máximo possível, o pássaro voaria diretamente para suas mãos.

Ele agitou os braços sobre o peitoril, acima da rua. Quinze metros abaixo, as pessoas paravam e apontavam. Alguém gritou. O Sr. Jelliby viu o pássaro se aproximar... de repente parecia assustadoramente perto... e então... *Ai!* Aquilo não era nada bom. O metal fino das penas cortou os dedos dele, pois as asas continuaram a bater. Ele puxou o pássaro para si, jogando-se de volta no sótão da senhora. A ave conseguiu se soltar e voou pela sala, de maneira estranha e desarmônica em meio à suavidade do apartamento. Chocou-se contra a parede, caiu no chão e lá ficou, se agitando freneticamente.

O Sr. Jelliby ficou observando, com os olhos arregalados, a respiração lhe arranhando a garganta.

— Herald? — A senhora estava ao lado dele, a mão na manga de sua camisa. — Herald, querido, você está muito atrasado — disse ela. — É hora do chá.

Ela levou o Sr. Jelliby até a mesa. Ele não se opôs. Estava tudo arrumado para o chá — duas xícaras, dois pires, uma vasilha para o creme, um açucareiro e uma torta de groselha, como se ela estivesse esperando por ele o tempo todo.

Então beberam o chá, lado a lado, observando silenciosamente o pássaro de metal convulsionar e se desfazer a seus pés.

Quando não aguentara mais tentar, a pequena ave deu um gemido patético e seu bico abriu, expelindo uma luz dourada que emitiu faíscas e rodopiou antes de piscar e se apagar como uma estrela sendo encoberta.

— Ah — disse a velha senhora, abaixando a xícara. — Está morto agora. Herald, faça a gentileza de levá-lo lá para fora com uma pá. Eu não gostaria que ele apodrecesse no tapete com estampa de rosas.

Capítulo IX
Nas cinzas

E ALI, agachado no chão de seu santuário arruinado, Bartholomew Kettle tomou uma decisão. Naquela noite capturaria sua fada rebelde. Confrontaria a pequena fera e, fosse boa ou ruim, a *obrigaria* a fazer o que ele queria. Ela não *queria* ser amiga dele, e não havia nada que Bartholomew pudesse fazer quanto a isso, mas ela achava que podia pregar peças nele. Achava que podia quebrar seus tesouros e assustar Hettie, e Bartholomew não mais aceitaria isso. Ao anoitecer, quando ela viesse sorrateiramente em meio às sombras e ao luar, estaria pronto.

Mas alguém chegou primeiro naquela noite, e Bartholomew foi obrigado a adiar seus planos. Botas pesadas se arrastaram pela escada, um lampião iluminou a beirada da porta, e Agnes Skinner, da casa mais ao final da rua, apareceu para beber uma xícara de chá. Bartholomew e Hettie foram enxotados para o quartinho minúsculo onde ele dormia, e a porta se fechou atrás deles.

Bartholomew se acomodou junto à parede fria e úmida, aguardando até que as vozes na cozinha ficassem mais altas. Ele temia visitas. Achava que era bobagem receber pessoas em casa, assim como deixar um lobo entrar em um cômodo cheio de pássaros. Mas os lobos também podiam ser interessantes. Às vezes, ele ouvia um pedaço da conversa, ou uma única palavra, e pensava naquilo por dias. Às vezes, desejava que *ele* pudesse se sentar na cozinha, escutando a conversa e tomando chá.

Desde que o lobo não fizesse perguntas.

Somente algumas pessoas sabiam da existência dos dois filhos de Betsy Kettle, e Agnes Skinner era uma delas. *Não seja notado e não será enforcado.* Não precisariam de muito para serem notados — um vislumbre de pele alva ou uma maré de azar e uma gansa que parasse de botar ovos. Então as pessoas deixariam de desejar "bom dia" à Mamãe na rua. E passariam pela porta dos Kettle como se fosse amaldiçoada. *E então...*

Hettie era a que mais causava preocupação. Ela sentia dor quando a mãe tentava aparar os galhos de sua cabeça, e só mesmo uma venda era capaz de esconder aqueles olhos pretos vidrados. Mamãe havia costurado um capuz verde-escuro para que ela pudesse ir ao quintal cavar areia, mas ela nunca podia falar com ninguém nem subir as escadas ou ir até a rua.

Era um equilíbrio delicado, e Bartholomew se sentia um pouco orgulhoso ao pensar em como sua mãe lidava bem com aquilo. Caso ficassem muito expostos, seriam descobertos; e se eles se escondessem demais, as pessoas começariam a mexericar, preenchendo tudo que não sabiam com as próprias suspeitas horrorosas. Sendo assim, Betsy mantinha poucos amigos, fofocava com vizinhos e levava violetas para as pessoas quando havia um falecimento na família. Agnes Skinner era uma de suas amigas mais antigas. Era viúva e ladra, com uma voz dura e destacada que se intrometia em tudo. Perguntava sobre as crianças de vez em quando, às vezes tão incisivamente que Bartholomew se perguntava se ela desconfiava de alguma coisa. E toda vez que ela vinha, ele ficava sentado no escuro, preocupado, um passarinho que sabia que o lobo estava logo do outro lado da porta.

A cozinha se encheu com a conversa das mulheres, que tagarelavam. A chaleira começou a assobiar, e Bartholomew sentiu o cheiro da infusão com as folhas de chá. Ouviu então o estalo úmido de uma rolha saindo.

Era a bebida. Havia uma garrafa alta de vidro com licor de amora em uma prateleira de cima na cozinha. Era uma relíquia do tempo em que o pai de Bartholomew ainda morava com eles. Ele sumia muitas vezes sem avisar, às vezes por meses, e então um dia a porta se abria, e ele voltava. Às vezes, chegava sujo e enodoado da viagem, em outras, limpo e arrumado, com rendas nos punhos. Sempre trazia alguma coisa quando regressava. Uma vez foram fitas, em outra, repolhos. Certa ocasião trouxera presunto e um colar de pérolas dentro da camisa. O licor de amora foi um desses presentes efêmeros, o único que a mãe ainda não havia vendido ou trocado. Bartholomew não sabia por que ela o guardava. Ainda assim, a única desculpa razoável para bebê-lo era quando recebia visitas, então tinha o hábito de misturá-lo ao chá.

Não demorou muito para que as duas mulheres ficassem bem alegrinhas no outro cômodo. De vez em quando, ouvia-se uma explosão de risadas, e as vozes ficavam tão altas que Bartholomew conseguia entender todas as palavras.

— Você viu que ela plantou rosas? — dizia Mamãe, e ele ouviu a madeira rangendo quando uma delas se reclinou na cadeira. — Rosas, Aggy! Como se quisesse *embelezar* aquele quintal feio. — Ela deu uma gargalhada um tanto amarga. — Elas não vão crescer, é claro. A terra daqui não presta por causa de todas essas fábricas funcionando dia e noite, e, mesmo que prestasse, as rosas não iriam ajudar nem um pouco a melhorar a aparência daquela casa horrível. Não mesmo. Teria sido melhor se ela tivesse feito geleia com os frutos da roseira, já que insiste em comprar essas besteiras, para começo de conversa. Ou chá. — Sua voz ficou melancólica. — Chá de frutos de roseira são deliciosos...

A Sra. Skinner fez um som incoerente de conforto.

— Isso eu não sei, Betsy, mas aposto que não se compara ao seu. Seu chá sempre aquece meus ossos, sim. Todas as vezes.

Bartholomew quase era capaz de enxergar a mãe envaidecida com tais palavras, tentando parecer elegante e refinada, gesticulando as mãos calejadas pelo trabalho como se fossem os dedos brancos e delicados de uma dama da sociedade.

— Que bobagem, Aggy. Mas beba mais um pouco, por favor. Só tente não colocá-lo para fora quando eu lhe contar o que o Sr. Trimwick fez...

As vozes voltaram a ficar mais baixas. Bartholomew não conseguia ouvir nada além de um murmúrio através da parede. Ficou de joelhos e procurou por Hettie, tateando no escuro. Ele a encontrou do outro lado do quarto. Estava agachada sob a janela, brincando silenciosamente com sua boneca. O nome dela era Docinho, e usava um lenço xadrez como vestido. A cabeça também era feita com um lenço xadrez, assim como as mãos e os pés. A boneca, na verdade, não era nada além de lenço xadrez.

— Como ele é, Hettie? — perguntou Bartholomew, com um sussurro fraco. A Sra. Skinner não devia ouvi-los. Mamãe provavelmente tinha lhe dito que estavam dormindo.

— Hettie, como é o maltrapilho?

— Maltrapilho — disse ela, e levou seu lenço xadrez para outro canto. Aparentemente ainda não estava disposta a perdoá-lo por deixá-la embaixo da escada.

— *Shhh.* Fale baixo, está bem? Olhe, Het, sinto muito. Eu já pedi desculpas e disse que não devia ter ido embora daquele jeito. Por favor, me diga.

Ela o espiou sob seus galhos. Ele praticamente conseguia ouvir as engrenagens se movendo dentro da cabeça da irmã, tentando decidir se o ignorava e dava a ele o que merecia, ou se aproveitava a satisfação de lhe revelar algo que ele queria tanto saber.

— Ele não fica em pé direito — explicou Hettie, depois de um tempo. — É todo curvado e sombrio, e usa um chapéu alto. Nunca consigo vê-lo direito, e ele parece ter insetos na garganta quando respira, e... — Ela estava com dificuldade para explicar. — E as sombras... elas o seguem por toda parte.

Nada de asas de pétalas, então. Isso não é bom. Como tinha sido tolo.

— Ah, está bem. Ele lhe disse alguma coisa? Do que as músicas dele falam?

Mesmo na escuridão, Bartholomew percebeu o olhar dela se endurecendo e perdendo o brilho.

— Não vou falar disso — retrucou ela. Então se virou de novo e abraçou a boneca junto ao rosto, ninando-a como se fosse um bebê.

Bartholomew sentiu uma culpa terrível. Ele era o responsável por aquilo. A fada e todos os seus truques. E Hettie era quem estava sofrendo com isso, mais do que ele. A culpa se transformou em raiva.

— Bem, ele lhe disse quem era? A criaturinha abominável lhe contou alguma coisa?

Ele só percebeu tarde demais que dissera aquilo mais alto do que pretendia. A cozinha estava em silêncio. Então ouviu Mamãe pigarrear.

— Como *estão* seus filhos, Betsy? — perguntou a Sra. Skinner. Bartholomew estava imaginando coisas ou a voz dela possuía um tom desagradável? — Mary disse que seu filho tem andado muito pelo sótão ultimamente. E ninguém viu a garota durante todo o verão.

— Eles andaram doentes — disse Mamãe rispidamente. Por um bom tempo, ninguém falou. Então a rolha estourou de novo, e ele ouviu o som de um líquido sendo derramado. Bartholomew pôde perceber, pelo tom de voz da Mamãe, que ela estava sorrindo. — Mas não é motivo de preocupação. Logo, logo estarão de pé e correndo por aí. Agora vamos falar de você. Os negócios estão indo bem ultimamente, se não me engano?

Bartholomew expirou lentamente. Ele não tinha nem percebido que estava prendendo a respiração. *Que boa saída*, pensou ele. Não havia nada que agradasse mais a Agnes Skinner do que falar sobre seus "negócios".

— Ah, não posso reclamar. Embora uma boa oportunidade tenha escapado pelos meus dedos há algumas semanas. — A Sra. Skinner suspirou. — Ela estava toda vestida com veludo roxo e cheia de joias. Eu queria abordá-la quando estivesse saindo, mas depois não a vi mais. Imagino que alguém tenha passado à minha frente.

Mamãe provavelmente dera alguma resposta engraçada, porque as duas mulheres começaram a rir. Então a conversa fluiu novamente, abafando todos os outros sons.

Hettie tocou o braço de Bartholomew.

— Ele me fez um montão de perguntas — sussurrou ela. — O maltrapilho. Sobre mim, você e Mamãe, e queria saber quem era nosso pai. E quando eu não quis mais responder e fingi dormir, ele ficou lá parado, me observando. Ele fica tão quieto no escuro. E fica um tempão assim até eu não aguentar mais.

— Het, ele é uma fada, não é?

— Bem, o que mais ele seria? Mamãe fecha a porta todas as noites, e o duende macabro lá embaixo passa a tranca na porta que dá para o beco, mas ainda assim o maltrapilho consegue entrar. Ele enfia o dedo nos buracos das fechaduras e a tranca abre, simples assim. — Hettie não estava mais brincando com sua boneca. Estava sentada, encarando Bartholomew. — Não gosto dele, Barthy. Não gosto da maneira como me olha, todo curvado, e não gosto das músicas dele. Ontem à noite, peguei no sono enquanto ele cantava e tive o pesadelo mais assustador de todos. — Seus olhos pretos brilhavam, úmidos.

— Está tudo bem — disse Bartholomew delicadamente, aproximando-se e passando o braço em volta dela. — Foi só um pesadelo. Você sabe que não vou deixar nada acontecer a você.

Hettie enterrou o rosto na camisa dele.

— Não parecia um pesadelo, Barthy. Parecia *real*. Sonhei que estava deitada, sozinha, no corredor em frente à nossa porta, e alguém tinha pregado meus galhos nas tábuas do piso. Gritei e gritei por Mamãe e por você, mas ninguém me ouviu. A casa estava vazia. E, então, vi que todas as aranhas corriam das paredes, e os pássaros e morcegos também voavam para fora. Eu não conseguia ver do que estavam fugindo, mas conseguia ouvir, vindo pela casa em minha direção, emitindo um guinchado e batendo coisas. Virei a cabeça e perguntei a um besouro que passava depressa do que estavam todos fugindo. O besouro disse: "Do Rei Rato. O Rei Rato está vindo." E depois ele continuou correndo e me deixou lá. — Hettie respirou fundo. — Sabe, o maltrapilho vai ao seu quarto. Depois de cantar para mim.

Bartholomew estremeceu. Ele não sabia disso. Aguardou sua irmã contar mais, no entanto ela simplesmente fechou os olhos e se aninhou junto a ele. Bartholomew ficou parado olhando para ela por alguns minutos. Depois também se curvou e, puxando seu velho cobertor sobre os dois, tentou dormir.

Já estava muito tarde quando ouviu sons de despedida vindos do outro cômodo. As vozes se tornaram firmes e sérias durante a despedida, a porta bateu, e os degraus rangeram quando a Sra. Skinner desceu pela escada. Durante alguns minutos, Bartholomew teve medo de que sua mãe fosse se esquecer de destrancar a porta e, assim, acabar por obrigá-lo ainda mais a adiar a execução de seu plano. Mas quando os passos da Sra. Skinner ecoaram pelo Beco do

Velho Corvo e outra porta bateu, Mamãe foi dar uma olhada neles.

Hettie tinha adormecido no colo de Bartholomew. Estava encolhida como uma bola. O cabelo cheio de galhos era tudo o que se via, e era como se uma moita de arbustos tivesse brotado de suas roupas. Bartholomew fingiu que também dormia. Ouviu Mamãe dar alguns passos pelo quarto. Manteve a respiração baixa e regular, então se perguntou qual seria a expressão no rosto dela.

Depois de um instante, ela tomou Hettie nos braços e a levou para fora.

Mal a porta foi fechada e Bartholomew já estava se movimentando, agachando-se no chão frio perto da parede. Não podia adormecer. Não podia ficar muito confortável. Tinha uma fada para capturar. Abraçou os joelhos e aguardou até que tudo ficasse em silêncio no outro cômodo.

Levou uma eternidade. Os sinos de Bath soavam a cada cinco minutos, gritos ecoavam nos becos por perto, e ele continuava a escutar Mamãe na cozinha, andando e fazendo o piso ranger, guardando o licor de amora em seu canto cheio de teias de aranha, limpando as xícaras de chá e amassando folhas e pétalas de flores para lavar as roupas no dia seguinte. Algum tempo depois, ele a ouviu soprar o lampião. Então seus primeiros roncos suaves. Bartholomew se levantou e entrou na cozinha sem fazer barulho.

O clima estava bom, mas mesmo assim Mamãe ainda precisava acender o fogão bojudo para ferver água para lavar roupas. Sempre havia uma boa pilha de cinzas no balde para carvão. Bartholomew caminhou pela sala na ponta dos pés e levantou o balde com cuidado para não fazer barulho. Era pesado demais para ele. Só conseguiu dar alguns passos antes de precisar colocá-lo no chão de novo. Pegou um punhado de cinzas e começou a espalhar pelo chão. Colocou um monte em frente à cama embutida de Hettie. Depois fez força para levar o balde de volta ao seu quarto e fez o mesmo em volta da própria cama. Quando havia uma grossa camada de cinzas no piso, encheu a concha do balde de beber e, andando de ré, foi derramando um pouco de água em cima de tudo. Ouviu a água se esparramar na escuridão e escorrer, e, quando se abaixou para tocar a mistura, sentiu que esta grudou firmemente em seus dedos. Ia funcionar. Deixou a concha perto da porta para não estragar o tapete gosmento e subiu na cama.

Já estava dormindo quando a fechadura do apartamento foi aberta.

A luz que vinha das janelas estava fraca como o brilho de uma panela velha quando Bartholomew acordou. A casa estava em silêncio.

Ele se sentou. *As cinzas.* Se Mamãe visse aquela bagunça, ele ia levar mais do que um puxão de orelha. Aquilo significaria uma viagem direta ao médico charlatão que atendia atrás da taberna Saco de Pregos, e ter de tomar várias injeções e remédios horríveis. Não podia ficar nem um tiquinho para trás quando ela acordasse.

Ele tirou o cobertor e se inclinou sobre a beirada da cama, semicerrando os olhos. A água e as cinzas tinham secado juntas durante a noite, formando um tipo de lama cinzenta endurecida. E em cima daquelas bolotas esmagadas, havia muitas pegadas.

Agora peguei você, pensou Bartholomew. As pegadas eram pequenas, com duas vertentes e uma fenda no meio.

Estavam por todo lugar em volta da cama e por todo o piso, centenas delas para um lado e para o outro. Seguiam por uma trilha suja sob a porta.

Bartholomew era um garoto da cidade. Nunca tinha subido em árvores ou corrido em um campo. Nunca tinha visto uma fazenda, além daquelas nas latas de café. Mas Mamãe o levara aos mercados quando ele era pequeno, e ele sabia como era a sola da pata de um animal. Aquelas eram pegadas de um bode. Cascos.

Então se lembrou dos lençóis se enroscando pelo quintal dos Buddelbinster, do céu ficando férreo e do rosto da mãe-fada com a boca aberta contra a janela do sótão.

Você não vai ouvir nada, gritara ela, e a voz ecoou dentro da cabeça dolorida e pungente de Bartholomew. *Os cascos fendidos nas tábuas do chão. As vozes na escuridão. Ele virá até você, e você não vai ouvir nada.*

Ele se levantou, tremendo, e seguiu as pegadas até o outro cômodo.

Capítulo X
O alquimista-mecânico

— Ah, Melusine, Melusine. — Tia Dorcas balançou a cabeça, juntou as mãos sobre o broche barato de estanho em seu peito e pareceu muito melancólica e compassiva. Falou o nome da dama misteriosa como se estivesse se referindo à mais querida de suas velhas amigas.

Ophelia ergueu os olhos da mesa de jantar onde estivera examinando as peças de tecido que tia Dorcas tinha trazido com ela na carruagem a vapor. Não era muito longe para se ir a pé da Curzon Street até a Belgrave Square, e o vendedor de tecidos só perdoava o frete em compras maiores, mas conforme tia Dorcas dissera:

— É tão barato que não compensa ir a pé. — Tudo bem que ela havia pedido o dinheiro à cozinheira dos Jellibys.

O Sr. Jelliby, que até aquele momento estava largado, carrancudo, em sua poltrona com estampado vivo, endireitou-se. *Tia Dorcas sabia. Ela conhecia a dama de ameixa.*

Ele pigarreou e então, mexendo nos punhos da camisa e tentando não soar muito interessado, perguntou:

— E então, titia, quem é ela?

— Sim, quem é ela? — ecoou Ophelia, com uma pitada de sarcasmo na voz.

Tia Dorcas sorriu com benevolência.

— Melusine Aiofe O Baollagh — disse ela, abanando o leque em direção às bochechas vermelhas.

O leque deveria se assemelhar àquele tipo elegante no qual uma fada minúscula fica montada em uma vareta e é obrigada a agitar o ar com suas asas diáfanas. Mas a dela era inanimada. Era uma imitação malfeita de cera esculpida e algodão, e uma pessoa precisaria ser cega para confundi-la com uma fada viva. Mas tia Dorcas parecia não perceber isso, e ninguém seria tão insensível a ponto de lhe dizer.

— Da Irlanda — acrescentou ela rapidamente, notando os olhares confusos. — Pobre coitada. Quer dizer, ela era apenas a filha de um mercador... comerciantes, sabe... mas um comerciante *rico*!

O Sr. Jelliby piscou.

— Era?

— Ela caiu em desgraça. — suspirou Tia Dorcas. — Por causa de um amor, eu acho. Se as histórias que contam forem verdadeiras, ele era a pessoa mais bonita do mundo. Eles estavam noivos. Mas houve um incidente. Muito misterioso. Ninguém sabe os detalhes. Em todo caso, a família começou a desconfiar dele, e os dois pombinhos fugiram! Ela foi deserdada, e nunca mais se ouviu falar deles. É extremamente romântico.

— É, extremamente... — disse o Sr. Jelliby, reclinando-se em sua cadeira de maneira pensativa.

Ophelia separou uma peça particularmente bonita de renda veneziana e perguntou:

— Posso saber onde você conheceu essa criatura apaixonada, Arthur?

— Ah, eu não a *conheço* — disse o Sr. Jelliby, dando de ombros encabuladamente. — Só *ouvi* falar dela. Alguns cavalheiros em Westminster estavam comentando. Titia, há quanto tempo isso tudo aconteceu?

— Ah, não faz muito tempo. Deixe-me ver. — Ela baixou a cabeça e fechou os olhos. Dois segundos depois, os abriu de repente e disse: — Mês passado! No mês passado eu ouvi Lady Swinton falar sobre isso enquanto eu fazia a bainha de sua anágua... Quero dizer, enquanto eu lhe fazia uma visita. — Ela olhou rapidamente para os dois. — Então, duas semanas depois, Madame Claremont falou alguma coisa, e, na última terça-feira, a Baronesa d'Erezaby. Na verdade, falaram disso em todos os lugares, não acredito que vocês não tenham ouvido nada.

— Sim, que estranho. Bem, obrigado, titia. — O Sr. Jelliby se levantou e a cumprimentou com uma reverência, depois se virou e fez o mesmo para a esposa. — E bom dia, minhas queridas. Receio que eu tenha de sair.

E, com isso, deixou a sala rapidamente.

Naquele outro dia, assim que a velha senhora se despedira do Sr. Jelliby, que saíra levando o pássaro mecânico cuidadosamente em uma pá de lixo, com a mão ferida enfaixada em uma atadura feita com um pedaço do pijama de Herald, ele correra de volta para o café na esquina da Trafalgar Square.

Atirou uma moeda para o garçom para que pudesse ficar ali sentado sem ter de pedir mais nenhuma bebida colorida artificialmente e colocou a criatura quebrada na mesa instável de ferro forjado, examinando-a com cuidado. Uma mola pulou das placas do peito do pássaro quando a máquina tocou o tampo da mesa. O Sr. Jelliby xingou baixinho. O pássaro estava destruído. As asas estavam em pedaços, e os olhos negros, que apenas algumas horas antes eram tão vivos e alertas, agora estavam amorfos como carvão. Teria sido melhor derrubá-lo do céu com um tiro.

Ele soltou a cápsula que ficava em volta do pé do pássaro e a girou nos dedos. *Deve haver um fecho escondido aqui em algum lugar...* Passou a unha pela superfície e encontrou. A cápsula se abriu com um estalo suave, e uma tira enrolada de papel saiu dali de dentro. Era um papel de boa qualidade e imaculadamente branco. Ele o desenrolou com cuidado.

Mande-a para a Lua, dizia em letras finas e rebuscadas. E depois, respingado de tinta e sublinhado com um risco forte:

A Criança Número Dez está vindo.

O Sr. Jelliby piscou ao ler aquilo. Leu de novo. Virou o papel e olhou o verso. As palavras eram estranhas e perturbadoras, mas não lhe diziam nada. Nenhum endereço. Nada de "para Fulano, atenciosamente, de Beltrano". Nada sobre a dama de ameixa. Todo aquele trabalho por dez palavrinhas que lhe ofereceriam a mesma compreensão nula se tivessem sido escritas em algum dialeto de fadas da Terra Velha, pois não faziam o menor sentido para ele. Por que alguém precisaria mandar alguma coisa para a lua? Ele não achava que o serviço postal entregasse lá. E a Criança Número Dez? Quem era...

Um calafrio percorreu a espinha do Sr. Jelliby, apesar do calor do dia. Os sons que vinham da Strand — o barulho dos cascos dos cavalos, os gritos dos vendedores e os sinos da igreja de St. Martin-in-the-Fields — de repente ecoavam, distantes.

Foram apenas nove... Essas tinham sido as palavras do cavalheiro-fada; as mesmas ditas para a dama enquanto o Sr. Jelliby ouvia escondido na escuridão do armário. A Criança Número Dez era um medonho. O Sr. Lickerish ia matar outro.

O Sr. Jelliby olhou em volta. Já era fim de tarde, e o café estava cheio. Vários casais estavam sentados nas mesas da rua, assim como alguns cavalheiros e uma dessas mulheres modernas e radicais que usavam calças compridas por baixo da saia e frequentavam cafés sozinhas. E todos estavam olhando para ele. Pensavam estar sendo discretos, fazendo-o por trás de jornais e leques erguidos, olhando por cima de óculos de sol e sob as abas de chapéus floridos. Mas olhavam ainda assim. Só para ver o que o homem elegante com uma pá de lixo faria em seguida.

Lentamente, voltou sua atenção para o pássaro. Por um segundo, quis correr. Largar o pássaro ali no café, pegar uma carruagem até a Belgrave Square e beber conhaque como se nada tivesse acontecido. Aquelas pessoas não sabiam de nada. Ninguém sabia o que ele sabia, e ninguém daria a mínima se ele não fizesse nada.

Mas, em algum lugar nos cortiços das fadas, uma criança iria morrer. Ele não podia beber conhaque sabendo disso. Isso o deixaria enjoado. Teria gosto de sangue e de ossos, e se sua carruagem caísse de uma ponte no dia seguinte, ele não achava que iria sentir pena de si, morto nas profundezas escuras do rio. Era o único que sabia o que ia acontecer. E então era o único que podia fazer algo para impedir.

Pegou uma caixa laqueada no bolso do paletó e colocou seus óculos de leitura. Inclinou-se para examinar o pássaro mais atentamente. Em algum lugar devia estar escrito onde tinha sido construído. Se ele conseguisse achar...

Semicerrou os olhos, virando a máquina nas mãos. O pássaro era muito frágil. Dava para sentir o maquinário se deslocando sob as pontas dos dedos, e, por um segundo, o Sr. Jelliby foi tomado pelo desejo infantil de esmagá-lo e sentir como as molas e placas de metal se quebrariam entre seus dedos. É claro que não fez isso. Tinha passado por muita coisa para simplesmente destruir o pássaro. Além disso, havia palavras nele. Estava vendo agora. Inscrições minúsculas gravadas em vermelho na base de uma das penas de metal.

Alqu. Mec., é o que dizia.

Então, em letras ainda menores: *X.Y.Z.*

A parte *Alqu. Mec.* queria dizer alquimista-mecânico. Isso o Sr. Jelliby sabia. E X.Y.Z.? Talvez as iniciais da loja ou do próprio fabricante. Mas que iniciais mais estranhas. O Sr. Jelliby teria de procurá-las em um catálogo quando chegasse em casa. Ele esperava que fosse de um fabricante que publicasse anúncios de propaganda sobre seu negócio. Um alquimista-mecânico do mercado negro trabalhando isolado em algum buraco em Limehouse nunca seria encontrado, mesmo que o Sr. Jelliby procurasse por cem anos.

Saiu do café e seguiu pela Regent Street em direção à Mayfair, mantendo os olhos atentos aos postes em busca de anúncios. Costumava haver propagandas de lojas pregadas neles, em algum lugar entre as camadas e camadas de folhetos que esvoaçavam incessantemente como pétalas de uma flor suja — folhetos para casas de espetáculo e circos, pantomimas, óperas e fantasmagorias. Mas, quando encontrou, só havia duas propagandas de alquimistas-mecânicos, e ambos eram pessoas de muito prestígio na Grosvenor Street, sem um único X, Y ou Z em seus nomes.

O Sr. Jelliby pegou um táxi de volta para a Belgrave Square e passou pela porta aberta da sala de estar na pontinha dos pés. Ophelia estava sentada em sua poltrona favorita, lendo com toda atenção a última edição do *Teia de aranha e gotas de orvalho: periódico de magia das fadas*. Ela notou a presença do Sr. Jelliby logo que este chegou, mas não o chamou, e ele seguiu para o andar de cima, se trancou no escritório e começou a procurar pelos anúncios em seus jornais com uma pressa febril. Levou o restante daquele dia e quase toda a manhã seguinte para descobrir o que estava procurando. Ele se esqueceu de descer para o café da manhã, se esqueceu até mesmo de se barbear, e, quando finalmente encontrou o que buscava, foi um tanto quanto decepcionante. O anúncio era pequeno e simples, destacando-se nitidamente entre as ilustrações caprichadas de perucas, sardinhas e arrumadeiras mecânicas. Três linhas pretas anunciavam grandiosamente, apesar de sua aparência modesta: *As Maravilhas Mecânicas do Sr. Zerubbabel! Todas as coisas com que você sonha e outras que nem imagina, produzidas com maquinário de relógios e bronze, feitas à mão e exclusivas. Com baterias duradouras para uma performance perfeita. Somente sob encomenda. Preço justo.* Em seguida o endereço: Stovepipe Road, 19 — 5º andar, Clerkenwell.

Clerkenwell? O Sr. Jelliby largou o jornal. Clerkenwell não era um bairro elegante. Na verdade, era bem inferior. E ele, com certeza, nunca tinha ouvido falar de um estabelecimento chamado "As Maravilhas Mecânicas do Sr. Zerubbabel". Era de se pensar que um cavalheiro da posição do Sr. Lickerish iria aos melhores alquimistas-mecânicos de Londres para fazer suas encomendas. Não a *Clerkenwell*. A não ser que o cavalheiro-fada não quisesse o melhor. A menos que ele quisesse o mais reservado, mais rápido e mais sigiloso.

Foi nessa hora que a campainha tocara. Tia Dorcas entrara em casa, Ophelia o chamara para ser gentil e vir cumprimentá-la, e ele fizera perguntas sobre Melusine.

Mas agora tinha escapado. Ele foi até o saguão e pegou o casaco e o chapéu onde estavam aguardando para serem escovados. Depois saiu, correndo pela rua escorregadia em função da chuva.

Clerkenwell ficava a uma boa distância de Belgrave Square. Seria mais fácil subir a interminável escada-caracol até os trilhos elevados do trem a vapor, concluiu ele, e viajar acima dos telhados de Londres. Melhor, pelo menos, do que tentar achar o caminho pelas ruas. Ele raramente se aventurava pela cidade ao norte da Waterloo Bridge, nunca além de Ludgate Hill, e passear pelos vários bairros sujos e perigosos que ficavam entre sua casa e Clerkenwell não era algo que estivesse disposto a fazer naquele dia.

Quando o Sr. Jelliby chegou, sem fôlego, no alto da escadaria, um autômato que não tinha pernas nem olhos e que não se parecia em nada com um humano, mas ainda assim tinha um bigode curvo de bronze e uma cartola, estendeu a mão em forma de pinça para ele. O Sr. Jelliby lhe entregou uma moeda. A mão em pinça e a moeda foram recolhidos para alguma parte escondida do corpo do autômato. Então um sino de bronze *retiniu* dentro da barriga dele, e o Sr. Jelliby recebeu um canhoto de tíquete verde. O autômato acenou silenciosamente para que ele entrasse na plataforma.

O trem a vapor chegou na hora certa, e o Sr. Jelliby se sentou em um dos compartimentos revestidos de madeira escura no vagão de passageiros. O trem começou a se mover. Fumaça e cata-ventos passavam rodopiando por sua janela. Apesar da claridade do dia, lampiões a gás chiavam nas paredes, sugando o oxigênio do compartimento. Quando ele desceu na estação King's Cross, estava com uma dor de cabeça lancinante.

E descer as escadas e passar pelas ruas esfumaçadas e cavernosas de Clerkenwell não ajudou muito. O ar sob os cortiços em ruínas era fétido. Preenchia seus pulmões como se fosse uma garrafa sendo recheada com algodões pretos, fazendo-o arfar. Pelo menos as pessoas pareciam menos perigosas do que o ar. Eram mulheres, em sua maioria, além de gnomos e crianças de rosto encovado. *Sem dúvida os ladrões e desordeiros estão ocupados em partes mais prósperas da cidade*, pensou o Sr. Jelliby.

Stovepipe Road, Stovepipe Road. Diabos, não havia placas com os nomes das ruas em Clerkenwell? Seus olhos buscavam alguma informação nos tijolos sujos, nas placas descascadas de loja e nos batentes de portas. Ele encontrou uma placa, rachada e enferrujada, presa por um pedaço de arame ao topo de um poste de rua, mas não conseguia entender o que dizia. Alguém tinha pintado por cima, com letras vermelhas que escorriam: *Terra das Fadas.*

Ele subiu pela rua rapidamente e não viu nada que se assemelhasse a uma loja de alquimista-mecânico, então virou-se quando achou que ninguém estivesse olhando e seguiu depressa para *baixo,* dessa vez. Ele fez isso várias vezes antes de reunir coragem para pedir informação a uma mulher desdentada que vestia um saiote carmesim. Ela apontou para um beco escuro que se insinuava para dentro de um bloco de prédios malconservados. Ele já havia passado pelo menos cinco vezes por aquele mesmo beco e, em todas elas, achou o lugar suspeito demais para se arriscar.

Mas então decidiu entrar. O ar estava abafado ali, viscoso como piche. Ele olhou para as casas que se curvavam no alto, e viu que uma enorme gota de água com fuligem vinha em sua direção. Desviou, e ela se esparramou no chão, o barulho ecoando entre os prédios. Não havia placas naquele beco também, nem mesmo de lojas ou tabernas. Apenas casas tortas, escuras como a noite, e janelas quebradas. Na metade do beco, ele viu um duende macabro, bêbado de gim, esparramado à soleira de uma porta, e pediu informações uma segunda vez.

O duende franziu o cenho sob as sobrancelhas frondosas.

— Bem ali — murmurou ele, acenando uma garra em direção a uma casa alta e estreita perto do fim do beco.

O prédio estava tão acabado quanto os outros. Com certeza não era um lugar que o Sr. Jelliby imaginaria o Lorde Chanceler visitando. Logo ele, com suas roupas extravagantes e perfeita pele alva.

O Sr. Jelliby agradeceu ao duende macabro e se aproximou da casa, nervoso. Olhou para cima e viu que ela terminava em um grande nó de chaminés e fumaças agitadas como uma cabeça com rebeldes cabelos negros. Ele passou por uma porta baixa e começou a subir uma escadaria. Subiu e subiu, passando por inquilinos de olhos desconfiados e apartamentos sujos até que, por fim, chegou ao quinto andar. Lá encontrou uma pequena placa pintada a mão que apontava para uma portinha, também pintada a mão, na qual estava escrito simplesmente: *Sr. Zerubbabel*. Nada de "maravilhas mecânicas".

Vários sinos enferrujados soaram estridentemente no alto da porta quando o Sr. Jelliby entrou. A sala era escura, apertada e com teto baixo, e não dava para ver seu verdadeiro formato em razão de todas as prateleiras e pilhas de máquinas empilhadas ao longo do cômodo. Havia esqueletos metálicos de autômatos inacabados jogados em caixas, os olhos mortos fixos em nada. Arames cruzavam o teto, e, acima deles, pedalando de um lado para o outro com suaves rangidos, havia dezenas de homenzinhos de metal em monociclos, carregando chaves de fenda, martelos e latas de óleo reluzente.

Um *ting* metálico soou no canto oposto da sala, então o Sr. Jelliby se virou e viu um velho curvado sobre uma escrivaninha, ajustando os trilhos do rolamento de um caracol mecânico.

O Sr. Jelliby deu um passo em direção a ele.

— Senhor? — perguntou. A palavra caiu com um baque surdo na sala. O velho levantou o rosto, torceu o nariz e olhou para o Sr. Jelliby através de seus óculos de meia-lua.

— O que deseja? — disse ele, colocando o caracol na escrivaninha. O animal mecânico zumbiu de satisfação e começou a girar em volta de um pote de graxa.

— Ah... estou tendo o prazer de falar com o Sr. Zerubbabel?

— Eu sou o Sr. Zerubbabel; agora, se é um prazer falar comigo, isso aí é com você. — A voz do homem era firme, educada, completamente em desacordo com a pequena loja bagunçada. Ele usava um chapéu preto bem pequeno. — Xerxes Yardley Zerubbabel, ao seu dispor.

O Sr. Jelliby sorriu, satisfeito.

— Tenho um objeto quebrado aqui que foi construído na sua loja. Ele... bateu na janela do meu sótão. — Tinha praticado o que ia dizer durante todo o café da manhã enquanto fingia ler o *Times*. E o que planejara dizer não tinha nada a ver com o que havia acabado de falar. — Se puder me fazer a gentileza de dizer para onde ele ia, vou agora mesmo devolvê-lo ao seu dono.

— Ah, não é necessário, eu lhe garanto. Não é necessário mesmo. Tenho todos os meus clientes registrados aqui. Mostre-me a máquina, por favor.

O Sr. Jelliby começou a tirar o pássaro do bolso. Uma garra metálica agarrou em sua calça e rasgou um pedaço, fazendo barulho. O velho se encolheu. Enquanto o Sr. Jelliby lutava para soltar as penas da costura do seu colete, o velho disse:

— Ah! O pássaro do Sidhe. Obrigado, eu mesmo cuidarei para que seja devolvido.

— Ah... — O Sr. Jelliby ficou decepcionado. — Bem, posso saber para onde ele estava voando?

O homenzinho franziu o cenho e falou, desconfiado:

— Não, receio que eu não possa lhe contar.

O Sr. Jelliby contorceu a boca e olhou para uma das asas do pássaro. Depois arrastou os pés. Aí disse:

— Está bem, veja só. Estou com a polícia, e a criatura que comprou este pássaro é um criminoso atroz.

— Ele é um político — disse o velho, sem emoção.

— Mas também é um assassino! Tem andando por Londres e Bath matando pobres inocentes e deixando-os ocos como árvores mortas, e *você*, como um inglês de bem, tem o dever *moral* de me ajudar.

O Sr. Zerubbabel resmungou.

— Em primeiro lugar, não sou inglês. E, em segundo lugar, essa é a pior mentira que já ouvi. Com a polícia, sei. Não acredito em uma palavra do que disse. E, mesmo que acreditasse... — Ele fungou e, com as sobrancelhas erguidas, voltou a trabalhar no maquinário do caracol. — Não é da minha conta.

O Sr. Jelliby jogou as mãos para o alto, em desespero.

— Como você pode... O que se passa... Você não tem...?
— Abaixou as mãos, depois abriu a carteira e tirou de lá duas moedas de ouro brilhantes, que balançou sob o nariz do ancião. — Posso fazer com que isso seja da sua conta?

O velho espiou as moedas, pegou uma delas e a mordeu. Depois olhou para o Sr. Jelliby com uma expressão dura, ficou na ponta dos pés para olhar pela janelinha na porta da loja e disse asperamente:

— Vou pegar meus registros.

Como um rato velho, o Sr. Zerubbabel se recolheu para um buraco entre as duas prateleiras arriadas. O Sr. Jelliby não conseguia ver nada lá dentro, exceto escuridão. Ouviu algumas imprecações, seguidas de um enorme barulho que estremeceu a alta casa até a base. Uma cascata de mosquitos mecânicos caiu de um pote de vidro nos arredores. O ancião colocou a cabeça para fora.

— Foi comido. Um instante, por favor. — E desapareceu de novo no buraco.

Houve mais um estrondo, que soou como garras batendo, e sussurros violentos, até que o velho apareceu de novo, dessa vez com um mapa nas mãos.

— Agora sim! — disse ele, esbaforido. — Vamos ver o que temos aqui. — Ele desenrolou o mapa sobre uma pilha de escombros e começou a examiná-lo com atenção, os olhos se movendo rapidamente como moscas. Havia longas linhas traçadas com tinta vermelha. O Sr. Zerubbabel passou o dedo encarquilhado por elas. — Eu tenho uma fada do ar para percorrer as distâncias e calcular rotas seguras, et cetera — explicou ele. — Ela encontra obstáculos, mede a altura de onde minhas máquinas devem ser lançadas... — Ele olhou de soslaio para o Sr. Jelliby. — Para que não batam em janelas de sótão.

O Sr. Jelliby assentiu sensatamente.

O Sr. Zerubbabel voltou para o mapa, franzindo o cenho. Bateu o dedo três vezes, em pontos diferentes do mapa.

— Estes são os pontos que ele me deu. Três pássaros. Cada um tem rota própria. Três pássaros para três rotas. E todos saem de pontos diferentes de Londres. — O Sr. Zerubbabel pareceu pensativo por um instante. — O que você pegou, ao que me parece, sai do Palácio de Westminster em direção ao norte. Yorkshire. Ele é lançado para o leste para evitar as cinzas da fábrica. O segundo viaja entre Bath e uma casa na Blackfriars Bridge. E o terceiro, eu nunca consegui entender. Ele me pediu para calibrá-lo a fim de voar em uma linha reta para cima, saindo de um sótão em Islington e indo cem metros em direção ao céu aberto. E quando mandei Boniface... essa é minha fada do ar... lá em cima para ver o que havia, ele não encontrou nada. Apenas céu e nuvens.

O Sr. Jelliby já não estava mais ouvindo. Tinha o que precisava.

— Obrigado, senhor, muito obrigado mesmo. Você se importaria de anotar as coordenadas para mim? As linhas longitudinais ou seja lá qual for o nome. — Ele estendeu outra moeda de ouro. — Eu ficaria imensamente grato.

O velho guardou a moeda e anotou uma série de números em um pedaço de papel amarelado. Então o entregou ao Sr. Jelliby.

— Não sei o que você pretende. Provavelmente arruinar o cavalheiro. Talvez um pouco de chantagem? Vocês, ingleses e fadas, são tão parecidos. Cada um tão voltado para seu próprio lado que não consegue enxergar mais nada. Ah, bem. Não vou falar nada. Nesta parte de Londres, só quem fala é a cara da moeda, e, como eu já disse, não é da minha conta.

O Sr. Jelliby achou aquilo uma coisa muito gentil de se dizer. Já estava para se despedir do homem quando os sinos sobre a porta tocaram de novo e outro cliente entrou.

E quem seria senão o mordomo-fada do Lorde Chanceler John Wednesday Lickerish?

O Sr. Jelliby apertou a mão em volta do pássaro. E, lentamente, começou a deslizá-lo para dentro de sua manga. A garra prendeu no punho. *Não queria passar.* De repente lhe ocorreu como o mordomo se assemelhava a um louva-a-deus, um inseto extremamente pálido, com aqueles dedos e braços compridos. O mordomo-fada teve de virar a cabeça de lado de um jeito esquisito para evitar que batesse no teto. O maquinário de bronze em seu rosto estava firme, imóvel.

Um passo. Um passo para a direita e o Sr. Jelliby estaria escondido atrás dos tentáculos cheios de rebite de um polvo mecânico. Mas era tarde demais. O mordomo se virou e o viu.

— Aah! — gemeu ele, a lente estalando em seu olho verde enquanto focava no pássaro na mão do Sr. Jelliby. — Que bom vê-lo aqui...

Capítulo XI
A Criança Número Dez

As pegadas de bode davam voltas pelo chão da cozinha, da porta até a mesa, passando pelos canteiros de temperos até o fogão bojudo sob as ervas secas. O corpanzil de Mamãe inflava e desinflava suavemente enquanto ela dormia, a velha cama rangendo a cada respiração. Em sua cama embutida, Hettie se remexeu um pouco e suspirou.

Bartholomew soltou o ar lentamente. *Para quê a fada veio? O que ela queria?*

Se apenas ele não tivesse evocado a fada. Se ao menos tivesse ouvido sua mãe e prestado atenção às advertências. Ela lhe dissera o que poderia acontecer. E praticamente o implorara para não fazê-lo. Mas ele queria tanto um amigo. Queria alguém para protegê-lo e conversar com ele, algo que o fizesse acreditar que não era apenas estranho e feio. Só que a fada não ia ser sua amiga. Não iria protegê-lo e não iria torcer a roupa na máquina. Tudo o que fez foi entrar ali sorrateiramente durante a noite e encher a cabeça de Hettie de pesadelos. O número dez no papel que estava no sótão provavelmente era mais uma das peças pregadas. Naquele momento, devia estar rindo dele.

Bartholomew mordeu o lábio e seguiu as pegadas até a porta do apartamento. Ainda estava trancada. *Ele coloca o dedo nas fechaduras e a tranca abre, simples assim.* E, aparentemente, as fechava de volta também. Destrancou a porta e depois, com cuidado para não fazer barulho, saiu para o corredor na ponta dos pés.

A casa estava fria e escura. Os pisos, lisos e gastos pelo passar dos anos, brilhavam pouco sob a fraca luz que vinha da janela.

A trilha de cinzas levava até o andar de cima. Ficava mais fraca à medida que ele seguia, sumindo aos poucos até não restar mais quase nada. Quando Bartholomew chegou ao terceiro andar, a trilha já havia quase desaparecido. Não importava. Ele sabia aonde a fada tinha ido.

Silencioso como a lua, ele deslizou pelo alçapão e entrou no sótão. Abaixou sob a primeira viga e arrastou-se para a frente, olhos atentos, procurando por uma pista do esconderijo da fada. Ele a mataria caso a encontrasse, pensou com súbita violência. Se encontrasse o monstrinho, torceria seu pescoço. E o faria antes que a fada torcesse o pescoço de Hettie, o de Mamãe e o dele.

Um barulho o fez congelar de repente — vozes, murmurando, abafadas sob o telhado.

— Ah, sim. Aquele criança ser um Peculiar, com certeza. — A voz falava aos sussurros, mas Bartholomew a reconhecera imediatamente. *Abafada, grave. A voz que cantava.* Só que dessa vez seu dono respirava ruidosamente a cada punhado de palavras, sugando o ar por entre os dentes. — O pequeno mestiço constrói uma casa, vê? Uma casa ridícula pra pegar uma fada pra ele. Achei ela enquanto explorava o lugar. Chutei e fiz tudo em pedacinhos! Ha-ha-ha! Tudo em pedacinhos. — Deu uma risada.

Bartholomew cerrou os punhos e se apoiou no telhado inclinado. A voz vinha do espaço sob o espigão. Seu lugar.

— E o medonho idiota ainda acha que funcionou. Que eu ser seu escravo-fada. — Uma respiração ruidosa. — Ele me fez perguntas, fez sim. Me escreve uma carta, com palavras, toda caprichada, e me pergunta o que significava uma coisa na língua das fadas soberanas e... — outra respiração ofegante — essa ser a parte mais estranha de todas. Era...

— Não me importa — interrompeu uma segunda voz, também muito baixa, mas de uma maneira totalmente diferente. Era uma voz ríspida e perigosa, e muito, muito fria.

— O medonho é ou não é o que eu preciso? Não posso aceitar mais nenhum erro. Nem de você nem de mais ninguém. Você está encarregado de garantir que os medonhos possam ser usados, garantir que sejam o que o Lorde Chanceler precisa. — A voz se ergueu, furiosa. — E você me deu *lixo* nove vezes seguidas! Vai sobrar para meu pescoço se a criança não servir de novo.

— Bem, você pegar tantos pescoços que dificilmente fará...

O outro sibilou de raiva, e Bartholomew viu uma sombra se agitar furiosamente do outro lado da viga.

— *Cale a boca*. É melhor você calar a boca. Temos muita coisa em jogo agora. Você verificou tudo de acordo com a lista que meu mestre lhe enviou? Você ao menos *recebeu* a lista? Tivemos algumas... interrupções ultimamente no envio de mensagens dos pássaros do Lorde Chanceler. Ele não tinha certeza se você havia recebido.

— Sim, recebi o pássaro. Veio como sempre.

Bartholomew se aproximou. Pelo espaço entre as vigas ele só conseguia ver uma figura. A respiração de Bartholomew ficou presa na garganta. Era o maltrapilho. Não havia dúvida. A criatura era exatamente do jeito que Hettie descrevera. Era pequeno e disforme, e estava parado com o queixo contra o pescoço. Usava uma cartola amassada puxada para baixo, cobrindo o rosto. Suas únicas peças de roupa eram um colete e um paletó surrado. Não usava calça. E Bartholomew viu logo por quê. Da cintura para baixo a criatura não era um homem maltrapilho, mas sim um bode maltrapilho. O pelo em suas ancas era grosso e preto, coberto de sujeira e sangue. Dois cascos fendidos saíam de debaixo de seus machinhos peludos. O maltrapilho era um fauno.

— Muito bem — disse a voz fria. — Vou acreditar em você. Estou sem tempo, ou eu mesmo investigaria isso. — Bartholomew não conseguia ver quem tinha falado essas palavras. Quem quer que fosse, estava escondido do outro lado do frontão, e Bartholomew não se atrevia a chegar nem um pouco mais perto para ver melhor.

A voz prosseguiu, sussurrando:

— Estou avisando, *sluagh*. Se o Lorde Chanceler ficar insatisfeito com a entrega mais uma vez... se o medonho for outro fracasso... você vai perder mais do que apenas alguns dentes.

O maltrapilho arrastou os cascos no chão e não disse nada.

— Está claro? — A voz era gélida.

Bartholomew não ficou para ouvir o restante. Arrastou-se para trás e alcançou o alçapão. Tudo era diferente agora. Tudo tinha mudado. Não se tratava mais apenas de uma fada doméstica tola. Ele não queria pensar no que aquelas criaturas fariam com ele caso o pegassem bisbilhotando. Ele desceu até o corredor do terceiro andar e correu em direção à escadaria.

Sua cabeça estava zonza. *Então nunca deu certo. O convite. A casa patética com as cerejas nas paredes. Tudo tinha sido em vão.* O maltrapilho não era sua fada. Ele tinha sido contratado. Para espionar. Para se certificar de que Bartholomew *serviria*, seria adequado, e não um fracasso como os outros nove. *Nove.* O menino da família Buddelbinster era um deles. Devia ser. E agora Bartholomew era o número dez. *O papel no sótão.* Ele puxou a manga e examinou as marcas em seus braços. Vários números dez em tom vermelho vivo na linguagem das fadas. Pelo menos o maltrapilho falara a verdade sobre isso.

Ele começou a correr descendo as escadas, as farpas do frágil corrimão lhe espetando a mão. Não sabia para que o queriam. Não sabia se devia se esconder ou contar para sua mãe ou aguardar em silêncio até que viessem a ele. A criatura — aquela que ele não tinha visto — tinha dito que trabalhava para o Lorde Chanceler. Isso não era bom? Não eram só as pessoas mais bondosas e sábias que podiam se tornar Lorde Chanceler? *Mas por que um Lorde Chanceler empregaria fadas que soavam gélidas e batiam nas pessoas até arrancarem seus dentes?* Bartholomew já não sabia mais o que pensar. Estava apavorado e empolgado, tudo ao mesmo tempo, e era como se várias mariposas batessem as asas em seu estômago. Então, surgiu em sua mente uma imagem de pessoas majestosas, de duques e generais cheios de medalhas, de mantos de arminho se arrastando pelo mármore e grandes salões iluminados por velas. Uma faca de prata sendo batida contra uma taça de vinho. Um brinde que se erguia. E Bartholomew percebeu que ele era o motivo da comemoração. Barthy Kettle. A Criança Número Dez, do Beco do Velho Corvo, sétimo distrito das fadas, Bath. Era um pensamento ridículo. Um pensamento, feliz, esperançoso e ridículo, que não tinha como ser real.

Ele estava quase chegando à porta do apartamento quando algo lhe captou a atenção ao olhar pela janela do corredor. Havia algo lá fora no beco, uma sombra extra onde não devia haver nenhuma. Ele refez seus passos e se aproximou da vidraça arredondada.

Era a dama de ameixa. Ela estava de volta ao Beco do Velho Corvo, sentada imóvel em um banco maltalhado à parede do local conhecido como taberna do balde de musgo. O beiral mofado pendia pouco acima dela, deixando-a na penumbra. Ela estava apoiada na parede, as mãos sobre o colo, o queixo abaixado, colado ao pescoço.

Bartholomew levantou a mão até o vidro. A imagem de salões iluminados por velas, mantos de arminho e rostos admirados ficou mais viva que nunca. Por que a dama não devia levá-lo embora? Alguém — não, não apenas alguém, mas o Lorde Chanceler em pessoa — tinha enfrentado várias dificuldades para encontrá-lo. Aquilo significava que ele era importante. Nos cortiços das fadas ele não era importante. Era só mais uma coisa feia que devia ser escondida e nunca podia falar com ninguém. Ele morreria ali. Mais cedo ou mais tarde.

Mas as fadas assustadoras no sótão, gritou uma voz, ressoando em sua cabeça como uma sineta de bombeiros. *O aviso da mãe de Buddelbinster, aquele rosto horrendo na parte de trás da cabeça da dama, os cascos, as vozes...* Bartholomew a silenciou. Não importava. Que diferença aquilo faria quando tudo o que estavam fazendo era levá-lo para um lugar melhor? Um lugar ao qual ele pertencia. Seria melhor para todos se ele fosse embora. Significaria menos uma boca para sua mãe alimentar, menos um medonho com o qual ela se preocupar. Hettie iria chorar, e ele sentiria uma saudade terrível dela, mas com certeza poderia visitá-la. E se a sala para onde tinha viajado através do círculo de cogumelos fosse parecida com o lugar para o qual iria, ele sabia que não se importaria de morar lá. Poderia simplesmente raspar um pouco de ouro dos móveis, e Mamãe e Hettie teriam tortas e patos para comer por meses.

Assim que saiu da janela, Bartholomew já havia se decidido. Em algum lugar de Londres, pessoas esperavam por ele, pessoas esplendorosas, com pássaros mecânicos, salas elegantes e lareiras. Ele ia abandonar o Beco do Velho Corvo.

Apoiou a cabeça na porta do apartamento e sussurrou:

Adeus, Mamãe. Adeus, Hettie.

Então esperou vários segundos, como se ouvindo a resposta, e desceu a escada. O goblin dormia em seu banquinho. O rosto na porta olhava cegamente, olhos de madeira acinzentada sobre bochechas de madeira acinzentada. Bartholomew se despediu silenciosamente deles também. E saiu sem fazer barulho para os confins estreitos do beco.

As casas em volta eram como pregos escuros contra o céu. O sol estava começando a se erguer, e apenas o brilho vermelho do início da manhã iluminava o beco. Em algum lugar a várias ruas dali, uma carroça passava sobre as pedras, fazendo barulho, reverberando.

Bartholomew cruzou a via e se aproximou da dama com cuidado, arrastando-se junto à parede para chegar até ela. Ela parecia ainda maior de perto, mais sombria e assustadora, como se as sombras dos recessos e vãos de portas estivessem sendo atraídos para ela, infiltrando-se em suas saias. Na última vez em que Bartholomew a vira, ele estava no sótão, atrás do vidro. Agora dava para ver cada detalhe. Era jovem. Não uma senhora, mas uma garota com não mais de 20 anos. Seu chapéu continuava meio torto na cabeça, mas as joias não estavam mais em seu pescoço, e uma de suas luvas da cor da noite estava rasgada, dura com algo que parecia sangue seco. O batom vermelho estava um pouco borrado. Bartholomew a achava a coisa mais maravilhosa e assustadora que já vira.

Estava a três passos dela e, então, parou. Ela estava tão quieta. Tão imóvel à sombra do beiral. Pensou em estender o braço e tocar a mão dela. Mas não pareceu muito inteligente de sua parte.

Já estava prestes a voltar para dentro e ficar tremendo contra a porta até conseguir pensar no que dizer quando a dama se mexeu. Suas pálpebras se agitaram e se abriram, e ela disse com voz suave:

— Ah! Olá, queridinho.

Sua voz parecia aérea, sonhadora, como se estivesse meio acordada e meio dormindo.

Bartholomew se encolheu. Por um instante, não teve certeza se ela estava falando com ele, uma vez que não tinha virado a cabeça ou mesmo olhado diretamente em sua direção. Mas o beco estava vazio. Ele e a dama eram os únicos ali.

— Papai mandou você? — perguntou ela. — Você é o novo criado?

Bartholomew ficou parado, boquiaberto, sem saber bem como responder. *Será que isso é algum tipo de teste? Ah, não. Não posso estragar tudo. Alguma coisa inteligente, algo inte-*

ligente para deixá-la impressionada. Aquela ainda era a feiticeira que tinha levado seu amigo, ainda era a dama com o rosto retorcido secreto. Mas seus olhos eram tão gentis. E tinha uma voz tão amável. Ele já nem se lembrava mais da outra cara. Talvez pertencesse a outra pessoa.

— Diga-lhe que não irei ceder — continuou ela. — Nunca enquanto as colinas forem verdes. Jack será meu, e nada irá se colocar entre nós dois. Mas estou tão cansada... Que cadeira dura é esta em que estou sentada? Onde estão meus travesseiros? Onde está Mirabel com *pêches et crème*? Queridinho, onde eu...

De repente, os olhos dela se arregalaram. Suas pupilas focaram em Bartholomew, e ela se aprumou, agarrando as mãos dele.

— Ah, não — sussurrou ela, e a voz estava trêmula. O desespero tomou conta de seu rosto, e os olhos brilharam cheios de pavor. — Não, não. Você precisa correr. Queridinho, eles estão aqui para *pegar* você. Não deixe que façam isso. Corra. Corra o mais rápido que puder sem nunca olhar para trás.

Então ele ouviu um som de algo batendo que reverberou pelo beco, vindo dos telhados. Bartholomew olhou para cima bem a tempo de ver a pequena escotilha de seu espigão estourar, lançando uma nuvem de vidros no ar. Uma forma saiu voando, uma massa serpenteante de escuridão que mergulhou, os vidros cintilando ao redor, e aterrissou no beco com um som horrível.

Bartholomew sentiu um aperto no coração. A dama arfou e abaixou as mãos.

Tudo pareceu se mover bem lentamente. O vidro da janela caiu como chuva, tilintando como diamantes na sarjeta. A forma serpenteante se lançou para cima deles. A dama virou o rosto para Bartholomew, os olhos cheios de lágrimas.

— Diga a papai que sinto muito — sussurrou ela. — Diga a papai que sinto muito. — Em seguida a forma escura a invadiu, e ela se curvou, ficando sem ar.

Quando levantou a cabeça de novo, seus olhos estavam escuros e penetrantes. Olhos de fada.

Bartholomew correu.

— *Vekistra takeshi! Vekistra!* — gritou a dama de ameixa atrás dele. — Pegue a décima criança!

Era a voz da criatura do sótão. Aquela que tinha ficado escondida e Bartholomew não conseguira ver. E sua voz já não era mais baixa e fria. Era estridente, desesperada.

Bartholomew entrou correndo em casa. No segundo antes de a porta se fechar, viu a dama de ameixa precipitar-se em direção à calçada com uma garrafa na mão, derramando um líquido escuro nas pedras. Então a porta bateu com força e ele subiu a escada correndo, entrando no apartamento. Fechou a porta, deslizando a tranca com os dedos. *Passos.* Havia alguém na escada, os pés retumbando no silêncio. Bartholomew pegou a chave e a enfiou na fechadura. *Para onde posso ir?* O grito de *"Pegue a décima criança!"* ainda soava em seus ouvidos, horrível e derradeiro. A dama de ameixa não o levaria embora cordialmente, como tinha acontecido com seu amigo Buddelbinster. Ela não iria levá-lo para salões encantados de luz e riqueza. Ela iria sequestrá-lo.

— Hettie? — gritou Bartholomew, correndo até a cama dela. — Hettie, acorde. Acorde! Eles vão entrar! — Ele abriu a porta de sua cama embutida, sacudindo os lençóis para acordá-la.

Hettie não estava lá.

Ele soltou um gemido e correu para a cama da mãe. Sacudiu-a, segurando-a pelas costas.

— Mãe! — gritou ele, lágrimas de desespero ardendo em seus olhos. — *Mãe, acorde!* — Mas ela não se mexeu.

Os passos chegaram ao corredor. Estavam se aproximando da porta. *Por que ela não acordava?*

Ele ia abrir a janela. Ia escancará-la e gritar até que todo o distrito das fadas levantasse assustado de suas camas. Mas era tarde demais. Ouviu um suave *clique* vindo da porta. A tranca. Alguém tinha conseguido abri-la.

Bartholomew se afastou da figura imóvel de sua mãe e fechou os dedos em volta da alça de ferro do balde de carvão. Ele o ergueu, agarrando-o junto a si. Era tão pesado. Se precisasse, ia arrancar a cabeça da fada com aquilo. Apoiou-se na parede atrás do fogão bojudo e esperou.

A porta do apartamento se abriu. E, muito lentamente, revelou a silhueta de uma figura contra a luz fraca do corredor. Ela tinha pernas de bode e um chapéu destruído. Dois olhos de carvão em brasa brilhavam sob a aba. Percorreu os olhos pelo cômodo, de um lado a outro, de um lado a outro. Então parou. E voltou o olhar para o fogão bojudo. *Ele não tem como saber, ele não tem como saber...*

— Olá, garoto...

Com um choro enfurecido, Bartholomew pulou de trás do fogão, brandindo o balde de carvão o mais alto que conseguiu. O maltrapilho sorriu. Um clarão luminoso saiu de seus olhos, crepitou pela sala e atingiu Bartholomew em algum ponto sensível bem no fundo do seu crânio. Sua visão falhou. Ele se levantou, cego e atordoado, no meio do cômodo. E ouviu asas batendo em algum lugar distante, asas negras rodopiando e o uivo de um vento gelado. Seu corpo estava tão pesado que o puxava para baixo. *Hettie*, pensou ele antes de cair. *Era Hettie que eles queriam. E Hettie se foi.*

O balde deslizou de sua mão e bateu no chão como um trovão. Mas ninguém na casa acordou.

Capítulo XII
A casa e sua fúria

O Sr. Jelliby não era o tipo de homem que tomava decisões precipitadas. Na verdade, não era o tipo de homem que tomava decisão alguma. Mas quando o olho mecânico do mordomo-fada sibilou e focou no pássaro na mão do Sr. Jelliby, e quando a fada sorriu daquele jeito estranho e disse: "Ah! Que bom vê-lo aqui", como se fossem velhos amigos, o Sr. Jelliby tomou uma decisão rápida e impulsiva. Ele correu.

Enfiou o pássaro no bolso da calça e se lançou para fora da loja, seguindo pelo corredor estreito em direção às escadas. Ouviu os gritos atrás de si e os sinos da porta da loja, que soaram enlouquecidamente. Pulou os degraus de quatro em quatro e mal conseguiu evitar o velho decrépito que estava subindo.

Quando o Sr. Jelliby chegou ao ar em turbilhão da Stovepipe Road, parou.

Ah, não. Uma imensa carruagem preta, imóvel como um caixão, estava estacionada na entrada da rua, bloqueando sua fuga. Dois cavalos mecânicos à frente batiam as patas nos paralelepípedos. Fagulhas voavam de seus cascos metálicos.

O Sr. Jelliby correu na outra direção, passando rapidamente por uma viela e entrando em um beco. Seguiu então por um labirinto de ruas minúsculas, a manga sobre a boca para evitar se engasgar com a fumaça e, assim que possível, voltou para a via principal. Chegou exatamente quando os sinos das sete soavam o fim do expediente. Operários das fundições e cervejarias inundavam as ruas, obstruindo-as. Ele precisou se esforçar para abrir caminho por eles, a fim de poder subir as escadas em direção à estação ferroviária no alto.

Quando ele chegou à plataforma, um trem a vapor estava acabando de sair, soando seu apito. Ele pulou na parte aberta de ferro forjado do último vagão e caiu, sem fôlego, contra a grade. O suor pingava em seus olhos, e ele piscava para limpá-los. As ruas lá embaixo estavam lotadas, fileiras e fileiras de corpos sujos e cansados se arrastando em direção a hospedarias ou tabernas, olhos presos às lamas sob suas botas. Não havia nenhuma fada com palidez mortal e esguia como um cipreste se movimentando entre eles.

O último vagão mal tinha começado a ribombar para fazer uma curva quando o Sr. Jelliby viu a carruagem preta, abrindo espaço na multidão como um barco reluzente em águas sujas. Ela parou brevemente em um cruzamento. Depois prosseguiu, desaparecendo em meio à cidade.

O Sr. Jelliby respirou fundo, lentamente. Depois de novo, e de novo, mas nada reduzia o pânico que lhe oprimia os pulmões. O mordomo-fada o vira. Ele o vira com o pássaro do Sr. Lickerish nas mãos, sem dúvida o mesmo pássaro sobre o qual o mordomo tinha sido enviado para investigar. Se já haviam achado que ele era um espião, agora teriam certeza. E um ladrão também. Ocorreu ao Sr. Jelliby um pensamento que o fez se sentir muito mal. Ele já havia decidido salvar Melusine, deter as intenções assassinas do político-fada e livrar a Inglaterra de quaisquer planos covardes que estivessem em ação. Mas não queria ser notado enquanto o fizesse. Não queria que o olhassem de cara feia ou que rissem dele, e, com certeza, não queria parecer diferente dos outros cavalheiros de Westminster. Só que não era assim que as coisas funcionavam. Ele percebia isso agora. Os cavalheiros de Westminster não perseguiam pássaros mecânicos pelas ruas da cidade. Não caçavam assassinos ou ajudavam as pessoas. O Sr. Jelliby, sim. E agora, provavelmente, não tinha mais como recuar.

O mordomo-fada contaria o que tinha visto ao Sr. Lickerish, que compreenderia os fatos imediatamente. Ele veria que o Sr. Jelliby sabia de coisas que nenhum humano devia saber. Veria que o Sr. Jelliby estava decidido a se intrometer. E o que ele faria? Ah, o que aquela fada de coração de pedra faria? O Sr. Jelliby estremeceu e se curvou em meio ao vento cheio de cinzas.

Ele chegou de volta a Belgrave Square pouco antes do anoitecer, sujo de fuligem e desarrumado por ter andado a 50 quilômetros por hora em meio às chaminés de Londres. Bateu a porta ao entrar, passou a corrente, procurou a chave e a trancou. Depois se apoiou nela e gritou:

— Brahms! Brahms! Feche todas as venezianas! E coloque os móveis contra as janelas. Faça isso agora! Ophelia?

Ninguém respondeu.

— Ophelia!

Uma empregada de olhos arregalados apareceu no alto da escada.

— Boa noite, senhor — murmurou ela. — A cozinheira manteve seu jantar quente, e eles têm um...

O Sr. Jelliby virou em direção a ela.

— Jane? Ou é Margaret? Não importa. Traga todas as armas de cima da lareira e todas as espadas e facas de trinchar, talvez uma ou duas frigideiras e tudo o mais que possa ser usado como arma, então tranque a porta que dá para o jardim dos fundos. E diga à cozinheira para sair e comprar um bom fornecimento de biscoitos e carne de porco salgada. Tranque as janelas do sótão caso venham pelo telhado, e não se esqueça das armas!

A empregada ficou parada, o rosto perplexo.

— Bem...? Qual é o problema? Faça o que eu disse!

Ela gaguejou alguma coisa e começou a recuar pelo corredor de cima. Depois se virou e saiu correndo, os saltos polidos martelando o tapete. Uma porta bateu. Menos de um minuto depois, Ophelia chegou no alto da escada, com a empregada espiando atrás dela.

— Arthur? Querido, qual é o problema?

— Você não acha que devemos apagá-lo? — sussurrou a empregada. — Ouvi falar de pessoas que são possuídas por fadas e começam a agir de maneira estranha, então você tem de pegar um porrete, ou talvez aquele castiçal ali possa servir, e...

— Já chega, Phoebe — disse Ophelia, sem desviar o olhar do rosto do Sr. Jelliby. — Você pode limpar as folhas de chá na sala de estar. Tenho certeza de que já estão cheias de poeira.

A empregada assentiu e desceu as escadas rapidamente. Ela se aproximou lentamente do Sr. Jelliby, com um olhar desesperado, e saiu correndo em direção à sala de estar. Ophelia aguardou até ouvir a porta fechar. Então também desceu depressa.

Ela afastou o Sr. Jelliby da porta da frente, seu rosto bonito enrugado de preocupação.

— Arthur, qual é o problema? O que aconteceu?

O Sr. Jelliby lançou um olhar assustado ao redor e então levou a esposa até uma poltrona, sussurrando:

— Estamos com problemas, Ophelia. Problemas muito, muito sérios. Ah, o que vai acontecer conosco? O que vai acontecer?

— Bem, se você me contar o que *aconteceu*, então talvez eu possa lhe dizer o que *vai* acontecer — disse Ophelia gentilmente.

O Sr. Jelliby enterrou a cabeça nas mãos.

— Não posso lhe contar o que aconteceu. Você não pode saber. Não deve saber. Ah, eu roubei uma coisa, está certo? De alguém muito importante. E agora eles sabem. Eles *sabem* que eu a roubei!

— Arthur, você não fez isso! Ah, você não pode ter feito isso! Com sua herança?

— Pessoas estão sendo assassinadas, Ophelia. Crianças. Eu precisava fazer.

— Você devia ter ligado para a polícia. Roubar dinheiro não ajuda em nada nesses casos.

O Sr. Jelliby emitiu um som complexo de irritação.

— Não roubei dinheiro, você não está prestando atenção? Roubei um pássaro. Um pássaro mecânico encantado por fadas.

— Um pássaro? De quem? Do Sr. Lickerish? Querido, foi do Sr. Lickerish? — Ela roeu a unha. — Arthur, sabe o que penso? Acho que você anda interpretando mal as ações dele e está enxergando crimes onde não existem. Agora, tire seu casaco... Ai, está cheio de fuligem! Você não mandou escová-lo? Sente-se perto do fogo e beba um pouco de chá de camomila. Depois tome um banho quente e vá dormir, aí amanhã veremos o que deve ser feito. Talvez não seja necessário rearrumar os móveis.

Aquilo parecia bem razoável. O Sr. Jelliby estava na segurança de seu saguão agora. A janela exibia uma Belgrave Square se esvaziando, carruagens e pessoas indistintas em razão do anoitecer. A luz da noite dava um toque rosado e cobre aos telhados. O que o Sr. Lickerish poderia fazer contra ele ali? Lá fora, em meio à confusão da cidade, ele poderia aprontar coisas terríveis pelas costas do Sr. Jelliby. Poderia empurrá-lo de uma ponte ou embaixo de um trem a vapor, ou ordenar que todas as aranhas de Pimlico o arrastassem até os telhados e o prendessem a uma chaminé com suas teias. Mas ali, em casa? O pior que o Sr. Lickerish podia fazer era matá-lo enquanto dormia. E quais eram as chances de isso acontecer...?

O Sr. Jelliby tirou o casaco e foi beber um chá de camomila.

A neblina se esgueirava por entre as lápides do cemitério da igreja St. Mary, Queen of Martyrs, naquela noite. Cheirava a carvão e matéria em decomposição, e se espalhava formando figuras vagarosas pelo cemitério em declive. No alto, nuvens passavam cobrindo a lua. Em algum lugar no labirinto de ruas além do muro, um cachorro latia.

O vigia estava sentado em sua guarita junto à lateral da igreja, dormindo profundamente sob a luz bruxuleante de um lampião. Ladrões de túmulo tinham vindo e ido embora, terminando seus "serviços" horas atrás, e estavam todos a caminho dos médicos na Harley Street e de certas fadas de dietas delicadas. Ninguém ouviu o gemido repentino do vento ou viu a coluna de asas tomar forma na escuridão. Ninguém viu a dama que saiu do meio delas. Ela olhou em volta, cabeça erguida e olhar atento como o de um pássaro. Então, ela se virou e seguiu até o portão, as saias cor de ameixa se arrastando pelo chão úmido.

A dama conduzia uma criança pequena. Era uma garota medonha, magra, com galhos no lugar dos cabelos. Era Hettie. Ela parecia estar sonolenta enquanto caminhavam, tropeçando em raízes e lápides mais baixas. A cabeça dela pendia para um lado de vez em quando, como se não soubesse estar em um cemitério enevoado, como se achasse que podia se aconchegar em seu travesseiro e dormir.

— Pare de enrolar, coisinha feia — disparou a dama, puxando-a pelo caminho. — Estamos quase lá.

Os lábios dela não se moviam enquanto falava. A neblina engolia todo o som, mas ainda assim a voz da dama parecia distante como se estivesse saído de trás de camadas de tecido.

— Preciso cuidar de mais uma coisinha esta noite, então, por mim, você poderá dormir até suas unhas crescerem a ponto de quase chegarem em Gloucester.

Hettie esfregou os olhos com a mão livre e resmungou alguma coisa sobre ratos e casas.

— E cuidado com a língua.

A dama passou pelo portão do cemitério e saiu na Bellyache Street. Farejou o ar. Depois seguiu pela rua de paralelepípedos. Hettie mal conseguia acompanhá-la, mas a dama nem ligava. Arrastou Hettie pelo caminho, e depois entraram na Belgrave Street. Passaram por ali rápida e silenciosamente, sob a luz dos lampiões.

Pararam em frente a uma casa alta com uma bicicleta presa à cerca. A casa assomava ali na rua, mais escura que o céu noturno, sem uma única luz delineando nenhuma de suas janelas. A dama a observou por um instante. Depois puxou Hettie em direção a um poste e a posicionou debaixo deste, apontando para a fada da chama no alto, atrás do vidro, e dizendo:

— Está vendo isso? Vê como ela pressiona as mãozinhas alaranjadas contra o vidro e olha para você? Agora, não se mexa. Voltarei num minuto. — Ela se virou e saiu, deixando Hettie hipnotizada sob a iluminação da rua.

No alto da escadaria, a dama parou e tirou um cilindro pesado de metal das camadas de seu vestido. Era antigo, verde em razão do azinhavre, e forjado com símbolos pagãos. Um rosto sorridente, com bochechas rechonchudas e olhos cintilantes, tinha sido gravado em sua tampa.

A dama girou-a, como se estivesse dando corda em um relógio, e, de repente, o rosto começou a mudar. Quando virou de cabeça para baixo, ficou com uma expressão zangada, os olhos começaram a escurecer e a boca se curvou em uma carranca amarga. O cilindro se abriu.

— Arthur Jelliby — sussurrou a dama, e sorriu quando alguma coisa saiu do cilindro e entrou pelo buraco da fechadura em direção à escuridão suntuosa da casa. Quando não havia mais nada dentro do cilindro, ela o guardou de volta na saia e, pegando Hettie de volta na calçada, seguiu de novo para St. Mary's e o cemitério.

O Sr. Jelliby não foi acordado por nenhum barulho em especial, mas pelo efeito combinado de estar com muito frio, meio para fora dos cobertores, e sentindo um bolo desconfortável no colchão, na altura de seu cóccix, como se uma mola quebrada estivesse despontando.

Ele se sentou e tateou no escuro, tentando descobrir a fonte de seu desconforto. Estava tão cansado. Se um homem com sapatos pontudos tivesse aparecido naquela hora e pedido a ele para assinar seu nome com sangue em um livro preto, ele o teria feito só para poder voltar para seus travesseiros e dormir de novo.

Seus dedos tocaram algo liso e frio entre os lençóis. Não era uma mola. *Mas que diabos!* Não era nem mesmo de metal.

Com um gemido, ele se levantou e acendeu o lampião na mesa de cabeceira. Depois o ergueu acima da cama, examinando os lençóis amassados. A coisa que o havia acordado era um pedaço de madeira. Era bem polida e parecia ter crescido ali embaixo da cama, furado o colchão e os edredons de pena até finalmente lhe acertar as costas.

O Sr. Jelliby observou a madeira, sua mente ainda atordoada pelo sono incapaz de compreender. Então apoiou-se desajeitadamente sobre um joelho e olhou embaixo da cama. Era uma cama antiga de quatro colunas, feita de madeira escura e esculpida para parecer um bosque de salgueiros, seus galhos entrelaçados para formar uma copa. Agora que parava para pensar no assunto, a madeira entre os lençóis se parecia muito com...

Ele ficou tenso. Algo estava envolvendo seu tornozelo. Com um grito abafado, ele jogou a perna para o lado, girando para ver o que era. Houve um estalo seco, como um fósforo se partindo. Ele olhou para baixo, e lá, a seus pés, havia outro pedaço de galho, imóvel.

— Ophelia? — sussurrou ele na escuridão. — Ophelia, você precisa ver isso...

Mas, enquanto falava, outro galho se ergueu por trás dele e se retorceu silenciosamente em volta de seu pescoço. Com um movimento rápido, o galho apertou. O lampião caiu das mãos do Sr. Jelliby e apagou ao bater no chão. Os olhos dele saltaram. Ele levou a mão à garganta, sufocando.

— Ophelia! — grasnou, quebrando a madeira em seu pescoço. Os galhos vinham mais rápido agora, da esquerda e da direita, saindo estalando da madeira da cama e deslizando em direção a ele. — *Ophelia!*

De repente, o carpete sob seus pés pareceu ter levado um puxão e saiu de debaixo dele. O Sr. Jelliby atingiu o chão como uma pedra de dez toneladas. O carpete voltou, lançou-se para cima dele e começou a envolvê-lo, enrolando e prendendo. Ele o chutou para longe com um grito e saiu se arrastando desesperadamente em direção à porta.

Conseguiu chegar ao corredor, e teria deitado ali para descansar se as tábuas do piso não tivessem começado a se levantar, batendo em suas costas e braços. Ele desceu a escada da frente correndo e depois parou, tremendo. Aquilo era um sonho, só podia ser. Ele *tinha que* estar sonhando.

Deu uma olhada em volta. Estava tudo quieto.

Foi para a biblioteca e pegou uma garrafa de conhaque. *Dentro de algumas horas vou acordar de novo. Carpetes e camas de salgueiro serão precisamente o que deviam ser, e eu posso...*

Ouviu então a madeira estalar atrás de si. Virou bem a tempo de ver uma mesa com pés de garras saltar pela sala em sua direção, lançar-se no ar e o atingir bem no peito. Ele foi arremessado para trás — com garrafa e tudo — contra a parede. A garrafa quebrou, deixando uma mancha que escorria pelo papel de parede. O Sr. Jelliby lutou com a mesa, ofegante, atordoado demais até para gritar.

Ele viu o cutelo segundos antes de este chegar. Tinha vindo do brasão acima da lareira, zunindo, com a ponta virada para ele. O Sr. Jelliby ergueu a mesa como se fosse um escudo, mas o alfanje a cortou e passou assobiando perto de sua bochecha, se enterrando na parede a cerca de 2 centímetros de seu olho esquerdo.

— Brahms! — gritou ele. — Ophelia? Acordem! *Acordem!*

Ele se arrastou por sob a mesa, deixando que ela servisse de escudo, e, meio mancando, meio se arrastando, saiu em direção ao saguão da frente. Uma porta bateu no andar de cima. Ouviu vozes de pessoas chamando umas pelas outras e pés apressados correndo pelo chão.

Quando o Sr. Jelliby chegou à porta da frente, ela já estava se movendo. Os leões de mogno esculpidos na moldura tentaram atacá-lo, fazendo força para se soltar. Ele agarrou a maçaneta, que se contorceu em sua mão. Deu um grito. Um lagarto de latão se atirou em seu rosto, e a cauda lhe acertou a bochecha, deixando um risco de sangue. Do teto, uma vinha de gesso se espiralou para dentro de sua boca. Ele mordeu com força, cortando-a ao meio.

No alto da escada, surgiu uma luz. Brahms estava lá, de touca de dormir, segurando um imenso lampião de querosene que iluminava um círculo de rostos fantasmagóricos, todos temerosos e espantados, olhando para a batalha feroz que acontecia lá embaixo.

— Ophelia? — gritou o Sr. Jelliby. — Ophelia está bem?

— O tapete do saguão também estava vivo, com panteras e gatos selvagens se movendo fluidamente pelo tecido em direção ao Sr. Jelliby.

Sua esposa abriu caminho entre os empregados, a camisola branca reluzindo na escuridão.

— Estou bem, Arthur, estamos todos bem, mas...

O Sr. Jelliby bateu o pé, esmagando um gato de olhos vermelhos para dentro da costura serpenteante do carpete.

— É o Sr. Lickerish! Ele mandou alguém. Alguma coisa para...

Outro gato se libertou. Pôde senti-lo em sua perna, uma dor aguda, como se os fios estivessem se costurando em sua pele. O Sr. Jelliby o agarrou.

— Arthur, estamos chegando — gritou Ophelia.

Brahms começou a descer, mas a escada se encolheu para cima como um acordeão, deixando o pobre lacaio se balançando a 2 metros do chão. Os outros o pegaram e o puxaram de volta, gritando de pavor.

— Arthur, *o que está acontecendo?*

Ele precisava sair. Nenhum dos outros estaria seguro até que ele conseguisse escapar. E se a porta da frente não ia deixá-lo passar, ele encontraria outro jeito. Seguiu mancando pelo corredor em direção à biblioteca e ao jardim dos fundos.

Coisas voavam para cima dele, vindas de todas as direções. Pregos se soltavam das tábuas do piso, suportes de plantas e cadeiras corriam até ele, saindo dos cantos. As pinturas nas paredes libertaram seus habitantes, e velhos com perucas empoadas atacaram de repente, arranhando e sussurrando. Uma dama nariguda lhe agarrou o cabelo e puxou a cabeça do Sr. Jelliby de encontro à tela onde ela ficava.

— Você não viu? — sibilou ela ao ouvido dele. — Você não viu aquela reles empregada me arranhar com o grampo de cabelo? E você não fez *nada*!

Ele sentia o cheiro da mão pintada dela, aguarrás e poeira, as pinceladas de seus dedos lhe arranhando o rosto, procurando seus olhos. Com um grito, ele rasgou a tela de cima a baixo e correu para longe da parede de retratos. Um guarda-chuva se fechou em volta de sua perna. Ele tentou chutá-lo para longe e cambaleou até o busto de um rei, que cuspiu um pedaço de mármore em seu olho.

— Meu nariz *não* é assim! — gritou o busto.

O Sr. Jelliby recuou e sentiu o vitral da porta que levava ao jardim dos fundos. Sua mão encontrou a maçaneta. Ele a sacudiu. Trancada. Agarrou então o busto pelo pescoço e o atirou com toda força pela porta, que quebrou. Então saltou e passou por ela.

Tudo ficou silencioso.

Mesas laterais e chaleiras pararam de fazer barulho à soleira da porta. O busto rolou para longe nos arbustos.

O Sr. Jelliby caiu na grama, o peito arfando, meio esperando que as plantas se levantassem e o devorassem, mas o jardim estava quieto. Nenhuma voz reclamando. Nenhuma rosa carnívora ou espíritos de madeira horríveis. Ele se levantou, o orvalho e a terra frios sob seus pés descalços. Então ele ouviu. Um barulho que vinha do emaranhado de rododendros cultivados no canto oposto do jardim. O som de pedra arranhando pedra.

Algo estava se movimentando em meio aos galhos. Várias coisas. As folhas começaram a farfalhar. Um instante depois, uma gárgula saiu das sombras, arrastando suas asas de pedra. Um elfo bochechudo a seguia, brandindo um machado elegante e ostentando um sorriso lunático. Faunos de pedra, ninfas e uma grande rã de latão também vieram, cada um deles com suas próprias queixas.

— Aí está você — sussurrou uma Vênus, e a voz que saiu de sua garganta era sombria e rouca. — Por que não tenho braços? Que tipo de *imbecil* esculpe uma deusa sem braços? Sorte sua, imagino, ou eu o estrangularia com eles.

As criaturas foram avançando, lenta e gradualmente, os pés roçando na grama. Atrás de si, na casa, o Sr. Jelliby voltou a ouvir a mobília, o barulho da madeira e do mármore, e um retinir metálico. Em alguns instantes, ele estaria completamente cercado.

Então respirou fundo e correu direto em direção às estátuas. A gárgula se empinou, os dentes à mostra. O Sr. Jelliby deu um pulo. Ele chutou a boca da gárgula e saltou por cima dela, voando pelo ar e caindo na grama. A gárgula soltou um rugido rouco, mas era pesada demais para se virar com agilidade. O Sr. Jelliby alcançou o muro do jardim com uma corrida. Começou a escalá-lo. Seus dedos dos pés encontraram uma treliça, as mãos se enterraram na hera antiga, e ele conseguiu subir até o topo com dificuldade.

Virou-se e olhou para o jardim lá embaixo.

As criaturas o observavam. Depois de um instante, a Vênus se destacou dos outros e chegou ao pé do muro. Ela o encarou com ar triste e olhos de pedra.

— Esta casa é sua — disse ela. — Você terá de voltar algum dia. E, quando voltar, vamos matá-lo por todo o mal que você nos fez.

— Eu não fiz nada! — gritou o Sr. Jelliby. — Não esculpi você sem os braços. Não martelei os pregos nos pisos ou pintei as figuras errado! — Mas a Vênus não ouvia o que ele dizia. Só ficou ali parada, olhando, falando monotonamente sobre todas as coisas más que estava convencida terem sido feitas por ele.

O Sr. Jelliby xingou e pulou para o outro lado do muro. Havia um beco estreito ali, um hiato torto entre os outros muros de jardim. Estava deserto. Portões de ferro forjado e portas em tons de amarelo e verde com tinta descascando se abriam em intervalos regulares. Tinha chovido, e a lua brilhava intensamente no calçamento liso, transformando-o em um caminho prateado. Pingos d'água caíam dos galhos e calhas, ecoando.

O Sr. Jelliby olhou de novo para sua casa, escura e à espera atrás do muro do jardim. Um lampião se acendeu em uma janela do andar de cima. Então ele ouviu vozes, abafadas pelo vidro. A polícia chegaria logo, os sinos estavam ressoando. Eles não encontrariam nada. Exceto uma cama de salgueiro, quadros rasgados e mesas apunhaladas, tudo imóvel como devia ser.

Amarrou o roupão com firmeza e saiu depressa noite adentro.

Capítulo XIII
Fora do beco

Bartholomew não acordou, porque na verdade nunca chegara a dormir. Ele sentira o balde de carvão deslizar de sua mão, ouvindo-o cair e quicar, uma nota longa e clara ecoando continuamente dentro de sua mente. Ele também caíra. Sentira uma dor lhe apunhalar o braço e algo acontecendo dentro de seus olhos, e aí conseguira enxergar novamente, de maneira borrada e indistinta. O maltrapilho estava na janela, um borrão contra a luz, acenando para fora. Então a janela escurecera, e as asas tomaram conta do beco lá fora. Mas tudo parecera tão distante. Tinha sido como se Bartholomew estivesse todo encolhido, bem no interior de seu corpo dolorido e rígido, e o que acontecesse lá fora no mundo não lhe dissesse mais respeito.

Parecia que estava deitado ali há anos. Imaginou a poeira se acumulando sobre seu corpo, e o Beco do Velho Corvo se desfazendo em ruínas à sua volta. Mas por fim acabou retornando a si, a consciência preenchendo seu corpo como uma poça se espalhando por um sulco. Estava claro lá fora. A luz do sol passava pelos vidros sujos da janela da cozinha e fazia seus olhos arderem. Ele se sentou e limpou o nariz com as costas das mãos.

Hettie se foi. Era um pensamento lento, vazio. *A dama de ameixa veio até aqui e a roubou, assim como fez com os nove antes dela. Assim como fez com meu amigo. Não era a mim que queriam. Sou apenas um garoto tolo que não percebeu o perigo até ser tarde demais, que pensou ser o centro das atenções, que iria para Londres e seria importante. E agora Hettie foi embora.*

Bartholomew se apoiou em uma perna da mesa para se erguer do chão. Suas roupas estavam incrustadas de cinzas, mas ele não notou. Foi até a cama da mãe. Ela estava como ele a deixara, dormindo profundamente, a respiração regular, tranquila. Às vezes ela sorria um pouco ou roncava, ou se virava da forma como fazia quando estava dormindo normalmente. Só que não acordava.

Bartholomew lhe agarrou o ombro.

— Mãe? — quis dizer, mas só um som seco saiu-lhe da garganta.

Atordoado, deixou o apartamento, aguçando a audição perto das portas dos vizinhos enquanto passava. Estava tudo em silêncio. Nenhuma criança chorando, nenhum passo nas tábuas velhas dos pisos, nem mesmo o cheiro de nabos. Ele subiu, desceu, passou pela casa toda, e, em todos os lugares, a situação era a mesma. Tudo o que ouvia eram roncos aqui e ali, que soavam como o ranger de uma mola de cama. Até o duende macabro que vigiava a porta para o Beco do Corvo

Velho dormia em seu banquinho, um fio de baba brilhando em seu queixo.

— Olá — disse Bartholomew. — Olá? — repetiu, um pouco mais alto dessa vez. A palavra subiu voando pela escadaria, passando por corredores silenciosos e praças de luz solar. E ecoou de volta para ele: *Lá, lá, lá...*

Estavam todos dormindo. Toda viv'alma sob o telhado, menos ele. Os sinos de Bath soavam meio-dia. Ele saiu e ficou lá no beco, entorpecido e paralisado, pensando no que fazer.

As nuvens estavam começando a cobrir o céu, mas ainda estava claro. Ele sentiu o sol na pele, mas não se aqueceu. Um círculo de cogumelos tinha crescido entre as pedras da rua. Eram poucos e distantes entre si, e quando Bartholomew se posicionou no meio deles, o ar nem mesmo se mexeu. Ele os pisoteou, esmagando um por um, sujando o chão com o líquido preto.

Depois de um tempo, viu um homem andando pelo beco. Usava um terno branco, sujo, com colarinho azul. Bartholomew supôs ser um marinheiro. Ele estava a apenas alguns passos de distância quando notou Bartholomew. Arregalou os olhos enquanto fazia o sinal da cruz ao passar, arrastando-se ao longo do muro e correndo até dobrar a esquina. Bartholomew o viu ir embora com uma expressão fria e apática.

Que pessoa idiota. De repente Bartholomew sentiu um ódio grande por ele. *Por que ele tinha de se benzer e ficar olhando? Ele não é melhor que eu. É só um marinheiro sujo e idiota, e provavelmente não sabe nem ler. Eu sei ler.* Os dentes de Bartholomew começaram a doer, e ele percebeu que os trincava. Cerrou o punho. Em sua mente, acertou o homem repetidas vezes, socando seu rosto até olhar e ver que já não era mais um rosto, mas uma panela redonda quebrada com um cozido vermelho pingando de dentro dela.

— Ei! Você aí! — disse uma voz rouca atrás dele. Então Bartholomew sentiu alguém lhe agarrar o ombro e virá-lo com força.

Ele se flagrou olhando para um rosto redondo e cheio de marcas como uma panqueca velha. O rosto pertencia a um homem baixo e gordo, cujo casaco militar surrado estava prestes a arrebentar. Carregava uma mochila de mascate nas costas, mas todos os ganchos nos quais deveria haver colheres, frigideiras e bonecas estavam vazios.

— O que você acha que está fazendo, hein? Fica aí sussurrando encantamentos nas costas das pessoas? Que tipo de bruxaria você está tramando, garoto?

O baixinho levantou Bartholomew pelo colarinho até ele estar a poucos centímetros de seu rosto sujo e com a barba por fazer.

— Ah, o que temos aqui, o filho de um demônio — disse ele, chiando. — Um Peculiar. — Diga-me, garoto-demônio, sua mãe o alimentava com sangue de cachorro em vez de leite?

— N...não — respondeu Bartholomew, com voz rouca. Sua mente já não estava mais morosa, e sim rápida e objetiva por causa do medo. *Não seja notado e não será enforcado. Não seja...* Ele tinha sido notado.

— Seu destino é ser morto, sabia? Ah, sim! Vai ser pescado do rio, gelado e pingando. Ouvi que eles têm marcas vermelhas nos braços, na pele. E que estão... ocos, flutuando como roupa na tina. — O homenzinho riu alegremente. — Sem nada por dentro! O que você acha disso, hã? Você tem linhas vermelhas nos braços, que giram e rodopiam?

Ele rasgou uma das mangas de Bartholomew. Arregalou os olhos ávidos, depois os semicerrou lentamente. Quando falou de novo, a voz saiu baixa e perigosa:

— Você vai morrer logo, garoto-demônio. Está marcado. Sabe o último garoto que morreu? Ele era daqui, se parecia com você. Binsterbull ou Biddelbummer ou algo assim. Tiraram ele do Tâmisa não tem muito tempo. Em Londres. E ele tinha marcas como estas. Ah, é. Exatamente como estas.

— O hálito do homem fedia a gim e dentes podres. Bartholomew começou a se sentir mal. — O que você anda aprontando, garoto-demônio? — ganiu o homem. — Por que vão matar você? Talvez eu deva matar você primeiro e poupar eles do prob...

Atrás deles, alguém pigarreou.

— Desculpe-me — disse uma voz educada.

Sem soltar o colarinho de Bartholomew, o mascate se virou e falou, bufando:

— O que 'cê quer?

— Quero que solte este jovem — disse a voz.

— É melhor começar a correr, senhor. Corra, ou eu acabo com você depois.

O homem não se mexeu.

— Solte-o ou eu atiro.

Bartholomew esticou o pescoço, tentando ver quem era seu benfeitor. Deu de cara com o cano de uma pequena arma prateada, com rubis e opalas incrustados, e cabo de madrepérola.

O mascate apenas cuspiu.

— Você? Você não atiraria num gatinho nem se ele mordesse seu nariz.

O homem atirou. Uma pérola delicada e arredondada rolou indolentemente pelo cano da arma e saltou, caindo nos paralelepípedos e quicando para longe.

— Maldição — disse o homem com a arma. — Veja bem, deixe o garoto em paz, está bem? Você pode ficar com a pistola. Acredito que valha uma nota. E posso lhe garantir que não tenho mais nada. Meu dinheiro está todo em notas marcadas, e você nunca será capaz de descontá-las. Eu nem mesmo tenho um relógio de bolso, então não precisa se preocupar em me roubar. — Estendeu a pistola adornada com joias. — Agora solte a criança.

O sujeito com cara de panqueca jogou Bartholomew no chão sem a menor cerimônia e pegou a pistola.

— Está bem — disse ele, semicerrando os olhos com desconfiança para observar o forasteiro. — Mas isso não é uma criança. É um dos medonhos, isso sim, e está marcado. Não demora muito a morrer.

Então foi embora, cambaleando pelo beco.

Bartholomew se levantou do chão e examinou seu salvador.

Era um cavalheiro. Os sapatos pretos brilhavam, o colarinho estava engomado, e ele tinha um cheiro incrível de limpeza, como sabão e água fresca. Era bem alto também, com ombros largos e feições quadradas, e uma rala barba loura lhe cobria o maxilar, de modo que parecia que ele não a fazia há dias. Exibia um ligeiro ar de indagação. Bartholomew não gostou dele logo de cara.

— Olá — disse o cavalheiro em voz baixa. — Você é a Criança Número Dez?

* * *

— *Mi Sathir?* Temos um problema.

A dama de ameixa estava de costas para o Sr. Lickerish. Seus braços estavam largados junto ao corpo, e os dedos elegantes se movimentavam sutilmente, remexendo no veludo das saias. Os lábios permaneciam imóveis.

— *Mi Sathir* — disse a voz novamente. O Sr. Lickerish não levantou o rosto. Estava ocupado escrevendo em um pedaço de papel com uma pena preta curva, uma concentração feroz gravada nas feições finas.

A dama e a fada estavam em uma sala bonita. Livros se enfileiravam nas paredes, e lampiões projetavam halos em torno deles. Um zumbido baixo preenchia o ar. Havia dois pássaros de metal empoleirados na escrivaninha à qual o Sr. Lickerish estava sentado, os olhos escuros e penetrantes. Em um canto da sala, um círculo de giz desenhado cuidadosamente no piso. Uma parte do círculo parecia mais recente que o restante, mais viva e mais branca, como se ele tivesse precisado ser redesenhado.

— *Um problema, Sathir.*

O Sr. Lickerish abaixou a pena.

— Sim, temos muitos problemas, Jack Box, um deles é você, o outro é Arthur Jelliby, e outro, o velho Sr. Zerubbabel e seus dedos lentos e tortos. Quanto tempo demora para construir outro pássaro de metal? Ele já tem os projetos, a rota e... Por falar nisso, você o matou? Arthur Jelliby?

— Matei. Ele está morto agora. Provavelmente estrangulado por seus lençóis porque não gostam de ser passados por ferros quentes ou afogados em água com sabão. É quase uma pena gastar o feitiço do *Malundis Lavriel* tão tarde da noite. Não há ninguém por perto para apreciá-lo. Agora, já em uma rua cheia, no calor do dia, o resultado pode ser espetacular, mas... Estou divagando. Nós temos um problema.

A dama de ameixa se afastou para o lado, revelando uma garotinha toda encolhida no chão. Estendeu um dedo do pé muito preto por baixo das saias e cutucou as costelas da criança.

— Acorde, coisinha feia. Acorde!

Hettie levantou a cabeça, com sono. Por meio segundo, seus olhos ficaram vazios como se pensasse ainda estar na segurança de casa. Então se sentou. Contraiu os lábios, em seguida olhou para a dama e para o Sr. Lickerish, um de cada vez.

— Puxe suas mangas, mestiça. Mostre a ele.

Ela obedeceu, mas não parou de olhar fixamente. O tecido sujo foi enrolado para cima, revelando um padrão de linhas, tentáculos vermelhos que se enroscavam em volta de seus braços brancos e finos.

— Bem? — indagou o político-fada. — O que é isso? Ela parece quase tão deplorável quanto os outros nove.

Uma língua estalou de irritação. Não era a língua da dama, não a que existia por trás dos vívidos lábios vermelhos. Era uma língua longa e áspera, raspando sobre dentes.

— Leia — rosnou a voz.

O político-fada se inclinou sobre a escrivaninha. Fez uma pausa. E arqueou uma sobrancelha perfeita.

— Onze? Por que ela está marcada com o número onze?

— *Esse* é o problema. Eu não sei. Lancei o feitiço como você ordenou, *Skasrit Sylphii*, para marcar cada um dos medonhos que viajassem pelas asas, e para abrir a pele deles à magia. Esta aqui devia estar marcada com o número dez.

O Sr. Lickerish estalou os dedos e se reclinou na cadeira.

— Bem, então a contagem foi feita errada. A magia é tão inteligente quanto quem a usa, e você não é nem de longe tão esperto quanto imagina.

— Não há nada de errado com minha magia, *Sathir*. E pelo menos *eu* ainda posso fazer essas coisas. Você não sabe nada dos velhos métodos, compra todos os seus feitiços e poções como um almofadinha mimado qualquer. — A voz devia ter parado por aí, mas continuou, provocando: — Ou dispensa tudo por completo. Afinal, a mecânica é bem mais prática. Pássaros mecânicos e cavalos de ferro. — Abafou uma risadinha. — Como um perfeito *humano*.

— Segure essa língua — disparou o Sr. Lickerish. — Sou eu que vou salvá-lo. Salvar todos nós dessa jaula de país. E você fará sua parte assim como faço a minha. Agora — disse ele, subitamente tranquilo de novo. — Se o feitiço ainda está funcionando, o que pode ter acontecido?

— Só vejo uma possibilidade: alguém mais passou pelo anel das fadas.

Então um silêncio mortal pairou na sala. Somente o suave zumbido podia ser ouvido, pulsando em algum lugar nas paredes.

A dama começou a contorcer os dedos, pequenos espasmos como pernas de uma aranha recém-esmagada.

— Alguém depois do número nove e antes desta aqui — disse a voz novamente. — A magia desaparece gradualmente. Se alguém pisou ali por acidente, imagino... Não. Não seria possível. Os silfos o teriam devorado em um instante, corroendo-o até os ossos. Ah, não faz o menor sentido! Somente um medonho teria sido marcado!

O Sr. Lickerish observava a parte de trás da cabeça da dama. Seus olhos eram escuros e duros.

A voz prosseguiu, apressada, tropeçando nas palavras.

— Só existe uma explicação. A magia não contou errado. O feitiço é seguro. Onze medonhos viajaram até esta sala.

Nove encontraram suas mortes. Uma... esta aqui, eu lhe asseguro — a dama mexia as mãos furiosamente agora, arranhando o tecido como se tivesse garras —, será o caminho para um fim glorioso, e o outro ... — relaxou as mãos — ainda está por aí.

— Ainda está por aí — repetiu o político-fada lentamente. — Ainda está *por aí?* Um medonho entrou em meus aposentos secretos, viu sabe-se lá o que e agora está andando livre, leve e solto pela Inglaterra? — O Sr. Lickerish pegou uma estatueta de porcelana e a atirou pela sala. — *Encontre-o!* — berrou. — Encontre-o imediatamente e mate-o.

A dama de ameixa se virou para encarar o Sr. Lickerish. Sua expressão estava apática, os lábios, frouxos. Ela tombou para a frente em uma reverência deselegante, e a voz disse:

— Sim, *Mi Sathir.* Será a coisa mais fácil do mundo rastreá-lo.

Hettie tinha se arrastado para onde a estatueta havia se quebrado. Catava os pedaços, um por um, olhando para eles, consternada. O Sr. Lickerish se virou para ela.

— E leve esta para a sala de preparação. Implore às forças da natureza para que ela seja tudo de que precisamos, ou você e sua queridinha podem continuar no estado atual, com a certeza de que *nada* nunca vai acontecer para mudar isso. Ela está cada vez mais desalinhada, a propósito. Sua queridinha.

O mordomo-fada estalou os longos dedos em direção à dama de ameixa.

— Você deveria fazê-la trocar esse vestido horrível.

O Sr. Jelliby tinha passado a noite em um banco no Hyde Park. Quando o céu sombrio de Londres ficou suficientemente claro para tornar possível enxergar alguma coisa, ele seguira para o banco onde guardava seu dinheiro, usando nada além de seu roupão, e tocara a sineta freneticamente até que um funcionário com olhos sonolentos finalmente permitira que entrasse. Ele pedira sua pistola cravejada de joias e uma grande quantia em dinheiro do cofre da família e, quando os conseguira, pegara um táxi até Saville Row, acordara o alfaiate e pagara em dobro para que pudesse sair dali com o paletó e o colete novos do Barão d'Erezaby, uma gravata de seda e uma cartola. Um telégrafo urgente para sua casa na Belgrave Square informara a Ophelia que ele estava em segurança e que ela devia partir para Cardiff naquele mesmo dia, se possível, e sem mencionar nada a ninguém. Às oito da manhã, o Sr. Jelliby estava a caminho de Bath.

Foi uma viagem confortável apesar da umidade e do frio que impregnavam tudo. O imenso trem preto a vapor passou pelo campo a toda velocidade, arrastando uma nuvem de fumaça e deixando apenas um borrão aquarelado de tons verdes e cinza na janela do Sr. Jelliby. Ele chegou à estação de Nova Bath um pouco antes do meio-dia.

Logo tinha decidido que não havia razão para ir a nenhum outro lugar. As coordenadas de Londres não faziam o menor sentido para ele, e o outro endereço no pedaço de papel do Sr. Zerubbabel ficava ao norte, em Yorkshire. Além disso, era em Bath que os medonhos moravam. Se o Sr. Jelliby ia fazer alguma coisa para salvá-los, teria de ser ali.

Ele desceu do vagão, em meio ao vapor em turbilhão da plataforma. Tinha ouvido falar da tal suja cidade vertical, mas nunca a havia visitado. Não era o tipo de lugar que as pessoas frequentavam se pudessem evitar. A estação de trem ficava perto das fundações da cidade, sob uma cúpula enferrujada de ferro e vidro. As plataformas estavam quase desertas. Os chefes de estação e condutores corriam de vagão em vagão, pulando nos degraus rapidamente como se o chão estivesse envenenado. Nenhuma fada esperava no local. E havia poucos humanos. Depois de uma olhada rápida para as ruas, que pareciam tocas de coelho, e para as casas inclinadas, que o cercavam, o Sr. Jelliby se convenceu a procurar por um táxi.

Havia alguns poucos meios de transporte sujos parados junto à estação — uma carruagem puxada por lobos, dois caracóis imensos com tendas no alto de suas conchas e 12 garrafas de poção que muito provavelmente o deixariam desacordado e sem nenhum dinheiro em vez de levá-lo aonde queria ir. O Sr. Jelliby escolheu um gigantesco troll azul com um palanquim amarrado às costas, e colocou uma moeda de ouro na caixa em seu cinto. Mesmo na ponta dos pés, mal conseguiu alcançá-la. A moeda retiniu ao atingir o fundo da caixa. Não havia outras moedas lá dentro.

O troll rosnou e inflou as narinas, e o Sr. Jelliby tinha certeza de que o levantaria até o palanquim. Mas não o fez. Ele esperou. Então viu os apoios de madeira para pés presos ao lado externo da perna do troll e subiu sozinho.

O troll começou a caminhar. O Sr. Jelliby se sentou em uma pilha de almofadas com um cheiro pungente e procurou evitar olhar para a cidade das fadas enquanto viajavam por ela.

Quando chegaram à parte inferior da cidade, o troll parou abruptamente. O Sr. Jelliby se inclinou para reclamar, mas, ao ver os olhos escuros tempestuosos da criatura, fechou a boca na hora. Desceu pela perna azul e observou o troll se arrastar de volta para as sombras de Nova Bath. Então fez sinal para um táxi a vapor e forneceu ao motorista o endereço de Bath que o Sr. Zerubbabel havia anotado para ele.

O táxi tinha andado menos de cinco minutos quando também parou. O Sr. Jelliby teve vontade de gritar. Colocou a cabeça para fora da janela e disse:

— O que houve *agora*?

— Aquilo ali é um cortiço das fadas — disse o cocheiro, apontando o chicote em direção a um arco fechado de heras entre dois prédios altos de pedra. — Você vai ter de fazer o restante do caminho a pé.

O Sr. Jelliby desceu resmungando e passou pelo arco. Andou por uma rua suja, depois por outra. Pediu informações várias vezes, se perdeu, recebeu vários olhares, riram dele, e roubaram seu chapéu. Mas acabou chegando a uma pequena rua torta e estreita chamada Beco do Corvo Velho, onde encontrou uma criança prestes a ser morta.

— E então, é você? — perguntou o Sr. Jelliby, tentando fazer a voz soar o mais gentil possível. — Você é a Criança Número Dez?

Ele não estava com humor para ser gentil. Seus olhos ficavam correndo toda hora para as orelhas pontudas do menino, para o rosto afilado e esfomeado. *Então é assim que os medonhos são.* Feios, no meio do caminho entre uma criança de rua faminta e um bode. Mas também não era nada para se fazer alarde. Metade da população de fadas da Inglaterra era mais feia, e ninguém as enterrava sob arbustos de sabugueiro. E o menino também não parecia capaz de lançar maldições nas pessoas. Ele só parecia triste e ferido. O Sr. Jelliby não sabia o que fazer a respeito.

— Eu não sei — murmurou o garoto. — Minha mãe está dormindo e não acorda por nada.

— Como disse?

— Ela não acorda por nada — repetiu o menino. Por um instante, seus olhos escuros examinaram o Sr. Jelliby, o rosto dele, as roupas. Agora se recusavam a encará-lo.

— Ah. Bem... Ela deve estar muito cansada. Talvez você conheça uma dama com um vestido cor de ameixa? Ela usa um pequeno chapéu com uma flor. E luvas azuis. Estou bastante determinado a encontrá-la.

Os olhos do menino brilharam por um segundo, e o Sr. Jelliby não soube dizer se era por saber de algo, por medo, ou outra coisa qualquer.

O garoto ficou lá parado por um tempo, encarando os pés. Então perguntou, muito baixinho:

— Como você a conhece?

— Eu a encontrei uma vez. — A impaciência fazia o Sr. Jelliby franzir as sobrancelhas, mas ele se obrigou a permanecer calmo. Não podia afugentar a criança. — Ela parece estar em apuros, ligada a um assassino a contragosto, e está com problemas que envolvem o namorado. Além disso, acredito que ela...

O menino não estava escutando. Olhava para além dele, através dele, os olhos penetrantes.

— Ela esteve aqui — disse ele. O Sr. Jelliby mal conseguia ouvi-lo. — Duas vezes. Ela levou meu amigo e, agora, minha irmã. Ela rouba medonhos dos cortiços das fadas e...

Bartholomew sentiu o corpo gelar. *Vai ser pescado do rio, gelado e pingando. Oco, flutuando como roupa na tina. Sem nada por dentro!*

Os medonhos estavam mortos. Seu amigo e... *Não*. Não, Hettie não. Hettie não podia estar morta.

O pânico apertou seu pescoço com dedos ossudos.

— Por favor, senhor — sussurrou ele, olhando o Sr. Jelliby nos olhos pela primeira vez. — A dama levou minha irmã.

O Sr. Jelliby pareceu desconfortável.

— Eu sinto muito.

— Preciso trazê-la de volta. Ainda há tempo. Ela ainda não deve ter sido morta, não é? — Foi mais um apelo do que uma pergunta.

— Bem... bem, não sei!

O Sr. Jelliby estava ficando aflito. Tinha chegado tarde demais. A dama tinha ido embora, e não havia nada a fazer agora, a não ser se dirigir às coordenadas seguintes do Sr. Zerubbabel, esperando encontrar *alguma coisa*. Ele não queria ver o sofrimento do irmão da menina. Não queria saber o que seu fracasso tinha lhe custado.

— Foi há apenas algumas horas — dizia o garoto. — Ela ainda deve estar por perto. Você a viu?

Um sino soou em algum lugar na mente do Sr. Jelliby. *O café na esquina da Trafalgar Square. Uma cápsula cintilante de bronze e um bilhete borrado de tinta.* "Mande-a para a Lua", era o que dizia.

— Sua irmã está na lua — disse ele. — Seja lá o que isso signifique. Boa sorte. Preciso ir agora. — Ele começou a andar.

Bartholomew o acompanhou.

— Então ela não está morta?

— Eu não *sei*! — O Sr. Jelliby começou a acelerar o passo.

— Você vai me ajudar a encontrá-la? Vai me levar com você?

O Sr. Jelliby parou e virou-se para encarar Bartholomew.

— Veja bem, menino. Eu sinto muito. Sinto muito por sua perda e por todos os seus problemas, mas não posso ser incomodado agora. Existem planos maléficos sendo tramados, e desconfio que eu tenha muito pouco tempo para detê-los. Encontrar a dama é o único jeito que conheço de parar isso. Agora, se você sabe onde ela está, não hesite em me contar. Caso contrário, por favor, me deixe em paz.

Bartholomew não lhe deu atenção.

— Eu não lhe causaria nenhum problema. Poderia andar atrás de você, e, por metade do tempo, você nem notaria, e então, quando encontrarmos Hettie...

O Sr. Jelliby começou a se afastar, com um olhar de desculpas no rosto.

Um pânico dolorido e terrível tomou conta de Bartholomew quando ele percebeu.

— Você não pode ir — gritou ele, agarrando a manga do Sr. Jelliby. — Ela está *com* a dama de ameixa! Se nós a encontrarmos, encontraremos minha irmã! Por favor, senhor, *por favor* me leve com você!

O Sr. Jelliby olhou para Bartholomew, alarmado. Não podia levar um medonho consigo.

— Sua mãe — disse ele. — Ela nunca vai deixar você ir.

— Já lhe disse. Ela está dormindo. Não sei quando vai acordar, mas, quando isso acontecer, se eu estiver aqui e Hettie não, ela não vai aguentar.

O Sr. Jelliby não gostou da maneira como o menino dissera aquilo. Havia algo de cansado, triste e velho no seu jeito de falar.

— Bem, com certeza você tem seus estudos — disse ele, de forma um pouco mais severa do que havia pretendido. — As aulas são muito importantes. Você não deve cabulá-las.

Bartholomew olhou para o Sr. Jelliby como se o achasse muito estúpido.

— Eu não tenho aulas. Não frequento a escola. Agora vai me deixar ir com você?

O Sr. Jelliby fez uma careta. Apertou a ponte do nariz, olhou para o céu e depois por sobre o ombro. Por fim, disse:

— Você terá de se disfarçar.

Bartholomew saiu na mesma hora. Voltou três minutos depois, usando uma capa surrada de lã com capuz, em tom de verde-escuro. Era uma capa de duende que ele tinha pegado no armário do guardião adormecido. Nos pés, Bartholomew usava um par de botas com biqueira, grandes demais para ele. Havia também passado uma tira de tecido pelo rosto, dando voltas e voltas, até deixar apenas uma brecha estreita para poder enxergar.

O Sr. Jelliby achou que ele parecia um anão leproso. Deu um suspiro.

— Vamos andando, então. — Já perdera tempo demais nos cortiços das fadas. Mesmo de trem, a próxima coordenada do Sr. Zerubbabel ficava a muitas horas de viagem.

Começou a caminhar pelo beco, e Bartholomew seguiu pesadamente atrás dele.

Mal tinham andado sete passos quando algo capturou a atenção de Bartholomew. Ele parou e olhou para cima. O céu entre os telhados estava cor de estanho. Uma única pena preta descia flutuando... Parecia um floco de neve negra, caindo das nuvens em fúria. E desceu espiralando lentamente em direção a ele.

Ele se virou para o Sr. Jelliby e disse:

— Corra.

E, um instante depois, o beco se encheu de asas.

Capítulo XIV
A coisa mais feia

ELES saíram correndo, abrindo caminho com dificuldade entre as asas que emitiam sons estridentes. Bartholomew deu uma olhada por sobre o ombro bem a tempo de ver a figura alta da dama de ameixa surgir na escuridão. O rosto dela, meio escondido à sombra do chapéu, virou em direção a ele, que dobrou a esquina o mais depressa possível atrás do Sr. Jelliby.

— Por que estamos correndo? — gritou o Sr. Jelliby enquanto passavam em disparada por um pequeno pátio, sob os galhos de uma velha árvore nodosa. — Medonho, o que eram aquelas asas? O que está *acontecendo*?

— A dama — disse Bartholomew sem fôlego, tentando acompanhá-lo. — A dama de ameixa! Ela está de volta e não viria a troco de na...

Sei que está aqui, disse uma voz sombria, deslizando suavemente para dentro de sua mente. *Criança Número Dez, posso sentir você.*

Uma dor excruciante correu pelos braços de Bartholomew como a ponta de uma faca passando em sua pele. Ele quase desabou na hora.

— A dama de ameixa? — perguntou o Sr. Jelliby, parando de repente.

Bartholomew trombou em suas costas. Puxou a manga da capa e viu que as linhas vermelhas estavam inchadas, salientes, pulsando com uma luz avermelhada.

Você está correndo, mestiço, disse a voz, levemente surpresa. *Por que está correndo? Está com medo de alguma coisa?* Uma risadinha abafada ecoou no crânio de Bartholomew. *Com certeza você não tem nada a esconder de mim.*

— Mas isso é ótimo! — dizia o Sr. Jelliby. — Venho a procurando há *semanas*! E você mesmo disse que sua irmã está com ela! Preciso falar com a dama agora. — Bateu o pé no chão resolutamente e deu meia-volta.

Bartholomew empurrou o Sr. Jelliby com toda força em direção à entrada de uma casa.

— Você não entende — disse ele, trincando os dentes para suportar a dor nos braços. — Ela não é a mesma o tempo todo. E faz coisas terríveis. Será que não vê? *Ela* é a assassina!

O Sr. Jelliby franziu a testa para ele.

— Ela me pediu ajuda — explicou. Depois se afastou de Bartholomew e começou a refazer o caminho por onde tinha vindo, berrando: — Senhorita! Ei, senhorita!

— Você não pode *fazer isso*! — gritou Bartholomew desesperadamente, correndo atrás dele. Mas era tarde demais.

Uma rajada de asas negras apareceu na entrada da rua, e lá estava a dama de ameixa, as saias de veludo rodopiando ao redor dela. A mulher sentiu algo se contorcer sob sua pele quando viu o Sr. Jelliby. Algo como uma pequena cobra movendo-se sinuosamente pelos ossos e tendões.

— Você — disse a voz, e dessa vez não apenas na cabeça de Bartholomew. A voz se resvalou por entre as casas e chegou formigando aos ouvidos dele. A dama começou a se movimentar.

— Senhorita! — gritou o Sr. Jelliby. — Senhorita, preciso falar com você com muita urgência! Você pediu minha ajuda, está lembrada? Em Westminster? Eu estava no armário e você...

A dama não desacelerou. Erguendo um dedo com a luva azul, cortou o ar violentamente. O Sr. Jelliby foi erguido e atirado contra a parede. Bartholomew voltou para a entrada da casa quando um bando de pássaros invisíveis passou depressa junto ao seu rosto.

— Como você sobreviveu? — disparou a voz para o Sr. Jelliby. O dedo da dama ainda estava apontado para ele, prendendo-o à parede. Seus pés balançavam no ar, acima dos paralelepípedos. — Por que você ainda está vivo? Ninguém *jamais* sobreviveu àquela magia! — O Sr. Jelliby começou a sufocar e levou as mãos ao colarinho.

Rápida e furtivamente, Bartholomew se esgueirou de onde estava e arrancou uma das pedras soltas do chão. Então se moveu em direção às costas da dama, segurando sua arma no alto.

Ouviu-se um grito de advertência. A dama levou a mão à nuca e dividiu o cabelo. O Sr. Jelliby caiu, todo desalinhado. Bartholomew congelou.

O outro rosto, pequeno e coriáceo, estava olhando diretamente para ele, os olhos como pontos brilhantes por entre as dobras de pele. Tentáculos marrons e grossos se contorciam pelo cabelo da dama. A criatura abriu a boca com ar de desprezo.

— Criança Número Dez — disse ela. — O garoto da janela. — Bartholomew atirou a pedra.

Um uivo de dor cortou o ar no beco, tão alto que um bando de gralhas saiu rodopiando até o céu. A dama ergueu três dedos, sem dúvida para acabar com eles dois de uma vez por todas, mas Bartholomew já estava correndo, derrapando na esquina atrás do Sr. Jelliby.

A rua seguinte era mais larga. Bartholomew teve a ligeira impressão de que as pessoas pararam o que estavam fazendo para olhar para eles: uma janela que se abria com força, um açougue com restos de carne apodrecendo na sarjeta. Então saíram no espaço aberto de novo, em meio ao barulho dos bondes e das pessoas. A brisa trouxe um cheiro de roupa lavada. O ar estava repleto de vozes e fumaça. Bartholomew pensou ter sentido o cheiro de nabos cozidos, assim como no andar de cima da casa deles no Beco do Corvo Velho.

— Temos de chegar à estação de trem! — gritou o Sr. Jelliby, abrindo caminho entre um vendedor de chá de hortelã e uma fada com bocas no lugar dos olhos. — Fique de olhos abertos para ver se encontra um riquixá, garoto. Devia haver um cara azul por aqui.

Bartholomew espiou por entre as tiras de tecido. Só via pernas à sua volta. Pernas de ternos, pernas usando farrapos, pernas vestindo roupas de algodão, tons de cinza e branco, correndo em todas as direções. *Tantas pessoas.* O pensamento veio acompanhado de uma pontada de pânico. *Não se deixe ser notado. Não deixe que o vejam.* Havia pessoas por toda parte, dedos e olhos tão próximos e tão perigosos. E então, entre as pernas, ele teve um vislumbre de roxo: veludo cor de ameixa agarrado pela mão que usava luva azul-escura.

— Ela está aqui — sussurrou Bartholomew para o Sr. Jelliby.

O Sr. Jelliby deu uma olhada rápida por sobre o ombro. Sem dúvida era a dama de ameixa, avançando com firmeza pela multidão. Ela se destacava uma cabeça acima do fluxo interminável de chapéus e paletós de cor parda, o rosto sombrio determinado. Caminhava dura como uma marionete, a não mais que vinte passos atrás deles, e tal distância diminuía rapidamente.

Sem dizer uma palavra, Bartholomew e o Sr. Jelliby se esgueiraram por um portal e seguiram por um corredor cinza de pedra, que dava vista para uma horta e levava para uma cozinha barulhenta, e depois novamente para fora em uma rua estreita cheia de lojas. Eles pararam um pouco para se orientar.

— Por que ela quer me matar? — perguntou o Sr. Jelliby, sua voz a meio caminho entre um sussurro e um grito. Ele andava em círculos pela rua, passando os dedos pelos cabelos. — Ela pediu a minha ajuda! Minha *ajuda*, pelo amor de Deus! E agora que finalmente a encontrei, ela quase me mata!

Pássaros grasnavam na calha do telhado. Bartholomew estava tentando achar um jeito de amarrar as botas.

— Ela pediu sua ajuda, é mesmo?

Não tinha sido Bartholomew quem falara. O Sr. Jelliby se virou. Lá, a menos de seis passos, estava a dama de ameixa, os lábios imóveis. Ela começou a se virar lentamente. Viram então o outro rosto, olhando com ar maldoso para eles através de uma cortina de cabelos. Um líquido negro escorria-lhe pelo queixo, saindo de um corte horrível na boca.

— Melusine, sua pequena traidora. — A voz era enjoada de tão doce, mas trêmula, um fio de navalha prestes a ser quebrado.

O Sr. Jelliby encarou o rosto, boquiaberto. A criatura olhou de volta, os lábios rachados tremendo, os olhinhos pretos agitados como besouros.

Bartholomew percebeu sua chance. Esgueirou-se até a cozinha e começou a correr novamente.

O Sr. Jelliby o viu ir embora, e seu coração se apertou. *Esse é o agradecimento que recebo por minha ajuda*, pensou de maneira amarga. *O pequeno diabo me abandonou.* Então a dama de ameixa ergueu um dedo delicado, fazendo o Sr. Jelliby ser tirado do chão e arremessado pela rua.

Ele passou pela vitrine de um sapateiro, indo parar dentro da loja fechada. Por um instante, flutuou no meio da loja, cercado por botas e escuridão. Depois foi puxado para fora, cruzando a rua mais uma vez e batendo com tanta força em uma porta que os rebites de metal lhe cortaram a pele.

Algo se prendeu ao tecido de seu paletó e o rasgou de um lado a outro. Um caco de vidro lhe acertou a mão. Ele viu as gotas de sangue pingarem pelo ar, em um tom vivo e reluzente de vermelho.

Então aquele era o fim. O pensamento lhe ocorreu vagarosamente enquanto sua cabeça batia contra uma tabuleta pintada. Aquele era o fim. Agora ele ia morrer.

Mas algo acontecia na rua lá embaixo. Ele ouviu uma agitação, pés correndo pela rua, e, em seguida, um grito desesperado.

— Ali está ela! Ajudem-no! Ajudem-no, ela vai matá-lo!

O garoto? O Sr. Jelliby se obrigou a abrir os olhos. Estava a cerca de 3 metros do chão, preso ao metal da placa de um ferreiro. Lá embaixo, dois oficiais uniformizados olhavam para ele e para a dama de ameixa e, então, de volta para ele, as mais perplexas das expressões acima de seus bigodes. Sua confusão pareceu durar uma eternidade. Depois correram em direção à dama, braços estendidos, preparados para agarrá-la como se fosse uma criança.

A dama de ameixa nem hesitou. Ergueu uma das mãos, com a palma para fora e apontou-a para um dos policiais, ainda mantendo o Sr. Jelliby suspenso com a outra. O rosto do policial se achatou de repente como se tivesse dado de cara contra um vidro, e ele cambaleou para trás levando a mão ao nariz. O outro policial estava quase chegando até ela quando parou de repente e começou a marchar como um soldadinho de corda diretamente para uma parede.

O Sr. Jelliby continuava no ar. Algo o havia puxado da placa, e ele estava voando, o uivo de asas e de vento em seus ouvidos. Ele foi levado até a altura dos telhados, depois largado, depois erguido de novo centímetros antes de se esborrachar contra o chão. Ele desceu passando pela dama, os dedos roçando-lhe o cabelo e a pele enrugada.

Ele só teve uma fração de segundo. Uma fração de segundo para pensar, e menos ainda para atacar, mas conseguiu. Acertou o punho na boca do rosto pequeno. A dama de ameixa cambaleou para a frente, e, de repente, nada mais segurava o Sr. Jelliby, então ele caiu.

Uma respiração ofegante, assustadora e cheia de dor preencheu o beco. O Sr. Jelliby caiu na sarjeta, e a respiração sibilante continuou, mexendo com seus nervos. A dama começou a girar como uma bailarina em um palco. A beirada de sua saia e as pontas de seus dedos estavam se transformando em penas pretas, que brilhavam e cintilavam sob a luz. Então o policial com o nariz sangrando deu um pulo para perto dela e a agarrou. As duas figuras lutaram, asas negras surgindo à volta dela. A dama gritou e se debateu, mas de nada adiantou. O bater de asas ficou mais fraco. E, de um instante para o outro, acabou. As asas sumiram. O vento uivante também. A rua ficou completamente silenciosa.

Bartholomew, a dama, os policiais, todos ficaram parados como se tivessem virado pedra. Logo o barulho da cidade os envolveu novamente. Gritos e apitos de trem a vapor — sons familiares e acolhedores.

Os policiais foram os primeiros a se mexer. Algemaram os pulsos da dama, e um deles seguiu andando na frente dela.

O Sr. Jelliby se arrastou para fora da sarjeta, sem fôlego e cheio de dor. Bartholomew tentou fugir pelo corredor de pedra, para voltar a se misturar à multidão da rua mais larga, mas o outro policial o segurou pelo capuz.

— Ainda precisamos conversar com você, duende. E receio que com o senhor também. Parece que vamos todos fazer um passeio agradável até a delegacia.

A Delegacia do distrito oito de Bath ficava em um prédio baixo de tijolos bem embaixo da fumaça e das faíscas que caíam de uma ponte de ferro em arco sobre a cidade nova. As janelas estavam cobertas de fuligem, o chão não era varrido, e tudo, desde os arquivos até os abajures, tinha um forte cheiro de ópio.

Bartholomew e o Sr. Jelliby tiveram de sentar em um escritório pequeno e frio, na presença de um secretário constantemente carrancudo. A cabeça do Sr. Jelliby pendia de vez em quando, e Bartholomew temia que ele pudesse tombar para a frente no chão. Depois de um bom tempo, uma jovem com um chapéu branco e vermelho entrou e cuidou dos vários ferimentos do Sr. Jelliby, com gaze limpa. Era bastante cordial com ele, mas olhava nervosamente para Bartholomew e sempre apertava mais o avental quando ficava ao seu alcance, como se tivesse medo de que Bartholomew pudesse arrancá-lo. Depois de alguns minutos, ela foi embora. Eles aguardaram por mais uma eternidade, com o secretário olhando de cara feia. Havia um velho relógio de metal pendurado à parede, e seus ponteiros barulhentos pareciam fazer o tempo desacelerar, em vez de contá-lo.

Bartholomew batia o pé no chão. Ele queria se mexer, sair do prédio e correr até encontrar Hettie. *Quanto tempo eu tenho?* Não muito. Não muito antes de ela morrer como os outros medonhos. E, então, ele a viu na água. *Uma forma branca flutuando na escuridão. Seus galhos murchos e inertes ao sabor das correntes. Hettie.* Bartholomew fechou os olhos com força.

— Obrigado por voltar para me ajudar — disse o Sr. Jelliby de repente, e Bartholomew deu um pulo de susto.

O homem não tinha levantado a cabeça. Seus olhos ainda estavam fechados. Bartholomew não sabia o que dizer. Por um bom tempo, só ficou lá, sentado, tentando pensar em alguma coisa, qualquer coisa. Então a porta se abriu, um inspetor entrou, e Bartholomew desejou poder afundar nas sombras de sua capa e não ser visto nunca mais.

O inspetor começou a fazer várias perguntas ao Sr. Jelliby, que ficou tentado a lhe contar tudo o que sabia. Tudo sobre o Sr. Lickerish, sobre os assassinatos dos medonhos e sobre os pássaros mecânicos. Então *eles* poderiam cuidar do caso. *Eles* poderiam resolver tudo. Mas sabia que não ia adiantar nada. O Sr. Zerubbabel não havia acreditado nele. Nem mesmo Ophelia acreditara nele.

Quando o inspetor se convenceu de que o Sr. Jelliby sabia muito pouco, ele também saiu, sendo substituído por um homem pequeno e barbudo usando paletó de lã. O homem era muito comum. Seu rosto era comum, sua careca era comum e sua gravata amarrotada era comum. Tudo, à exceção de seus olhos, que tinham um tom frio e assustador de azul, como água de geleira. Parecia que ele queria devorá-lo com os olhos.

— Bom dia — disse ele. A voz era suave. — Sou o Dr. Harrow, diretor de estudos sobre os Sidhe na Universidade Bradford. A dama que o atacou hoje está possuída por uma. Por uma fada, quero dizer, não por uma faculdade. Agora, se você puder me contar de novo todos os detalhes dos quais conseguir se lembrar, das ações dela, das *reações*, do som de sua voz e da natureza de suas habilidades taumatúrgicas, eu ficaria muito grato.

O Sr. Jelliby assentiu melancolicamente por baixo de suas ataduras e começou a descrever detalhadamente como fora atacado e perseguido pelas ruas. Então, quando achou que podia arriscar, perguntou:

— Eu poderia falar com ela? É seguro? Tenho certeza de que só levaria um minuto.

Dr. Harrow pareceu um pouco indeciso.

— Você diz que não a conhecia?

— Ah, não mesmo — assegurou o Sr. Jelliby apressadamente. — Eu só... gostaria de perguntar a ela uma coisa, se não for um problema.

— E aquele ali é um gnomo? — perguntou o doutor, apontando o polegar em direção a Bartholomew. — Ele vai ter de ficar de fora. Eles podem tramar algo juntos através de magia.

O Sr. Jelliby não tinha pensando nisso.

— Muito bem — disse ele. — Voltarei logo, menino.

O Dr. Harrow fez sinal para que o Sr. Jelliby o seguisse, e os dois passaram por um corredor, descendo em seguida um lance de escadas de metal. No pé da escada havia mais um corredor, mas este era baixo e arqueado, com paredes caiadas e piso de ladrilho verde. Havia grossas portas de ferro dos dois lados. O cheiro de desinfetante pairava no ar, tão forte que fazia as narinas do Sr. Jelliby arderem, e ainda assim não era capaz de encobrir o fedor de fadas e humanos sujos.

O doutor o levou até uma das portas e pediu ao guarda sentado ao final do corredor para destrancá-la.

Viram então uma cela completamente branca, desprovida de janelas e de qualquer tipo de conforto. Sua única mobília era uma cadeira comum de madeira no meio do piso. E, sentada nela, sombria e calada, estava a dama de ameixa.

As luvas não estavam mais em suas mãos, de modo que pudessem tirar suas impressões digitais. Parte de seu vestido tinha sido rasgado. Mas seu chapéu ainda estava no lugar, escondendo-lhe os olhos.

— A fada que está vivendo nela é uma espécie de parasita — explicou o doutor, caminhando ao redor da moça. — Esses casos são muito raros. Normalmente, o parasita domina a consciência de um animal ou de uma árvore. A ligação com um humano é algo quase sem precedentes. Uma vez que o parasita tenha se infiltrado no hospedeiro, começa a consumi-lo lentamente. A fada-parasita toma conta da mente e se insinua para dentro da pele e dos nervos... — Ele afastou os cachos dos cabelos atrás da cabeça da dama, revelando o rosto deformado escondido ali. — Dizem que ela só não consegue controlar a laringe. Então tome cuidado se algum dia você cruzar o caminho de uma vaca silenciosa. — O doutor riu da própria piada.

O rosto por baixo do cabelo era a coisa mais feia que o Sr. Jelliby já havia visto. Não era humano, e mal parecia uma fada; uma espécie de massa flácida formada por dentes, tentáculos e pele enrugada. A boca estava aberta, os olhos, fechados, quase ocultos sob o inchaço da ferida causada pela pedra que Bartholomew havia atirado.

— A fada está sob um sedativo poderoso — disse o Dr. Harrow, deixando o cabelo cair de volta. — Ao que parece, ela vem vivendo neste corpo há vários meses. Está profundamente enraizada. Qualquer coisa que a fada coma ou sinta irá, de alguma forma, afetar a dama também. Esta está sonolenta. Duvido que seja capaz de lhe dizer alguma coisa útil.

O Sr. Jelliby assentiu. Ajoelhou-se a fim de ver por baixo do chapéu e disse:

— Senhorita? Senhorita, você pode me ouvir?

Nenhuma reação. Ela ficou lá, sentada, uma estátua sombria sobre a cadeira, imóvel.

O Sr. Jelliby olhou o doutor por sobre o ombro.

— A coisa a consumiu, foi o que você disse? Ela vai sobreviver? A fada pode ser... removida de alguma forma?

— Cirurgicamente, talvez — respondeu o Dr. Harrow friamente. — Mas não sei se algum dia ela irá se recuperar totalmente, se sua mente vai voltar a funcionar por conta própria, ou se seus membros seguirão suas orientações. É tudo muito incerto.

O Sr. Jelliby se virou para a dama, o rosto sério.

— Melusine? — disse baixinho.

Dessa vez as pálpebras dela se agitaram e se abriram. Seus olhos eram negros e vazios, brilhantes.

Ele inspirou com força.

— Melusine, você pediu minha ajuda, está lembrada? — perguntou depressa e em voz baixa. — Não sei se consegui ajudá-la de alguma forma. Espero que fique segura aqui. Mas, na verdade, sou eu quem precisa desesperadamente de sua ajuda. Você se lembra de alguma coisa do que aconteceu nos últimos meses? Onde esteve? O que fez? Melusine?

Ela continuou a olhar de forma fixa para a frente.

— Preciso que você se lembre — sussurrou ele. — Pode tentar? — Atrás dele, o doutor franzia a sobrancelha, uma das mãos na campainha de alarme. — Qualquer coisa! Qualquer coisa mesmo!

Então algo mudou nos olhos dela, uma ligeira alteração por trás da máscara do rosto. A boca se abriu. Ela deu um suspiro longo e sonolento.

— Havia um corredor — disse ela. Foi tão repentino que o Sr. Jelliby levou um susto. — Um corredor para a Lua.

O Sr. Jelliby pensou ter captado algo de soslaio. Uma massa de escuridão, enxameando-se pela parede branca.

— Eu estava correndo por ele — continuou a dama. — Procurando alguma coisa. E havia alguém atrás de mim... de pé... me olhando.

O Sr. Jelliby deu uma olhada na parede. *Não havia nada lá.* Ele se levantou, virando-se de costas para a dama.

— Era eu no corredor — disse ele baixinho. — Da Casa Sem Igual. Não era a lua. — A mente dela estava bastante confusa. Não o ajudaria em nada.

— Vou embora agora — disse ele, dirigindo-se ao Dr. Harrow. — Agradeço-lhe imensamente por seu tempo.

O homem barbudo fez uma pequena reverência.

— Ah, não foi nada — disse ele, e seus olhos azuis brilharam com uma luz estranha. —Não... foi... nada. — Com um floreio, ele abriu a porta da cela e a segurou para o Sr. Jelliby passar.

O Sr. Jelliby lhe ofereceu um sorriso discreto e caminhou em direção à porta. Mas quando estava passando pela soleira, se virou. Ergueu o punho e acertou o doutor bem entre os olhos. Então saiu pelo corredor em disparada.

— Garoto? — gritou ele, derrubando o guarda e subindo as escadas rapidamente. — *Garoto, saia daqui!*

Os lábios do Dr. Harrow: eles não tinham se mexido.

Capítulo XV
O Mercado Goblin

Bartholomew pensou ter ouvido alguma coisa no interior do prédio, uma batida fraca vibrando pelos canos de água e paredes. Olhou para o secretário carrancudo. O sujeito estava ocupado martelando com os dedos em uma máquina de escrever. Não parecia ter notado nada.

O barulho estava ficando mais alto. Bartholomew conseguia ouvi-lo até mesmo por sobre o retinir das chaves. Uma pancada forte, como uma porta de metal batendo. Então passos apressados, pisando com firmeza em algum lugar no interior do prédio. *Gritos.* Alguém gritava a plenos pulmões, mas Bartholomew não conseguia entender as palavras.

Os dedos do secretário congelaram, pairando sobre as chaves. Ele levantou o olhar com ar sério, as sobrancelhas negras eriçadas.

Os gritos se aproximaram. Bartholomew não ousava se mexer, mas se esforçava para ouvir e tentar entender. Só um pouco mais perto...

Bartholomew e o secretário entenderam as palavras ao mesmo tempo.

— Corra, garoto! — gritava o Sr. Jelliby. — *Saia logo!*

O secretário deu um pulo. Folhas de papel saíram voando pelo ar quando ele passou pela escrivaninha, mas Bartholomew foi rápido demais. Saiu correndo da sala e bateu a porta. Então se virou bem a tempo de ver o Sr. Jelliby saindo da escada aos tropeços, os olhos arregalados e assustados.

— Corra para a rua! Nos encontramos do lado de fora!

Havia várias portas de nogueira no corredor da delegacia, e todas elas pareceram abrir ao mesmo tempo, revelando rostos vermelhos e curiosos, e gravatas frouxas. Alguns policiais saíram correndo, tentando pegar suas armas. O Sr. Jelliby passou direto por eles. Bartholomew se arrastou pelo chão entre as pernas deles, e logo os dois estavam do lado de fora, mancando e tropeçando por entre os apoios da ponte de ferro.

O Sr. Jelliby deu uma olhada por sobre o ombro. O Dr. Harrow tinha alcançado os degraus da delegacia de polícia. Estava andando convulsivamente, sangue escorrendo do nariz, bem onde o Sr. Jelliby o acertara. Atrás dele, oficiais de polícia gritavam e empurravam, olhando de forma confusa para as figuras em fuga. Dois deles começaram a soprar seus apitos e deram início à perseguição, mas logo se perderam na multidão que enchia as ruas no início da noite enquanto Bartholomew e o Sr. Jelliby se embrenhavam cada vez mais para dentro da cidade.

O Sr. Jelliby calculou logo por que a polícia não tinha se esforçado mais para capturá-lo. Sabiam quem ele era. Um integrante do Conselho Privado com uma inclinação para espionar e ter acessos violentos não poderia desaparecer facilmente. Eles deviam estar telegrafando à força policial agora mesmo para enviar uma patrulha até a casa dele na Belgrave Square, com ordens para prendê-lo assim que chegasse.

Mas o Sr. Jelliby não tinha qualquer intenção de voltar a Londres. Ainda não. Havia outros dois endereços naquele pedaço de papel. Duas vidas que podia salvar. *Desde que Ophelia não esteja em Londres...* Ele esperava que a mulher tivesse ido para Cardiff. Ela ficaria de coração partido se estivesse em Belgrave Square quando a polícia chegasse.

Ao diminuírem o ritmo o suficiente para recuperar o fôlego, Bartholomew correu até ele.

— O que aconteceu? — perguntou ele, se desviando de um amontoado de barris presos com vime para se manter ao lado do Sr. Jelliby.

Ele não queria saber de fato. Provavelmente o deixaria com raiva. Tinham perdido tantas horas lá, e era provável que o cavalheiro tivesse feito outra coisa estúpida e se metido em encrenca por causa disso. Mas Bartholomew achou que devia tentar dizer *alguma coisa* para compensar o fato de ter ficado calado quando o homem lhe agradecera.

— Melusine era um peão — disse o Sr. Jelliby, sem nem olhar para Bartholomew. Ele ergueu a mão, chamando um cabriolé puxado por dois lobos gigantescos. O cabriolé não parou. Os lobos passaram direto, os olhos amarelos embotados e cegos. O Sr. Jelliby olhou para eles com raiva. — Faz um certo sentido agora, imagino. A dama era controlada por uma fada. Como uma marionete com cordas. E eu apostaria meu dedo mindinho que aquela fada trabalha para o Lorde Chanceler. É por isso que ela tentou me matar, e agora que a dama está trancada com a polícia de Bath, a fada saiu para o corpo do camarada de barba. Mas ele parecia um pouco instável ainda. Isso vai nos garantir algum tempo, espero, antes que ele possa vir atrás de nós de novo.

O Sr. Jelliby fez sinal para outro carro. Este parou, com fumaça de carvão saindo de todas as fendas, porém arrancou ruidosamente quando ele informou ao motorista aonde queriam ir.

O Sr. Jelliby xingou e começou a caminhar de novo, cruzando uma ponte de pedra que atravessava um riacho espumante.

— Vamos precisar comprar provisões. Armas, talvez, e eu quero um chapéu. Não faço ideia do que está à nossa espera nessas outras coordenadas, mas *estarei* preparado.

— Que coordenadas? — perguntou Bartholomew. — Preciso encontrar minha irmã. Para onde estamos indo?

— Para o norte. Não sei lhe dizer onde sua irmã está, mas sei para onde voam os pássaros de John Lickerish, e, se ela estiver em algum lugar, deve ser lá. Temos de chegar à cidade das fadas e pegar um trem para Yorkshire. Nós vamos para o norte.

Menos de quinze minutos depois de terem fugido da delegacia de polícia, os dois desabaram atrás da cortina vermelha de um riquixá, sacolejando pela estrada em direção a Nova Bath. O riquixá era do tipo convencional, com uma bicicleta de rodas enormes e conduzido por um fada pequenina, que arfava e se empenhava com toda a força para mover os pedais.

Estava escuro lá dentro. O Sr. Jelliby se esparramou pelo banco, segurando a cabeça dolorida e gemendo. Bartholomew se espremera no canto oposto.

Quando teve certeza de que o cavalheiro não estava prestando atenção, abriu a cortina uns 2 centímetros e olhou com assombro para a cidade vertical que se desenrolava ao seu redor. Nunca havia entrado em Nova Bath. Cerca de apenas 800 metros de ruas estreitas a separavam do Beco do Velho Corvo, mas, no mundo de Bartholomew, aquilo era uma floresta impenetrável. Ele não podia simplesmente ir aos lugares. Era pouco inteligente sair da casa, perigoso ir à rua, mas terrivelmente tolo se aventurar fora do cortiço das fadas. Bartholomew não precisara ser terrivelmente tolo até pouco tempo atrás. Além disso, sua mãe não gostava de Nova Bath. Ela sempre lhe dissera que era um lugar perigoso e mortal, até mesmo pior do que os distritos de fadas da cidade velha. Nova Bath, ela dizia, era onde os Sidhe imperavam, onde as fadas viviam em meio à selvageria e à anarquia da própria nação, e onde nem mesmo o longo braço da Polícia Real alcançava. Quando Bartholomew era bem pequeno, ela o pusera no colo e lhe contara uma história sobre Nova Bath ser uma criatura viva que, um dia, criaria pernas, abriria seus olhos cinzentos e seguiria para o campo, deixando a cidade para trás.

Bartholomew quase acreditava na história de sua mãe ao olhar por trás da cortina. O riquixá rangia ao subir uma estrada íngreme feita de pedras e, aparentemente, erguida pelos galhos de uma árvore enorme. A noite se aproximava, e pequenas luzes amarelas surgiam em toda parte ao longo das ruas, pontilhando com gotas douradas a estranha massa de prédios.

Bartholomew amarrou a capa com mais força ao redor de si. Era tão diferente da Velha Bath. Tudo era mais silencioso, as sombras de algum modo mais escuras. De vez em quando, ele pensava ter ouvido a passagem triste de uma música esvoaçando para perto e para longe na brisa, lhe roçando as orelhas como asas de uma mariposa. Supôs serem os pensamentos da cidade escapando-lhe do cérebro e dançando pelo ar. Também não havia nenhuma criatura a vapor ali, ele notou. Nenhum bonde de rua ou autômato. Nenhuma tecnologia de nenhum tipo. Talvez fosse por isso que a cidade parecesse tão silenciosa. Os únicos motores do lugar inteiro eram aqueles matraqueando no Terminal Ferroviário de Nova Bath, bem abaixo, próximo às raízes da cidade, e eram uma relíquia de um passado distante, quando o governo tentara conectar a cidade das fadas ao restante da Inglaterra. Eram a *única* coisa que ligava os dois lugares. Aqueles trilhos de ferro. Nada mais.

A pobre fada na direção do riquixá os conduziu, ofegante, até a rua ampla, passando por torres, choupanas e casas que pendiam de correntes, até chegarem à beira de um vasto espaço aberto no coração da cidade. *Não se parece muito com um monstro*, pensou Bartholomew. *Parece mais uma maçã. Uma imensa maçã preta e podre, com o miolo arrancado.* O espaço se estendia das construções no chão até as nuvens bem no alto. Passarelas envolviam tudo, entrecruzando a cidade em diversos níveis — pontes, escadas e pranchas presas com cordas, oscilando, rangendo, balançando. Havia milhares de lojinhas ali, cabanas e carroças, casulos gigantes de seda do tipo de onde saem as borboletas, e barracas coloridas com coberturas esvoaçantes. Lampiões luziam em cada poste e grade, fazendo com que as passarelas parecessem fitas flamejantes.

— Chegamos — disse a fada, arfando, e desabou sobre o guidom. — O Mercado Goblin.

O Sr. Jelliby puxou a cortina do riquixá e desceu, observando. Bartholomew o seguiu cautelosamente.

Estavam no fim da estrada de pedra, a centenas de metros de altura, e havia fadas por toda parte. Mais do que ele jamais tinha visto. Fadas de todos os formatos e tamanhos, algumas pequenas e pálidas como a Sra. Buddelbinster, algumas pardas e nodosas como Mary Cloud, outras enormemente altas. Havia as esverdeadas e as prateadas, umas que pareciam inteiramente feitas de névoa, e umas graciosas, com cor de noz e asas de libélula brotando das costas. Elas se moviam em um fluxo constante pelas passarelas, girando e virando para cima e para baixo. E, ainda assim, todo o imenso lugar era assustadoramente silencioso. Havia um som no ar, mas não era a cacofonia de gritos e máquinas barulhentas que preenchia os becos da Velha Bath abaixo; era um sussurro contínuo e constante, como mil folhas secas farfalhando ao mesmo tempo.

O Sr. Jelliby jogou uma moeda para o condutor do riquixá, e ele e Bartholomew seguiram para o mercado. Dezenas de olhos negros se voltaram para observá-los ao passarem. E ouviam vozes agudas e desconfiadas às suas costas. Bartholomew procurava ficar bem perto do Sr. Jelliby, a cabeça abaixada, desejando que sua capa fosse feita de pedra e arbustos espinhosos, desejando poder se encolher para dentro dela tanto quanto gostaria. Mas as fadas não estavam nem olhando para ele, percebeu com espanto. Observavam o cavalheiro.

Eles seguiram pelas passarelas por vários minutos, e Bartholomew notava, pela maneira como o homem erguia o queixo e olhava diretamente para a frente, que estava ficando nervoso. Bartholomew sentiu um calor de irritação no peito. *Viu como é?*, pensou ele. *Agora você também sabe.* Era como se eles tivessem trocado de lugar ao seguirem pela estrada no riquixá. Bartholomew quase pertencia àquele lugar estranho. Ele podia fazer as mesmas coisas que todo mundo, e ninguém iria arrastá-lo dali por causa disso. Ninguém nem mesmo iria notá-lo. Pelo menos uma vez na vida, não era ele o peculiar.

Abaixou o capuz e observou maravilhado as lojas ao redor. Uma vendia bonitas garrafas pretas com rótulos como VINHO DA TRISTEZA ou TINTA DE POLVO ou DESTILAÇÃO DE ÓDIO. Outra vendia pilhas de moedas e torres, mas quando Bartholomew passou bem perto e olhou com atenção, só viu folhas e sujeira. Outra loja tinha fileiras e fileiras de moscas vermelhas e gordas presas a um quadro com alfinetes de costura.

Ele viu uma barraca com vários montinhos cinzentos macios e aproximou-se, curioso. Uma senhora encarquilhada estava sentada atrás das mercadorias, cochilando sob um capuz carmesim. Bartholomew respirou com cuidado. Estendeu a mão e tocou um. Era tão delicado, um rolinho de pele de animal sedoso e perfeito. Teve vontade de afundar toda sua mão ali e...

— Os ratos parecem apetitosos, não é? — disse a senhora, de repente. Ela não estava cochilando, mas sim observando-o, os olhos fixos nele sob o abrigo do capuz.

Bartholomew tirou a mão e acabou esbarrando em um troll, que rosnou com raiva. Então o cavalheiro chegou ao seu lado, puxando-o dali.

— Vamos! Nada de ficar perdendo tempo. Não queremos permanecer aqui além do absolutamente necessário.

Eles atravessaram uma ponte de corda, seguiram por outra passarela e subiram uma escada de nós. Então o Sr. Jelliby semicerrou bem os olhos e, com uma voz tensa, disse a Bartholomew para fazer a gentileza de pedir informações.

Bartholomew sentiu um bolo no estômago. O cavalheiro é quem devia fazer isso. As fadas falavam a língua dele. Mas Bartholomew também não queria que o outro achasse que era um covarde, por isso foi até uma criatura escamosa e flexível, com barbatanas nas mãos e olhos opacos, e perguntou baixinho onde poderia comprar um par de pistolas.

As pálpebras diáfanas da criatura deslizaram uma vez sobre seus olhos enquanto examinava a figura pequena e encoberta de Bartholomew. Respondeu com um inglês grave e duro:

— Siga por ali, passe pelo vendedor de unhas e, depois de vinte metros mais ou menos, vá em direção às barracas dos Heartgivers. Vire à esquerda na loja de doces de Nell Curlicue. Você teria de ser cego para não ver.

Bartholomew assentiu para a fada da água e correu até o Sr. Jelliby, que tinha começado a andar quando ouviu as palavras "vendedor de unhas". Ao chegarem a uma loja de doces com sabores como "luz estelar", "cicuta" e "pingente de gelo", viraram e acabaram chegando a um pequeno estabelecimento extravagante com a palavra BAZAR pintada em letras coloridas acima da porta. Bartholomew esperou o Sr. Jelliby se abaixar para entrar e então o seguiu.

A loja chamada BAZAR era bem mais ampla do lado de dentro do que parecia vista da passarela. Aparentemente, vendia de tudo que já existira. A parte da frente da loja tinha coisas comuns como barris de biscoito e picles, mas, quanto mais se adentrava, mais misteriosos ficavam os objetos à venda. Enquanto o Sr. Jelliby pechinchava inutilmente o preço de uma bússola, Bartholomew percorria os corredores, tentando ver tudo de uma só vez. Havia marionetes, vestidos com retalhos vermelhos e pretos, que piscaram para ele ao passar, sementes que supostamente cresceriam e se transformariam em pés de feijão gigantescos, e broches e anéis intricados, fincados em pernas de insetos sob campânulas de vidro. No fim de um corredor particularmente longo, ele encontrou uma gaiola de metal com o que parecia ser um papagaio preto, envolto em suas asas. As asas eram formadas por penas escuras, fortes e gordurosas, que saíam de um osso grosso e se erguiam acima da cabeça da criatura.

Silfo da Penumbra, dizia uma placa confusa embaixo da gaiola. *Semielemental. Raro e extremamente mágico. Até mesmo um único espécime é um tesouro muito desejado e pode ser usado para tarefas quase instantâneas + entrega de mensagens etc. Preço: Para ingleses: 40 libras / Para fadas: não menos do que o equivalente a um braço e uma perna.*

Bartholomew se aproximou lentamente da gaiola. Era de ferro. Dava para sentir, mesmo sem tocá-la, uma dor vaga atrás da cabeça. A criatura pareceu perceber que estava sendo observada. As asas se dobraram para trás, e uma cara branca e delicada olhou para Bartholomew. A boca da criatura era grande, com lábios azuis.

Eles se entreolharam em silêncio durante algum tempo. As asas se abriram ainda mais. Bartholomew viu o corpo do silfo, desproporcionalmente pequeno em comparação às asas, os braços finos como ramos e as pernas quase perdidas em meio às penas. Então o silfo contraiu os lábios sobre os dentes e sibilou.

— *Medonho* — disse a criatura, baixinho.

Bartholomew afastou a cabeça da gaiola.

— Medonho — disse o silfo de novo, dessa vez mais alto.

— Fique quieto — sussurrou Bartholomew.

— Medonho, medonho, medonho. — O silfo estava andando agora, dando a volta na gaiola, os olhos fixos em Bartholomew. Então soltou um guinchar e se atirou contra os arames, ganhando marcas de queimadura na pele.

— *Medonho!*

Bartholomew andou para trás, afastando-se da gaiola, e derrubou uma bandeja de uma prateleira cujo rótulo dizia MENTIRAS. Elas caíram no chão e começaram a se expandir, bulbos azuis e esmeralda ficando cada vez maiores até explodirem em uma chuva de gás fedido. Ele se virou para correr, mas um gnomo já vinha atrás dele da outra ponta do corredor. Antes que Bartholomew pudesse dar dois passos, dedos frios o seguraram, puxando as tiras de tecido que lhe cobriam o rosto. O pano se desenrolou. O gnomo deu um pulo para trás, como se tivesse sido mordido.

— Fora — disse ele, e a voz saiu como um chiado. — Saia antes que os clientes vejam você. Leve sua feiura daqui!

Bartholomew correu, passando pelas sementes de feijão e pelas marionetes enquanto segurava seu disfarce em volta do rosto. Passou pelo cavalheiro quando chegou à porta. Os braços do outro estavam cheios de pistolas, um chapéu novo, uma bússola e um mapa muito grande. Ele começou a dizer alguma coisa, mas Bartholomew não esperou para ouvir. Deixou o cavalheiro para trás e saiu do bazar rumo às passarelas oscilantes. Um grupo de fadas-anãs com chapéus vermelhos pontudos estava vindo. Bartholomew ouviu atrás de si o som de asas se agitando e de vozes. Viu um espaço entre duas barracas e se atirou lá. Então desabou e se encolheu como uma bola.

Todas aquelas fadas pensaram que eu fosse um duende. É por isso que não ficaram me olhando. Pensaram que eu fosse como elas. Mas ele não era. Era diferente de todo mundo.

O Sr. Jelliby o encontrou dez minutos depois. Bartholomew estava com a cabeça nos braços e tremia um pouco.

— Garoto? — disse o Sr. Jelliby baixinho. — Qual é o problema, garoto? Por que não esperou por mim?

Bartholomew se sentou de repente, assustado. Limpou o nariz na mão.

— Ah — disse ele. — Nada. É melhor a gente ir.

O Sr. Jelliby olhava para ele com curiosidade. Bartholomew não queria que olhassem para ele. Queria ficar sozinho e, se os outros não gostavam dele, gostaria que fossem capazes de guardar isso para si mesmos. Ficou de pé e começou a se afastar.

— Consegui as pistolas! — disse o Sr. Jelliby, correndo atrás dele. — E um chapéu. Está com fome?

Bartholomew não comia desde a ceia da noite anterior, mas não disse nada. Continuou andando, o capuz puxado para a frente, a cabeça abaixada. Teve de se esforçar para não olhar por sobre o ombro e ver se o homem o seguia. Durante algum tempo, ele simplesmente caminhou, sem saber direito para onde estava indo. Então o cavalheiro apareceu ao seu lado, com duas tortas crocantes na mão. Estendeu uma para Bartholomew.

O garoto ficou olhando.

— Pegue — disse o Sr. Jelliby. — Coma!

A torta estava cheia de pedaços duros de carne, provavelmente feita com algum animal de rua horroroso, mas Bartholomew a engoliu assim mesmo, com osso e tudo, e lambeu a gordura dos dedos. O Sr. Jelliby tirou a crosta crocante da sua e deu o restante para Bartholomew, que comeu também todo o novo pedaço. Aquilo o fez pensar na sopa com pingos de cera e em Hettie, então teve vontade de sair correndo de novo — para qualquer lugar — a fim de encontrá-la.

Deixaram o Mercado Goblin para trás, seguindo por uma passarela que serpeava em torno da parte mais externa da cidade elevada.

— A estação de trem fica perto do chão — dissera o Sr. Jelliby. E era para lá que estavam indo.

Ainda estavam a centenas de metros de altura; Bartholomew conseguia enxergar quilômetros de distância à frente dali, até a área rural além dos limites da cidade. O céu se estendia adiante, ficando acobreado com o pôr do sol, nuvens baixas e agourentas passando pela abóbada do céu.

Ele parou e ficou olhando. Havia algo no céu, alguma coisa além do crepúsculo sem fim. Uma cintilação. Uma explosão negra, mais escura que as nuvens, se movimentando a velocidades inacreditáveis para longe da cidade.

Bartholomew se inclinou sobre a cerca de corda.

— Veja — gritou ele, acenando para o Sr. Jelliby. — Veja só aquilo.

O Sr. Jelliby se pôs ao lado dele e semicerrou os olhos.

— Mas que diabos...

— São as asas — disse Bartholomew em voz baixa. — Estão indo embora. — *Ah, Hettie*, pensou ele. *Por favor, esteja bem.*

O Sr. Jelliby viu a expressão de Bartholomew mudar.

— Vamos — disse ele. — Não se preocupe. Nós vamos achar sua irmã. E vamos trazê-la de volta. — Então sorriu, não seu sorriso rasgado de Westminster, mas um sorriso sincero. — Bem, já que vamos partir juntos nessa aventura, acho que devíamos saber os nomes um do outro, não acha? — Estendeu a mão para Bartholomew. — Meu nome é Arthur. Arthur Jelliby.

Bartholomew não se mexeu. Ficou olhando para o Sr. Jelliby, depois para a mão dele. Então, com muito cuidado, pegou sua mão e o cumprimentou.

— Bartholomew — disse ele.

Juntos, os dois se viraram e seguiram depressa pela cidade que escurecia.

Capítulo XVI
Bruxa

Os pistões do trem mergulharam uma, duas vezes, e o Sr. Jelliby já estava dormindo.

Bartholomew esperava que ele pudesse lhe dizer alguma coisa, discutir os planos deles ou contar mais sobre a dama de ameixa, mas não. *Está bem, então.* O ar estava quente e o assento era de veludo, então Bartholomew se aconchegou e encostou o nariz na janela fria. A cidade aparecia lá embaixo em um borrão azul-escuro, torres e telhados passando tão rápido que ele mal os via. Atravessaram o rio, roncando por entre as altas chaminés escuras das fundições de canhão. Então, em um piscar de olhos, a cidade tinha ficado para trás, e eles estavam cortando os campos verdes da zona rural. Em poucos minutos, Bath era apenas uma mancha escura no horizonte, ficando menor a cada instante.

Bartholomew olhou para trás e sentiu uma dor estranha crescer em seu peito. Ele estava indo embora. Abandonando as poucas coisas que já conhecera. Indo para sabe-se-lá-onde com um cavalheiro que não comia quando havia comida e que apertava a mão de medonhos. Em algum lugar lá atrás, naquele ponto que encolhia, estava sua mãe, dormindo em um apartamento vazio. E Hettie... Hettie estava em algum lugar. Não lá, mas em algum.

Então ele voltou sua atenção para o vagão onde estavam, o número 10 para Leeds. O Sr. Jelliby tinha comprado passagens de primeira-classe como sempre fazia, e Bartholomew não estava tão mal-humorado a ponto de não notar o quanto tudo ali era incrivelmente elegante. Havia pequenos quadros pendurados acima dos assentos — cenários felizes e confortáveis com pessoas ricamente vestidas bebericando chá ou ao ar livre, sorrindo despreocupadamente enquanto olhavam vitrines de lojas e viveiros de peixes. Nas paredes revestidas de madeira, havia dois lampiões, cada um com uma fada da chama aprisionada. A que estava do mesmo lado que Bartholomew bateu no vidro para chamar sua atenção e fez uma série de expressões rudes com o rosto brilhante. Bartholomew a observou por um tempo. Quando se voltou para a janela, a fada começou a bater os punhos contra a parede interna do lampião e a disparar pequenas rajadas furiosas de chamas. Bartholomew voltou a fitá-la. E ela prontamente recomeçou a fazer caretas.

Algum tempo depois, o Sr. Jelliby acordou. Bartholomew apoiou a cabeça na janela e fingiu dormir, observando o cavalheiro por entre as pálpebras semicerradas. O Sr. Jelliby olhou para ele uma vez. Então começou a desdobrar o mapa que havia comprado, abrindo-o folha a folha dentro do vagão.

* * *

Os dedos de Arthur Jelliby corriam pelo papel branco espesso, pulando algumas vezes enquanto o trem rugia embaixo dele. O mapa era um pouco diferente do que ele estava acostumado. A ilha inglesa era chamada de "A Terra Definhada". Londres recebia o nome de "O Grande Monte Fedorento", e North Yorkshire, "O Quase Mundo", mas ele conseguiu entendê-lo bem. O trem os levaria até Leeds, em Yorkshire. No entanto, as coordenadas do pedaço de papel do Sr. Zerubbabel não ficavam em Leeds. Na verdade, até onde o Sr. Jelliby sabia, não ficavam em lugar algum em particular. O lugar que ele havia marcado no mapa não era uma cidade ou um vilarejo ou mesmo uma fazenda. Era simplesmente um vazio campo aberto.

Ele franziu a sobrancelha, examinando o mapa, então virou-o de cabeça para baixo, dobrou-o e voltou a abri-lo. Tornou a ler as coordenadas, recalculou a longitude e a latitude. Era inútil. O lugar se recusava a se mover para qualquer lugar razoável.

Quando o trem parou em Birmingham, uma idosa com um casaco de pele prateado entrou no compartimento deles e se sentou. Deu uma olhada no rosto coberto de Bartholomew e nas pistolas no cinto do Sr. Jelliby, então deu meia-volta, afobada, deslizando a porta para fechá-la quando saiu. Ninguém os perturbou pelo restante da viagem.

Havia passado da meia-noite quando chegaram a Leeds. No cais de carga, conseguiram subornar um condutor de diligência para abandonar os passageiros programados e levá-los o mais perto que pudesse do ponto que o Sr. Jelliby marcara no mapa. Nenhuma estrada chegava a um raio de 8 quilômetros do local. Eles teriam de andar bastante naquela noite.

Deixaram a cidade ao luar. A diligência era puxada por um par de gafanhotos anormalmente grandes, que corriam desvairadamente, arrastando-a por pedras e buracos. O Sr. Jelliby teve medo de que ela pudesse se despedaçar. Um vento gelado soprou pelas fendas nas laterais da diligência. Galhos batiam nas janelas. Em pouco tempo, Bartholomew e o Sr. Jelliby ficaram cheios de hematomas e estavam congelados até os ossos. Depois de uma hora, a diligência parou. Eles desceram, exaustos.

— Chegamos — disse o condutor, curvando-se com seu sobretudo e observando os dois com um brilho nos olhos. — Aqui é o mais perto que posso levá-los. Há uma pousada há cerca de um quilômetro e meio para trás, de onde viemos. Chama-se Fogo-Fátuo. Esperarei por vocês lá.

O Sr. Jelliby assentiu e deu uma olhada na região, correndo a fita do seu chapéu pelos dedos.

— Não fale sobre nós para ninguém, está bem? E se não voltarmos até o amanhecer, você pode considerar que... que encontramos outro caminho. Boa noite.

O condutor resmungou e estalou seu chicote. Os gafanhotos recomeçaram a correr, e a diligência disparou pela estrada. Bartholomew a acompanhou com o olhar, tremendo.

O Sr. Jelliby consultou sua bússola. Então começaram a atravessar um campo verde úmido. Uma fina neblina pairava sobre a grama, ensopando as calças deles até os joelhos. Pouco tempo depois, começou a chuviscar. A cabeça de Bartholomew zunia de sono, e o Sr. Jelliby estava mancando, mas nenhum dos dois disse nada. Continuaram andando sem parar, cruzando um campo após o outro, subindo colinas e passando por riachos até não haver mais nenhum músculo em seus corpos que não estivesse doendo.

O Sr. Jelliby subiu em um muro baixo de pedra, ainda com um olho na bússola.

— Devemos chegar lá em breve — disse ele, e limpou a sujeira dos joelhos. — Onde quer que "lá" seja...

"Lá", como vieram a descobrir, era um emaranhado de árvores no meio de um grande campo vazio. Não era uma floresta. Podia ter sido uma floresta um dia, quando ainda havia florestas por aqueles lados, mas todos os seus braços e pernas tinham sido derrubados, e agora era simplesmente um aglomerado de carvalhos e olmos que se erguiam de uma extensão de grama. O Sr. Jelliby parou à sua margem, olhando para os galhos curvos. Então seguiu adiante, com Bartholomew logo atrás.

O ar sob as árvores era úmido, mas não como nos campos. Era uma umidade forte e bolorenta, carregada pelo cheiro de casca de árvore e terra molhada. O musgo cobria o chão, e, embora as árvores crescessem muito próximas umas às outras, não era difícil andar ali. Depois de no máximo vinte passos, chegaram a uma pequena clareira. A chuva caía, sussurrando, e a grama era alta. Uma pilha de madeira queimada chiava com as gotas d'água. E, no centro da clareira, tão alegre e acolhedora quanto possível, havia uma carroça de madeira com uma cobertura arredondada. Estava pintada de vermelho, com narcisos amarelos e prímulas na porta e nos raios das rodas. Saía fumaça de uma chaminé de metal em seu telhado. Tinha uma única janela na lateral, com cortinas escarlate fechadas do lado de dentro. Uma luz cálida que vinha de seu interior projetava quadrados na grama.

Bartholomew e o Sr. Jelliby olharam em volta, receosos. Não havia aparelhos monstruosos ali, nem pequenos túmulos ou silfos de asas negras sussurrando nos galhos. *O que poderia interessar ao Sr. Lickerish naquele lugar para fazer seu pássaro voar toda aquela distância?* Bartholomew esperava desesperadamente que Hettie estivesse na carroça pintada. De uma hora para outra, sentiu-se muito impaciente.

O Sr. Jelliby subiu os degraus que levavam à porta de trás da carroça e bateu duas vezes.

— Olá! — chamou ele, com o que esperava ser uma voz imperativa. — Quem mora aqui? Queremos falar com você!

Algo se quebrou lá dentro. Um barulho agudo e repentino como se alguém tivesse se apavorado e deixado uma caneca ou uma tigela escorregar das mãos.

— Ah, não. Ah, não, não, não — gritou uma voz frágil. — Por favor, vá embora. Vá embora. Não tenho dinheiro. Em lugar algum.

O Sr. Jelliby olhou para Bartholomew, mas este não retribuiu o olhar. Estava observando a porta atentamente.

— Senhora, eu lhe asseguro que não queremos nenhum dinheiro — disse o Sr. Jelliby. — Consegui seu endereço com um homem chamado Xerxes Ya... de um conhecido em comum. E preciso falar com você. Senhora? Você está bem?

Uma pequena persiana se abriu na porta, e um rosto apareceu. O Sr. Jelliby tropeçou para trás. Era um rosto grisalho e enrugado, emoldurado por finos galhos de bétula. Uma velha senhora fada, uma bruxa.

— Vocês não são da Agência de Inspetores das Fadas, são? — perguntou ela. — Ou da Corte dos Chifres? Ou do *governo*?

— Eu... bem, eu sou da Inglaterra — respondeu o Sr. Jelliby tolamente.

A bruxa deu uma risada nervosa e destrancou a porta.

— Ah. Eu não sou. Vamos tirar vocês da chuva, então, não é? A menos que gostem da chuva, é claro. Alguns gostam. É boa para os selkies*, e cura furúnculos em ninfas, embora eu nunca tenha ficado sabendo que ela faça alguma coisa por... Ah! — Levou as mãos à boca quando viu Bartholomew. — Ah, o pobre Peculiarzinho! Está magro como uma espinha de peixe!

Bartholomew tentou espiar em volta da bruxa, para dentro da carroça. Então olhou para ela. *Pobre Peculiarzinho?* Não havia repulsa em sua voz, nada do medo do duende, no bazar, ou da crueldade do mascate, no Beco do Velho Corvo. Ela parecia mais alarmada pela semelhança dele a um peixe do que com o fato de ser um medonho.

Bem, nós não temos de comê-lo com pastinacas, pensou o Sr. Jelliby enquanto a bruxa os conduzia para dentro da carroça. Era muito pequeno lá dentro, quente e apertado, e cheio de pergaminhos e garrafas de cores bonitas. Feixes de ervas pendiam do teto. Velas pingavam formas fantásticas nas prateleiras. A carroça era muito pequena para esconder alguém, e Hettie não estava lá.

A velha bruxa começou a varrer do chão os cacos de uma tigela de cerâmica.

— Ah, que bagunça — lamentou-se ela. — Não recebo muitas visitas, sabe. Não boas, pelo menos. — Sua voz soava velha e meio gemida, um pouco como a do mordomo-fada. Mais amigável, no entanto. *Talvez amigável demais para alguém que acabou de ter sua clareira isolada invadida por estranhos.*

---

* Criatura que assume a forma de uma foca no mar e muda para a forma humana para viver em terra firme. (*N. do E.*)

— Senhora, viemos por uma questão de grande importância — disse o Sr. Jelliby.

— Vieram? — Ela jogou os cacos em uma vasilha para gato. Estava cheia de leite. — E como pode uma velha bruxa como eu ajudar senhores tão bons como vocês? Estão doentes? O cólera pegou um de vocês? Soube que ele anda bem ocupado em Londres agora.

O Sr. Jelliby bateu os pés para escorrer a água e tirou o chapéu. *Ele?*

— Não, não estamos com cólera. Precisamos falar com você sobre alguém.

A bruxa se aprumou, as juntas estalando, e rapidamente levou uma chaleira para o fogão no canto.

— Não conheço mais muitas pessoas. Quem seria?

— O Lorde Chanceller. John Lickerish.

A velha bruxa quase deixou a chaleira cair. Então se virou para olhar para eles.

— Ah — sussurrou ela, os olhos trêmulos. — Não fiz por mal. O que quer que ele tenha feito, o que quer que esteja fazendo, eu não quis machucar ninguém.

O Sr. Jelliby levou a mão ao cabo da pistola.

— Não estamos aqui para acusá-la, senhora — disse ele, com a voz baixa. — Precisamos da sua ajuda. Temos provas razoáveis de que você está ligada ao Sr. Lickerish, e precisamos saber o motivo. Por favor, precisamos saber!

A bruxa segurou o avental e começou a caminhar de um lado para o outro, o piso da carroça rangendo a cada passo.

— Eu mal o conheço. Não é minha culpa! — Ela parou para encará-los. — Vocês não vão me levar embora, não é? Não para as cidades e suas terríveis fumaças. Ah, eu *pereceria!*

— Por favor, senhora, acalme-se. Nós não vamos levá-la a lugar algum. Só precisamos que nos conte algumas coisas. Tudo.

Os olhos da bruxa correram para as pistolas. Olhou delas para o Sr. Jelliby, depois para elas, e mais uma vez para ele. Então retornou para o fogão. O chá chiou quando ela o serviu em xícaras azuis de porcelana.

— Tudo... — disse ela. — Vocês morreriam de velhice antes que eu contasse a metade. — Ela trouxe o chá e desabou em sua cadeira de balanço.

Bartholomew não pegou sua xícara. *Hettie não está aqui.* Não havia nada ali além de uma velha bruxa maluca. Eles deviam ir embora, correr de volta pelos campos até o cocheiro em Leeds. Sem beber o chá. Ele puxou a manga do Sr. Jelliby, abriu a boca para dizer alguma coisa, mas a bruxa o viu e falou primeiro.

— A vida é dura por aqui — disse ela, e sua voz era petulante. — O povo das cidades, eles trabalham em fábricas, sempre entre as máquinas, os sinos de igreja e o ferro. E perdem sua magia. Não conseguiria fazer isso. Aqui posso me agarrar a um pouco dela. Pouca coisa mesmo. Não é como estar em casa. Não de verdade. Mas é quase lá. É o mais perto que consigo chegar.

Bartholomew entendeu que ela falava de sua casa na Terra Velha. Devia ser muito velha mesmo.

— E eu preciso ganhar dinheiro! — choramingou ela. — Sou apenas uma velha bruxa, e ninguém mais quer minha ajuda. As fadas vêm de vez em quando lá das cidades grandes, quando seus jovens tossem sangue, mas não podem pagar muito. E eu tive de vender a pobre Dolly para comprar cola, então não posso mais viajar por aí. Eu preciso ganhar dinheiro, sabem! — Um brilho estranho surgiu nos olhos dela. — O Lorde Chanceler me envia ouro.

— Ah, envia? — disse o Sr. Jelliby friamente. — E você sabe que ele vem matando medonhos? Ou ele lhe paga tão bem que você não se importa? Vou lhe agradecer se nos contar agora por que ele está fazendo isso. E seja sincera. O que Lorde Chanceler está planejando?

A bruxa parecia prestes a chorar; Bartholomew achava que era mais por causa do tom reprovador na voz do Sr. Jelliby que pelas palavras dele.

— Você não sabe? — perguntou ela. — Você está tentando detê-lo, não é mesmo? É por isso que está aqui. E você nem mesmo sabe o *quê* está tentando deter?

O Sr. Jelliby se engasgou com o chá. Ele não sabia. Tudo o que tinha eram fragmentos e peças — o pássaro, a mensagem, a conversa em Westminster —, mas não conseguia entender o que tudo aquilo queria dizer.

A velha bruxa aproximou sua cadeira um pouco da dele.

— Ele vai abrir outro portal das fadas, é claro.

O Sr. Jelliby piscou para ela por sobre a borda da sua xícara de chá. Bartholomew emitiu um som baixo com a garganta, algo entre arfar e tossir.

— Você não sabia disso? — Ela riu e chegou ainda mais perto. — Sim. O portal das fadas. Ele vai abrir outro. Muito em breve, acho. Amanhã. Da última vez, o portal se abriu sozinho. Um fenômeno natural provocado por uma série de coincidências infelizes. Sempre houve fendas entre os dois mundos. Coisas sempre passaram de um lado para o outro, e há muitas histórias sobre humanos que foram parar na Terra Velha por acaso. Mas este novo portal não será uma fenda. Não será um acidente. John Lickerish o está *projetan-*

214

do. Trazendo-o à existência. Um imenso portal no meio de Londres. No meio da noite.

O Sr. Jelliby pousou sua xícara de chá bruscamente.

— Mas será uma carnificina! — exclamou ele, horrorizado. — Ophelia e Brahms e... A história de Bath irá se repetir!

— Será pior! — disse a bruxa, e então seu rosto se abriu em um sorriso tão rasgado e luminoso que o Sr. Jelliby sentiu um arrepio.

— Não vai funcionar — disse ele, examinando atentamente uma réstia de alho acima da cabeça da bruxa. — Os sinos. Os sinos irão deter o portal. Estão sempre soando. A cada cinco minutos. O Sr. Lickerish não vai conseguir fazer o feitiço assim.

— Aah. Os sinos. — A bruxa continuou a sorrir. — Bath tinha sinos. Bath tinha ferro e sal, e vários relógios e outros mecanismos, e ainda assim foi pelos ares nove quilômetros ao norte da lua. Sinos não ajudam contra magia desse tipo. Podem impedir uma fada de lhe colocar uma verruga, de aprontar alguma confusão ou realizar um feitiço mais simples, mas não um portal de se abrir. Não uma estrada para a Terra Velha.

— Então o que *fazemos*? — disse o Sr. Jelliby, quase gritando. — Não podemos simplesmente ficar sentados aqui! Como podemos detê-lo?

— *Eu* não sei. — Ela estava muito perto agora. O Sr. Jelliby tinha certeza de que podia sentir seu cheiro: flores, fumaça e leite azedo. — Abrir um portal de fadas é um processo complicado. Eu não entendo bem. Não *quero* entender. Tudo que sei é que o Sr. Lickerish precisa de uma poção. Plantas e partes de animais. E eu preparo para ele. Essa mistura é uma poção de vinculação. Ela atrai um tipo de fada chamada silfo da penumbra. Pode moldar bandos inteiros deles e obrigá-los a fazer tudo que alguém ordenar. Mas não sei para quê ele precisa dos silfos. Sou apenas um minúsculo fio no emaranhado dessa teia.

Então fez um gesto com os dedos.

— Ele me manda seus bilhetes através de um pássaro mecânico. Um pássaro feito de metal, você já havia ouvido falar disso? E faço o que me pede. Mas aqueles medonhos... — O sorriso desapareceu do seu rosto, e ela se encolheu de volta na cadeira. De repente pareceu assustada e triste outra vez. — Não sei para que servem. Pobres, pobres criaturas. Não sei por que ele as mata. Mandei nove frascos para Londres. Um monte de frascos pequenos também. Garrafinhas. Tão pequenos. E... da última vez que ouvi falar a respeito, nove mortes tinham ocorrido. Você é de Londres, não é? Percebi isso pela sujeira em seus sapatos. Talvez ele venha tentando abrir o portal sem sucesso. Nove vezes. Nove vezes nas quais você poderia ter morrido em sua cama e foi poupado. — Ela olhou para a janela. — Não queria que ninguém se ferisse. Não queria, juro. E quando ouvi falar sobre os medonhos no rio, logo soube que tinha sido ele. Mas não me faça pensar sobre isso. Não havia nada que eu pudesse ter feito. O que eu podia fazer? — perguntou ela, quase suplicante.

Bartholomew levantou o olhar que estava fixo em suas botas. Estava furioso.

— O que você quer dizer com isso? — disse ele. A bruxa se virou para ele, surpresa. Ele estava calado há horas, e sua voz saiu rouca. — Você podia não ter feito *nada*, é isso que você podia ter feito. Podia ter deixado de ajudá-lo. Ele está com minha irmã agora, sabia? Ela é a próxima, e a culpa é sua. A culpa é tanto sua quanto de qualquer um.

A velha bruxa olhou fixamente para ele por um instante. A luz do fogo dançou em seus olhos. Quando falou, a voz veio suave.

— Não foi minha culpa. Ah, não foi, não. É o Sr. Lickerish quem está matando. Tudo que fiz foi preparar coisas na minha panelinha em minha pequena clareira. Não quero pensar nisso. *Não quero pensar nisso!*

O Sr. Jelliby começou a se levantar. A bruxa se virou para encará-lo. Ela sorriu outra vez.

— Mas, no fim, imagino que a culpa seja minha, não é? Ah, *sinto muito*. Quando ouvi falar no plano de John Lickerish pela primeira vez, pensei: "Por que não?" Por que devo me importar com o que vai acontecer a Londres? Já está mais do que na hora de as fadas se libertarem, mais do que na hora de os ingleses aprenderem sua lição. Mas mudei de ideia. Vocês gostariam de um pouco mais de chá? Cheguei à conclusão de que o Sr. Lickerish não estava fazendo isso pelas fadas. Na verdade, ele não está fazendo isso por ninguém. Ninguém, a não ser ele mesmo. Ele diz que não gosta de muros e correntes, mas gosta. Desde que *ele* construa os muros e faça as correntes. Porque, quando o portal das fadas se abrir, ele não vai parar por aí. Vai vigiá-lo como um imenso cão de guarda, e o portal será dele. Ficará sempre aberto, mas ele irá decidir o que entra e o que sai.

Bartholomew a encarou. *O que há de errado com ela?* Era como se a mente dela estivesse se retorcendo e contando mentiras a si mesma. Ela continuava olhando para o Sr. Jelliby, pequenos espasmos sob o olho e em seus dedos, e aquele sorriso sinistro.

— Muitas criaturas vão morrer quando o portal se abrir — disse ela. — Humanos e fadas, mortos em suas camas.

Vinte mil pereceram em Bath. Cem mil no conflito que houve depois. Você se lembra da Guerra Sorridente? Da Colina de Tar e dos Dias de Afogamento? É claro que não. Você é jovem demais e muito bem nutrido. Mas *eu* me lembro. Anos e anos depois que o portal se abriu, ainda não havia nada além de confusão e sangue derramado. Vai acontecer tudo de novo. Novas fadas virão e serão livres e selvagens, e vão dançar sobre os corpos das pessoas e das tolas e cansadas fadas inglesas. Porque as fadas que já estão aqui não saberão o que fazer. Elas não se lembram de como já foram um dia. Acho que todas vão morrer, você não acha? Morrer com todos os outros. E o Sr. Lickerish vai assistir a isso tudo de algum lugar seguro. — Ela olhou para o Sr. Jelliby com veneração. — Mas você vai detê-lo, não vai...?

O Sr. Jelliby pousou sua xícara de chá.

— Eu não sei — respondeu de maneira sucinta, e pegou do bolso do colete o pedaço de papel que o Sr. Zerubbabel lhe dera. — Tenho mais um endereço dos pássaros mensageiros do Sr. Lickerish. Fica em algum lugar em Londres. É esse o local, não é? Ele lhe disse? Acredito que os pássaros mensageiros conectam o Sr. Lickerish a todos os pontos de seu plano... Bath e os medonhos, você. Então de volta a Londres.

A velha bruxa sorriu de maneira ardilosa.

— Ah, você *é* inteligente. Tão alto e inteligente. Como conseguiu colocar as mãos no pássaro do Lorde Chanceler, hã? Se ele descobrir, vai matar você.

Ele já tentou, pensou o Sr. Jelliby, mas disse:

— Olhe, senhora, não temos tempo para tolices. Diga-nos como é o portal e onde iremos encontrá-lo, e a deixaremos em paz.

— Ah, mas não quero que vocês me deixem! Não vão embora! Não posso lhes contar essas coisas. Não posso, seria ruim, tão ruim. Ou talvez eu possa. Talvez um pouco. Minhas lembranças em relação ao que aconteceu da última vez são muito fracas. Tão fracas e distantes. Acordei em minha cama na copa de uma árvore e... — Os olhos da bruxa se anuviaram. — Mamãe. Mamãe estava fazendo as malas. Ela nos dizia para nos apressarmos porque havia algo maravilhoso em curso perto da Cidade da Risada Negra. E me lembro de andar, andar. Eu era muito jovem na época. Para mim, pareceu que andamos por cem noites, mas não deve ter sido tanto assim. E então havia um portal no ar. Era como um rasgo no céu, e suas extremidades eram asas negras batendo. Penas caíam à nossa volta. Passamos por ele, mas não me lembro de como ele era visto do outro lado. Não olhei para trás, sabe? Nem uma vez. Não até ser tarde demais. O portal podia ser imenso ou bem pequeno. Milhares de nós podíamos passar por ele de uma vez, mas era tudo magia; aquele portal podia não ser maior do que meu nariz. — Ela enrugou o nariz. — O portal de Londres pode ser qualquer coisa. Em qualquer lugar. Pode ser uma toca de rato ou um armário. Pode ser o arco de mármore na Park Lane.

Ela sorriu, melancólica, passando o polegar por um pedaço lascado na borda de sua xícara.

— Eu quero voltar, sabe. Para a Terra Velha. Para casa. — Ela olhou para Bartholomew, seus olhos azuis claros e úmidos. Então pousou a xícara e levou as mãos às orelhas. — Melhor não pensar nisso. Melhor não. *Não quero pensar nisso!* Os planos do Sr. Lickerish não podem resultar em nada bom. Não para mim. Não para mim e não para ninguém.

A carroça ficou em silêncio por um minuto. O fogo estalava dentro do pequeno fogão. Do lado de fora, uma coruja piava tristemente nas árvores.

O Sr. Jelliby se levantou.

— De fato. Vamos embora agora. Obrigado pelo chá.

A bruxa começou a falar de novo, levantando-se da cadeira de forma atabalhoada, tentando fazê-los ficar mais um pouco, mas o Sr. Jelliby já estava destrancando a porta. Ele saiu da carroça, e Bartholomew o seguiu, puxando o capuz bem para baixo.

Na clareira, o Sr. Jelliby respirou fundo. Então se virou para Bartholomew e disse:

— Aquela lá é louca de pedra. É melhor irmos logo, se quisermos salvar o mundo.

Eles seguiram caminhando penosamente para além do círculo de calor da carroça, em direção à umidade pesada das árvores.

— Não me importo com o mundo — disse Bartholomew baixinho. — Só quero encontrar Hettie.

A velha bruxa desceu da carroça e ficou vendo os dois irem embora, e continuou olhando para onde tinham seguido mesmo bem depois de terem sido engolidos pela noite.

Algumas horas se passaram. Ela estava tão parada que quase podia ser confundida com uma das árvores. Por fim, um pardal de metal desceu na clareira e pousou na grama orvalhada aos seus pés. Ela o pegou, aninhando-o na palma da mão, soltou a cápsula de bronze de seu pezinho e tirou uma mensagem.

Regozije-se, irmã, dizia a carta na familiar letra fina e rebuscada do Sr. Lickerish. *A Criança Número Onze é tudo.*

Tudo o que esperávamos que fosse. Prepare a poção. Faça esta ainda mais forte e mande-a para a Lua. O portal não irá falhar desta vez. Em dois dias, quando o sol nascer, ele irá se erguer grande e imponente sobre as ruínas de Londres, um arauto de nossa gloriosa nova era.

E um símbolo da queda do homem.

O sol não vai nascer para eles.

A Era da Fumaça acabou.

O rosto da velha bruxa se abriu naquele largo sorriso. Lentamente, ela colocou o bilhete de volta na cápsula. Então pegou uma arma embaixo do avental. Era nova, comprada no Mercado Goblin, parte de um par. A outra estava na carroça, escondida rapidamente atrás do fogão. Ela ergueu a arma, apontando-a para o lugar em que as duas figuras tinham desaparecido em meio às árvores.

Bum, balbuciou, mexendo os lábios sem emitir som, e deu uma risadinha.

Capítulo XVII
A nuvem que cobre a Lua

— M<small>I</small> Sathir, *eles estão com ela!* — Um homem pequeno e barbudo estava parado em frente à escrivaninha do Sr. Lickerish. O nariz do homem estava enfaixado, e seu rosto, branco como papel, mas fora isso parecia bem tranquilo, em completo desacordo com a voz rouca e desesperada com que tinha falado. — Estão com minha Melusine!

O Sr. Lickerish não respondeu imediatamente. Tinha um jogo de xadrez à sua frente, e passava tinta preta cuidadosamente nas peças de marfim com um pequeno pincel.

— Quem? — perguntou ele após um longo tempo, mal olhando para a nova aparência da fada.

— A polícia. Eles nos pegaram. Nós...

— Eles a pegaram. Você, aparentemente, escapou. Isso é bom. O outro mestiço está morto? Nosso pequeno visitante?

A fada dentro do crânio do Dr. Harrow hesitou. Por um minuto inteiro, os únicos sons da sala eram a constante vibração e o fraco roçar das cerdas do pincel do Sr. Lickerish na peça de xadrez.

— Não — disse por fim. — Não, a Criança Número Dez ainda está viva. Assim como Arthur Jelliby.

O Sr. Lickerish derrubou a peça de xadrez, que caiu no tampo da escrivaninha com um ruído e rolou para longe, deixando uma marca de tinta preta no couro vinho.

— *O quê?* — As palavras saíram com uma força surpreendente, um som gutural e selvagem como o rosnado de um lobo. O rosto do Sr. Lickerish se desfez em uma máscara de rugas e linhas brancas, e ele encarou o homem barbudo, os olhos brilhando, furiosos. — Vire-se e olhe para mim, seu covarde. O que aconteceu?

O doutor se virou lentamente, revelando o rosto sombrio e enrugado na parte de trás de sua cabeça careca.

— Ele escapou. Eu não sei como isso pode ter acontecido, mas não é minha culpa. Ele sobreviveu à magia e escapou, e agora Melusine...

— Arthur Jelliby não pode estar vivo — disse o Sr. Lickerish, levantando-se da cadeira. Seus dedos brancos e compridos estavam tremendo, chacoalhando como ossos contra a madeira dos braços da poltrona. — Ele vai nos comprometer! Ele sabe demais. Demais. Não pode estar vivo — disse, como se tentasse se convencer.

— Não é minha culpa!

O político-fada virou-se para o homem barbudo.

— Ah, Jack Box, acredite em mim, isso *é* culpa sua. Você devia matá-lo. Eu lhe disse para *matá-lo*!

— Achei que tivesse matado. Não imaginava que ele sobreviveria. *Sathir*, fiz tudo que você me pediu. Trouxe a criança nova para você, não trouxe? Lancei o feitiço na casa da Belgrave Square e fui atrás da Criança Número Dez. Você precisa me ajudar! Melusine *precisa* sair de lá!

— Melusine — disse o Sr. Lickerish, com uma voz sombria de desprezo. — Não ligo a mínima para o que acontece com Melusine. Se ela vai viver ou morrer depende só de você. Ela continuará na prisão. Não vai a lugar algum até você fazer o que lhe ordenei. E se você levar mil anos para conseguir, ela vai apodrecer lá.

Jack Box respirou, trêmulo, e algo muito similar a lágrimas brilhou nos cantos dos seus olhos.

— Não — disse ele. — Não, você não pode deixá-la. Ela não vai sobreviver sem mim. Está morrendo! Mande uma carta. Telegrafe uma mensagem. Vão deixá-la sair no momento em que você pedir!

— Mas eu não vou pedir.

Jack Box encarou o Sr. Lickerish, que retribuiu o olhar friamente. Então arqueou uma sobrancelha e pegou com seus dedos pálidos a peça de xadrez que tinha caído.

— A Criança Número Dez. Foi assim que você se referiu ao nosso pequeno visitante, não é? Você irá encontrá-lo. Vai encontrar os dois: Arthur Jelliby e o mestiço. E como você parece ser uma fada completamente infeliz e inútil, vai trazê-los vivos para mim. Eu mesmo cuidarei deles.

Para espanto do Sr. Jelliby, Londres parecia a mesma de sempre na véspera de sua destruição. Ele esperava ver algo de diferente em seu último dia como a maior cidade da Terra. Talvez pessoas correndo pelas ruas, arrastando seus baús e pratarias. Chamas saindo das janelas. Um pânico tão pesado no ar que daria para sentir. Mas enquanto Bartholomew e o Sr. Jelliby percorriam a Strand em uma carruagem, a única coisa no ar era a fumaça escura e oleosa saindo da órbita do olho de um varredor de rua enferrujado. E quanto a pessoas correndo, também não havia muitas. O mar de cartolas ondulava pela Fleet Street ininterruptamente como sempre. Bondes e ônibus sujavam tudo pelo caminho com seu vapor, como de costume, enquanto seguiam em direção às fábricas e cais. Carruagens continuavam ressoando solenemente pelas ruas, deixando seus passageiros bem-vestidos em lojas e cafés elegantes. Nenhum deles sabia quão perto tudo aquilo estava do fim, o quão brevemente as casas estariam em ruínas, as ruas, vazias, as carruagens, tombadas com as rodas girando ao sabor do vento.

O Sr. Jelliby deixou a cortina cobrir a janela novamente e desabou de encontro ao couro reluzente. Ele e Bartholomew tinham chegado a Leeds mais cedo naquela manhã, molhados, com frio e chateados. Pegaram o trem das sete para Londres e chegaram à capital quando suas meias estavam começando a secar. Conseguiram uma carruagem em meio à grande agitação da estação de Paddington. O Sr. Jelliby descobrira não estar mais portando suas pistolas, mas tinha problemas maiores com os quais se preocupar. Ordenou ao condutor que os levassem à Belgrave Square imediatamente.

Não tinha contado a Bartholomew aonde estavam indo, e nem queria fazê-lo. Ficou aliviado ao ouvir as primeiras respirações lentas de um sono pesado que vinham do canto da carruagem.

Ao chegarem à praça, o Sr. Jelliby fez sinal para a carruagem parar. Deu mais uma espiada. Ali estava sua casa — alta, grande e branca, a apenas uns 10 metros dali. As pesadas cortinas de inverno cobriam as janelas. As persianas do primeiro andar estavam fechadas. E, estacionada em frente ao portão para todo mundo ver, havia uma carruagem a vapor preta, a porta estampada com o símbolo prateado da polícia de Londres.

Uma das cortinas se mexeu em uma janela do andar de cima. Um rosto apareceu ali — era Ophelia, olhando para fora. Sua pele estava muito pálida, e a mão estava no pescoço. A última vez em que o Sr. Jelliby a vira fazer tal gesto tinha sido quando ela recebera a carta que lhe informara sobre a morte do pai.

O Sr. Jelliby xingou e enterrou o rosto nas mãos. Ela não havia saído da casa. Devia estar com muita raiva dele, além de confusa e preocupada. Provavelmente as pessoas na Belgrave Square estavam criando suas versões sobre a razão de a polícia estar parada à entrada da casa dos Jelliby, mas nenhuma delas estaria certa.

O que você acha que o Sr. Jelliby fez dessa vez, querida Jemima? Acho que ele deve ter matado alguém. Com uma faca.

Bem, podiam pensar o que quisessem dele, mas não de Ophelia. Ele queria pular para fora da carruagem, correr para casa e dizer a ela que tudo aquilo era mentira, que ela devia sair da cidade e que o que quer que a polícia tenha lhe contado não era exatamente a verdade. A porta da frente estava a uma distância curta. Mas o pegariam se ele fosse até lá. A casa ou a polícia. E quem poderia garantir que Ophelia acreditaria nele agora, falando sobre coisas como Lordes Chanceleres assassinos, portais mágicos e a destruição de Londres? Os policiais o levariam dali, talvez para um hospício. E Ophelia acompanharia sua partida com olhos sérios e tristes. Não, o Sr. Jelliby não podia voltar para casa. Não até encontrar um jeito de deter o Sr. Lickerish.

Com um longo suspiro, o Sr. Jelliby estendeu a mão para fora da janela da carruagem e acenou para que o condutor prosseguisse. Saíram então em direção a Bishopsgate e ao rio. Iriam até o lugar da última coordenada. No dia seguinte, ninguém nem ligaria para fofocas e escândalos. Ou ele ia revelar quem o Sr. Lickerish realmente era e se tornar o herói de uma era, ou o portal das fadas iria se abrir. E se o portal se abrisse, isso significaria a morte do Sr. Jelliby. E de Ophelia e de Bartholomew, assim como da pequena irmã medonha. Significaria que quase todos em Londres estariam mortos.

O Sr. Jelliby procurou afastar tais pensamentos e se pôs a analisar o mapa.

No canto da carruagem, Bartholomew começou a se mexer. Seus braços e pernas estavam pesados, rígidos como os galhos de uma árvore. Ele se sentou e deu uma olhada pela janela.

Londres. Sua mãe havia lhe contado sobre a cidade. Aquele lugar imenso e distante onde as leis e o dinheiro eram feitos, onde os espetáculos mais deslumbrantes eram apresentados, e onde ficavam as mais pomposas salas de concerto. O lugar no qual as estradas eram muito largas, mas, assim mesmo, as pessoas tinham de viajar de balão para respirar um pouco de ar.

Era uma cidade bem diferente de Bath, isso estava claro, mas Bartholomew não achou que parecia muito alegre. Sua mãe provavelmente só gostava dela porque não havia tantas fadas ali. Mas ele viu algumas — aquelas na iluminação da rua, um duende pastoreando um rebanho de cabras e alguns spriggans* que trabalhavam como domésticas andando depressa pela calçada, com olhos cansados e cestos cobertos com panos. Bartholomew pensou ter visto uma ou duas bengalas mágicas, do tipo que cantam com vozes doces. Mas isso foi tudo. Não havia raízes dançantes ou rostos nas portas, e nada de árvores. Nem mesmo uma videira para se escalar os muros de pedra cobertos de fuligem. A cidade parecia toda feita de máquinas e fumaça.

— Estamos chegando? — perguntou ele, virando-se para o Sr. Jelliby.

O mapa estava aberto, ocupando metade da carruagem, e o cavalheiro o estudava, com as sobrancelhas franzidas.

— Sr. Jelliby? — perguntou Bartholomew, com a voz baixa, porém insistente. Quanto tempo ainda restava? O Lorde Chanceler tinha Hettie, aqueles silfos de asas negras e provavelmente a poção da bruxa. Provavelmente não tinham muito tempo.

O Sr. Jelliby ergueu os olhos.

— Ah, bom dia. Tomei um leve desvio, mas não tenha medo. Estamos indo para lá agora. Mortos em suas camas, foi o que disse a bruxa. O Sr. Lickerish vai abrir o portal à noite, e ainda são pouco mais de quatro horas.

Um desvio? Tudo bem que o portal só iria ser aberto à noite, mas isso não queria dizer que Hettie estava segura.

— Bem, quanto tempo até chegarmos lá?

— Uma hora. Talvez duas, dependendo do trânsito. E de eu entender isso. Até agora não consegui. — Franziu ainda mais o cenho, olhando para o mapa. — A longitude e a latitude indicariam que nosso destino é Wapping, na região das docas, mas a altitude! Cem metros no ar! Não faz o menor sentido.

---

* Criaturas lendárias do folclore da Cornualha (*N. do E.*)

— Talvez seja uma torre — disse Bartholomew, esticando lentamente as pernas doloridas. — Hoje em dia se constroem torres muito altas.

Ele estava começando a ficar incomodado. Suas articulações doíam, e ele estava cansado e muito sujo. Queria voltar para casa. Não o lugar vazio e adormecido que deixara, mas sua casa antes de tudo aquilo. Mamãe o deixaria tomar banho na água com que já havia lavado as roupas enquanto ainda estava quente. Sempre cheirava a lavanda, e, como Hettie tomava banho primeiro, pedaços de casca de árvore e finos galhos ficavam flutuando na água. Ele costumava reclamar tanto disso. Uma vez, Hettie até chorara e cobrira seu cabelo cheio de galhos com um lençol durante uma semana. Ele se sentira péssimo depois disso, mas se sentia pior ainda agora. Quando voltasse a Bath, junto de sua mãe e Hettie, nunca mais faria a irmã chorar. Nunca mais deixaria nada de ruim lhe acontecer.

— Mas não com cem metros de altura — disse o Sr. Jelliby. — O Sr. Zerubbabel falou sobre isso, se não me engano. Algo sobre o endereço ser para cima, no ar, e uma fada chamada Boniface e... Ah, não consigo me lembrar! — Ele emitiu um estalo raivoso com a língua e começou a dobrar o mapa. — Não há nada a fazer a não ser ir a Wapping e ver o que encontramos lá.

Bartholomew olhou para ele.

— Hettie vai estar lá.

O Sr. Jelliby fez uma pausa, amassando o mapa enquanto tentava guardá-lo, e olhou para Bartholomew. Então sorriu.

— Sim — disse ele. — Hettie vai estar lá. — E isso foi tudo.

* * *

Bartholomew percebeu que estavam nas docas assim que chegaram. O cheiro de peixe e água lamacenta invadiu a carruagem. As ruas ficaram mais amplas para acomodar os gigantescos transportes de cargas a vapor, e já não havia mais casas dos dois lados — só depósitos e florestas de mastros, suas pontas aparecendo acima dos telhados.

— Wapping — disse o Sr. Jelliby, e nem tinha acabado de falar quando a carruagem parou em frente a um grande prédio de pedra.

Bartholomew achava que o lugar se parecia com as grandes estações de trem que tinha visto, como Paddington e a estação em Leeds, só que mais desolado, sem o barulho e as máquinas. Tinha janelas grandes cobertas de fuligem e um teto baixo de metal enfeitado com pontas e pináculos. Tinha também uma única porta de madeira de uns 9 metros de largura na parte da frente. Um grosso cabo de metal se estendia do teto em direção ao céu. Acompanhou-o com o olhar para cima, para cima, para cima...

Ao seu lado, o Sr. Jelliby assoviou baixinho.

Ali estava. O último endereço. E, pairando 100 metros acima do cais como uma nuvem sinistra de tempestade, havia um dirigível. Seu envelope era imenso, reluzente, mais negro que fumaça e corvos, mais negro que tudo o mais no céu sombrio. Um trio de hélices zunia lentamente sob a cabine de passageiros.

— A cem metros de altura — disse o Sr. Jelliby baixinho. — É lá que ele estará em segurança quando o portal se abrir.

Eles desceram da carruagem e se aproximaram lentamente do depósito, ainda observando o dirigível no alto. O depósito ficava em uma parte bem silenciosa e escura das docas. Havia pilhas de lixo contra a fundação, jornais e folhetos espalhados pelas ruas. Não viram nenhum estivador por perto. Ninguém além de um velho marinheiro grisalho sentado em um barril mais para o fim da rua. Ele estava com um cachimbo na boca e observava os dois.

O Sr. Jelliby dispensou a carruagem e caminhou pela frente do depósito. Bartholomew o seguiu, olhando em volta atentamente. Eles tentaram ver o que havia lá dentro através de uma das janelas, mas era impossível enxergar qualquer coisa. O vidro era completamente escuro, como se alguém tivesse pintado a parte de dentro com tinta preta.

— Vamos ter de invadir — disse o Sr. Jelliby, sem rodeios. — É aqui que o Sr. Lickerish vai abrir seu portal. Tem de ser. Talvez seja aquela porta bem ali. A porta do depósito.

O Sr. Jelliby deixou Bartholomew de vigia na esquina do prédio e seguiu pelo beco que acompanhava a parede norte do depósito. Encontrou um gancho no chão, um pouco mais para a frente, meio escondido embaixo de uma pilha de peixes mortos e viscosos. Então o pegou e o bateu contra o vidro de uma das janelas. Tentou acertar o vidro com cuidado, para não fazer muito barulho, mas na terceira batida o vidro quebrou e se espalhou ruidosamente na área do outro lado. Ele lançou um olhar inquisitivo para Bartholomew. O menino assentiu, indicando que era seguro prosseguir.

O Sr. Jelliby espiou pela janela quebrada. O interior estava muito mal iluminado. Só conseguiu identificar caixotes de madeira erguendo-se em direção ao telhado. Pelo feixe de luz que vinha do buraco na janela, também notou que o chão estava marcado de preto, como se tivesse sido queimado.

Ele sibilou alto para Bartholomew.

— *Psiu*. Bartholomew? Bartholomew! Venha.

Bartholomew deu mais uma olhada em volta das docas. Então também desceu depressa pelo beco.

— Vamos entrar — disse o Sr. Jelliby.

Ele levantou o gancho e começou a quebrar mais um pouco a janela, retirando o vidro com a ponta. Quando o buraco já era grande o bastante para passarem, levantou Bartholomew até o peitoril e depois subiu atrás dele. Os dois pularam para dentro do depósito.

Tudo reverberava lá dentro. O lugar era imenso e escuro, e cada arrastar de pés, cada respiração parecia chegar ao teto em asas de metal. Quando ouviam os sons de novo, pareciam assustadores e distantes, como se outras coisas estivessem deslizando pelos andaimes, sussurrando.

Bartholomew deu alguns passos para a frente. Um cheiro estranho fez seu nariz coçar. Havia ganchos, polias e correntes na penumbra acima. Em algum lugar no extremo oposto do depósito, dava para ouvir o som de água batendo contra pedra.

— É um cais de carga — disse o Sr. Jelliby. — O depósito vai até o Tâmisa. Os medonhos mortos... Devem ter sido atirados no rio deste ponto aqui.

Bartholomew estremeceu e se aproximou do Sr. Jelliby. *Hettie.* Olhou em volta, semicerrando os olhos para tentar enxergar alguma coisa na escuridão. *Ela está aqui em algum lugar? Há alguma coisa aqui?*

De repente, ele agarrou o braço do Sr. Jelliby com tanta força que o homem deu um pulo.

— O que...? — disse ele, mas Bartholomew não o largou.

— Há alguém aqui — respondeu ele baixinho. Levantou um dedo, apontando para uma abertura estreita que seguia como um corredor para dentro da muralha de caixotes.

Havia alguém ali. Bem longe, nas sombras, dava para ver uma cadeira comum de madeira. E havia uma figura reclinada nela. Estava bem parada, pendurada na cadeira. Uma das mãos pendia frouxamente, as pontas dos dedos tocando o chão.

O coração do Sr. Jelliby disparou. Ele tentou engolir em seco, mas não conseguiu. Fez um sinal para que Bartholomew permanecesse onde estava.

— Olá? — gritou o Sr. Jelliby, dando um passo em direção à figura. Sua voz ressoou fria e vazia na escuridão.

A figura na cadeira continuou imóvel. Quase parecia estar dormindo. As pernas estavam estendidas à frente. A cabeça jogada sobre um dos ombros.

O Sr. Jelliby deu mais alguns passos e congelou. Era o doutor da prisão em Bath, Dr. Harrow, dos estudos sobre os Sidhe. Seus olhos estavam abertos, fixados no nada, mas já não eram mais azuis, e sim opacos e cegos, cinzentos como um céu em dia de chuva. O Dr. Harrow estava morto.

O Sr. Jelliby recuou, a garganta sendo tomada por pavor e asco.

— Quem é? — sussurrou Bartholomew de trás dele. — Sr. Jelliby, o que está...

O Sr. Jelliby se virou. Abriu a boca para dizer alguma coisa. Então ouviu o som de vidro se estilhaçando no chão. *A janela por onde entramos.* Ele se virou naquela direção. Não havia ninguém na janela, mas algo estivera ali um instante atrás. Alguns poucos pedacinhos de vidro tilintavam no chão.

— Bartholomew? — sussurrou ele. — Bartholomew, o que foi isso?

— Alguma coisa entrou — choramingou Bartholomew. Ele olhava em volta freneticamente, tentando distinguir formas nas sombras ao redor. — *Tem alguma coisa aqui.*

E, então, um brilho alaranjado iluminou a extremidade de uma pilha de caixotes. Foi ficando mais nítido, se espalhando pela superfície da madeira. Uma figura entrou no campo de visão deles. O brilho vinha de um cachimbo, que estava preso entre os lábios sarnentos do velho marinheiro. Ele os tinha seguido.

O marinheiro entrou, arrastando os pés lentamente, a cabeça abaixada, o brilho do cachimbo reluzindo a cada bafaforada. Então parou.

Algo se remexeu na escuridão atrás dele, e, de repente, ele ficou flácido como uma bandeira quando o vento para de soprar. Uma massa sinuosa de sombra subiu em seu ombro, olhos estreitos brilhando na escuridão.

Criança Número Dez, disse uma voz dentro da cabeça de Bartholomew.

O cachimbo caiu da boca do marinheiro, mas não antes de Bartholomew conseguir enxergar rapidamente a coisa que havia falado. O que ele viu lhe causou arrepios. O parasita na parte de trás da cabeça da dama, a sombra no sótão, a figura que tinha corrido pelas pedras do Beco do Velho Corvo — agora era um amontoado de ratos. A criatura não tinha pés, mas sim as garras afiadas dos ratos, não tinha mãos, e sim rabos de gorduchos ratos marrons, que se retorciam juntos. Seu rosto disforme parecia se esticar pela pele emaranhada tal como uma máscara.

O Sr. Jelliby pegou o braço de Bartholomew e o puxou para trás de um enorme molinete de ferro, bem quando os olhos da criatura varreram em direção a eles.

— Esconda-se — balbuciou o Sr. Jelliby, sem emitir som. Bartholomew assentiu, e os dois seguiram para dentro do desfiladeiro de caixotes.

Não adianta correr, garoto. Posso sentir você.

Bartholomew manteve os olhos no chão e continuou a andar. Ele já não queria mais saber quem estava escorado na cadeira no fim do corredor, não importava quem fosse. Sentia o cheiro de morte no ar, e isso o deixava apavorado.

Menino levado com o balde de ferro com carvão. Devia estar lá fora, frio como os outros. Arthur Jelliby está com você? Isso me pouparia muito trabalho.

Os braços de Bartholomew começaram a pulsar. Ele olhou para baixo e viu uma luz vermelha através do tecido fino de suas mangas. As linhas brilhavam de novo.

À sua frente, um caixote se destacava dos outros. Correu em volta dele e deslizou para baixo, os olhos fechados. O Sr. Jelliby tentou puxá-lo de volta para cima, mas Bartholomew balançou a cabeça.

— Você precisa ir — sussurrou ele. — Aquela coisa vai me encontrar, não importa onde eu me esconda. Ele me marcou. Encontre minha irmã, Sr. Jelliby. Encontre minha irmã, e tentarei achá-lo depois.

Eu ouço sussurros? Alguém trocando cochichos na escuridão? Sua mãe nunca lhe ensinou que é feio cochichar pelas costas das pessoas?

O Sr. Jelliby olhou para Bartholomew com ar sério. Assentiu uma vez. Então deu um tapinha no ombro de Bartholomew e, com um último sorriso desanimado, se arrastou até a figura tombada do Dr. Harrow.

Ah, mas é claro, disse a voz rouca. *Sua mãe está dormindo, não está? Não se preocupe, ela vai acordar dentro de alguns dias, morrendo de fome e de sede. E vai achar que dormiu por mil anos, de tão diferente que o mundo estará. Seus filhos queridos. Crianças Dez e Onze.* Como sentirá falta *deles. Porque eles também estarão modificados. Ah, sim. Uma mudança e tanto.*

Bartholomew fechou os olhos com mais força ainda e pressionou a bochecha contra a madeira áspera do caixote. *Minha mãe não sentirá nossa falta,* pensou ele. *Não vai precisar.* Ouviu o barulho de garras passando por uma pedra em algum lugar ali perto. *Nós vamos para casa, Hettie e eu. Nós vamos para casa, nós vamos para casa, nós vamos para casa...*

— Não — disparou a voz. Já não estava mais em sua cabeça, mas do outro lado do caixote, afiada como unhas. Dedos formados por rabos entrelaçados de ratos curvaram-se pela beirada. Então um rosto apareceu, os dentes à mostra.

— Não, Bartholomew Kettle, vocês não vão.

Um pequeno gnomo corcunda entrou no escritório do Sr. Lickerish e se curvou, abaixando-se tanto que seu nariz marrom bulboso chegou a centímetros do carpete caro.

— *Mi Sathir* vai me dar a palavra, vai? *Mi Sathir* vai ouvir? Um grande gato preto foi encontrado no depósito lá embaixo. É um gato muito estranho, com dentes demais. Ele tem um frasco preso ao pescoço. Imaginamos que seja da bruxa, não é?

— Ah — disse o Sr. Lickerish, permitindo-se abrir um sorriso. — Minha querida bruxa lunática andou ocupada, então. Estava começando a me preocupar, achando que precisaríamos esperar mais um dia. Traga para mim. O frasco, quero dizer. Enxote a criatura daqui.

Quase meia hora se passou pelos ponteiros de bronze do relógio antes que o gnomo reaparecesse. Seu rosto e suas mãos estavam marcados por arranhões. Ele segurava um frasco redondo junto ao peito, cheio de um líquido escuro. O gnomo foi depressa até a escrivaninha, os olhos grudados ao chão, pôs o frasco ali em cima e, sem dizer uma palavra, saiu da sala.

O Sr. Lickerish esperou até ouvir a porta se fechar. Em seguida pegou seu lenço e começou a polir o frasco, esfregando o vidro grosso até fazê-lo brilhar. O líquido em seu interior era muito bonito. Não era preto, azul ou roxo, mas algo entre essas tonalidades. Ele levantou o frasco em direção ao lampião para admirar as cores. Observou mais de perto. Havia algo flutuando dentro do frasco, alguma coisa que mal era visível no meio do líquido.

Ele arregalou os olhos. Era uma pena. Uma pena perfeita de metal, ainda presa às engrenagens de um pardal mecânico.

Bartholomew e a fada-rato seguiram em direção ao céu em um elevador movido a vapor, preso ao cabo que ancorava o dirigível ao depósito, com os pistões batendo. O elevador não tinha paredes — somente grades e um piso com uma trama metálica — e, quanto mais alto subia, mais frio o ar ficava. O vento soprava pelos cabelos de Bartholomew, passando direto por sua capa e sua camisa, gelando-lhe a pele. A mão da fada-rato estava enrolada em volta de seu pulso e era tão fria quanto o vento.

— Você podia ter sobrevivido, sabe — disse a fada, apertando tanto as caudas que chegavam a beliscar a pele de Bartholomew. — Escapou de mim no Beco do Velho Corvo. Escapou de mim em Bath e na delegacia de polícia. Mas então veio até Londres, percorreu toda essa distância atrás de sua irmã. Só para morrer.

Eu não vou morrer, pensou Bartholomew. *Nem Hettie.* Mas ele não disse nada. Desligou-se da voz da fada-rato e pôs-se junto à grade. O elevador estava tão alto. Dava para ver Londres inteira, um tapete escuro fumegante de telhados e chaminés que se estendia por quilômetros. Ao longe, os pináculos de Westminster. Um pouco mais perto, a grande cúpula branca da Catedral de St. Paul, como o polegar de Deus.

Bartholomew olhou para cima, onde o dirigível se assomava lentamente. Era gigantesco, sua lona preta engolindo o céu. Abaixo havia uma cabine imensa, do tamanho de uma casa, com dois andares de altura e fileiras de janelas que refletiam as nuvens escuras. E na proa da cabine, escritas em elegantes letras prateadas, abaixo de um adorno com asas negras esculpidas, estavam as palavras *A nuvem que cobre a lua.*

Bartholomew trincou os dentes para impedi-los de bater. *Que nome bobo para um dirigível.* Fechou os olhos. Torcia para que o Sr. Lickerish estivesse mantendo Hettie escondida lá em cima.

Quando o elevador chegou ao dirigível, Bartholomew mal sentia seus dedos. O luxo do lugar o envolveu como um casaco de peles. O ar se aqueceu. O vento tinha ido embora. Havia revestimento e móveis de madeira por toda parte, além de lampiões a gás que lhes conferiam um brilho acobreado. Tapetes indianos forravam o chão. No teto, havia um grande mural com um pássaro preto — um corvo ou uma graúna, Bartholomew não sabia especificar qual. A ave trazia um frasco no bico e uma criança em suas garras, e exibia uma pequena porta de madeira em seu peito emplumado. Bartholomew ficou observando a figura.

— Pode parar de olhar — disparou a fada-rato, empurrando-o para cima de uma grande escadaria. — Não aja como se nunca tivesse estado aqui.

A escadaria os levou até um corredor estreito, fortemente iluminado. A fada-rato fez Bartholomew seguir por ele. Pararam em frente à última porta. A fada bateu uma vez e, sem esperar ser convidada, entrou.

Bartholomew arregalou os olhos. Era *a* sala. A sala bonita com abajures pintados e estantes, o círculo de giz no chão e os pássaros mecânicos. A mesma na qual ele tinha ido, levado pelas asas negras rodopiantes. Só que dessa vez havia alguém atrás da escrivaninha. Um homem-fada magro e branco, todo vestido de preto, comendo uma reluzente maçã vermelha.

O homem levantou os olhos assim que adentraram. Um pouco do sumo da maçã lhe escorria pelo queixo, e havia pequenos pedacinhos da casca grudados em seus lábios.

— Estou com ele, Lickerish. E quanto a Melusine?

O Lorde Chanceler não disse nada. Levou um lenço aos lábios e fixou os olhos em Bartholomew, observando-o atentamente.

A fada-rato empurrou Bartholomew em direção à escrivaninha, dezenas de bocas pequeninas lhe mordiscando os ombros, as panturrilhas, compelindo-o para a frente. O Lorde Chanceler continuou em silêncio. Dobrou o lenço e colocou-o de lado. Pegou uma peninha de metal e começou a girá-la lentamente entre o polegar e o indicador.

Quando Bartholomew estava a poucos centímetros de distância, o Sr. Lickerish parou.

— Ah — disse ele. — Aqui está você novamente.

Bartholomew cerrou os dentes.

— Eu quero minha irmã — disse ele. — Devolva Hettie. Por que você não pode abrir seu portal estúpido e deixar minha irmã em paz?

A pena se partiu ao meio.

— Deixar sua irmã em paz? — O político-fada suspirou. — Ah, receio que não poderei fazer isso nunca. Hettie é a parte mais importante. Hettie *é* o portal.

Capítulo XVIII
O Peculiar

O Sr. Jelliby estava se fingindo de morto. Sentou-se na cadeira, mergulhado nas sombras, sem se atrever a se mexer, sem se atrever a respirar, esperando Bartholomew e a fada-rato saírem.

Um minuto depois, soube que a criatura tinha caído em seu truque. Abriu um olho. A voz da fada ecoou na vastidão do depósito, depois se perdeu em uma explosão de barulhos mecânicos e chiados. O Sr. Jelliby abriu os dois olhos e ficou de pé. Contornando um dos sapatos do Dr. Harrow, cuja ponta surrada e cheia de lama aparecia no alto do espaço entre dois caixotes, o Sr. Jelliby saiu furtivamente de seu esconderijo.

Ainda não tinha dado dez passos quando ouviu um barulho ensurdecedor acima de si. De repente uma luz fraca começou a entrar no depósito, no instante em que parte do teto se abriu, revelando o céu e o dirigível suspenso no ar.

O anoitecer estava próximo. Um elevador subia, balançando suavemente no cabo de ancoragem. Ele não era fechado, e o Sr. Jelliby via os dois passageiros claramente. A fada-rato estava de pé, braços e pernas e membros inominados em volta da grade. Ao seu lado, agachado no chão, estava Bartholomew.

O Sr. Jelliby saiu do meio dos caixotes. Agora conseguia enxergar bem o interior do depósito, úmido e cheio de goteiras, montanhas de caixotes cobertos de musgo, guindastes e ganchos pendendo sobre a água escura que se agitava nos fundos. No meio do cômodo havia um par de sapatos de couro. Eram pequenos — sapatos de criança — e escurecidos. Marcas de queimadura irradiavam deles como um sol chamuscado. As solas estavam pregadas ao chão. Perto dali, o imenso cabo do elevador ia sumindo, desenrolando-se em direção ao céu. O elevador já estava a uns 10 metros acima do Sr. Jelliby e se afastando mais a cada segundo.

Ele então correu e agarrou o cabo com força. *Só não olhe para baixo*, pensou. Se a fada-rato o visse, ele não achava que ela poderia fazer muita coisa. Pelo menos não até o Sr. Jelliby chegar ao dirigível.

O cabo o levou para cima. O metal frio lhe feria as mãos. Ele tentava sustentar seu peso com os pés, mas as pontas dos sapatos deslizavam a toda hora, por isso ele precisava agarrar com toda força para não cair.

Ele subia cada vez mais alto, passando pelo telhado aberto em direção ao céu. O depósito ficava cada vez menor lá embaixo. O vento uivava, frio e violento, balançando o cabo. Seus dedos passaram de congelados a dormentes. No alto, o elevador zunia, e ele captou de relance as zombarias da fada-rato para com Bartholomew.

Fechou os olhos. Não se atrevia a olhar para baixo e ver a cidade. Mas também não se atrevia a olhar para cima. Se visse quanto mais teria de suportar até chegar à segurança do dirigível, achava ser capaz de desistir ali mesmo. Pressionou a testa contra o cabo, sentindo o frio em sua pele. *Segurança.* Não havia nada seguro no local para onde ele estava indo. Era quase certo que o Sr. Lickerish estava lá em cima, junto a sabe-se lá quantos de seus servos. Mesmo se o Sr. Jelliby sobrevivesse à jornada, só ia passar de mal a pior.

O ar ficou ainda mais frio quando o dirigível projetou sua sombra em cima dele. O Sr. Jelliby abriu os olhos. A aeronave era imensa e parecia preencher tudo, uma enorme baleia preta nadando no céu. O Sr. Jelliby havia levado Ophelia em um agradável voo de balão uma vez. Lembrou-se de como os dois ficaram olhando maravilhados para o veículo ao se aproximarem ao longo de Hampstead Heath. Suas cores — as cores de um pássaro tropical — eram incrivelmente brilhantes, mais do que as árvores, a grama e o dia azul de verão. Tão brilhantes que tinha sido impossível olhar para qualquer outra coisa. Aquele balão caberia dentro da cabine do dirigível.

Os braços do Sr. Jelliby pareciam prestes a arrebentar. Ele sentia cada tendão e músculo estirando contra seus ossos. O cabo o levava cada vez mais para cima, até que pôde ler o nome da aeronave, destacado em filigranas prateadas na proa.

A nuvem que cobre a lua.

Seu ombro sofreu uma contração violenta. Por um instante horroroso, pensou que seus braços simplesmente fossem desistir e que iria cair, cair, cair até Wapping.

Lua? Aquela era a lua? A lua no bilhete do pardal. A lua a qual Melusine se referira. Ela não estava louca. Era uma aeronave.

Uma porta começou a se abrir na parte inferior da cabine. O Sr. Jelliby viu um saguão de relance, todo incandescente de calor e uma luz amarela. O elevador subiu até lá e parou. O cabo também. Cem metros acima de Londres. O Sr. Jelliby olhou ao redor, incerto.

Deus do céu. Seus olhos percorreram o saguão. A fada-rato tinha arrastado Bartholomew para fora do elevador, e os dois desapareceram. A porta começava a se fechar.

— Não — disse o Sr. Jelliby, ofegante, e sentiu os pulmões arranharem como se estivessem cobertos de gelo. — Não! Pare!

Mas mesmo que alguém na aeronave tivesse ouvido, o mais provável é que sacudisse o cabo com força, e não que o resgatasse.

Ele começou a se içar para cima. A porta estava se fechando lentamente, mas parecia tão distante, como se estivesse quilômetros e quilômetros acima. Já quase não sentia mais a dor nos braços; simplesmente pareciam mortos, pesados...

Não. Enrijeceu o maxilar. Ele não ia morrer ali em cima. Não congelado e preso ao cabo como um inseto idiota. Mais uns 5 metros, só isso. Ele podia aguentar subir mais 5 metros. Por Ophelia. Por Bartholomew e Hettie.

Continuou lutando para subir, mãos, pernas e pés, todos tentando impulsioná-lo para cima. A porta continuava em seu curso para se fechar. Caso cerrasse completamente, não haveria nada além de um pequeno buraco por onde passava o cabo do elevador. Mas não era largo o suficiente para um

homem passar. *Mais 2 metros. Mais um. Só um pouco mais...*
Com um último ímpeto de força, o Sr. Jelliby conseguiu passar pela abertura, porém o metal se fechou na altura de seus tornozelos. Ele puxou os pés, dando um grito, rolou para longe e ficou deitado, tremendo e arfando no chão. A porta se fechou com um estrondo. Então ficou tudo em silêncio.

Ele teria apreciado ficar só ali, deitado. O tapete que tocava sua bochecha era macio. Cheirava a querosene e tabaco, e o ar estava quente. Teria gostado de só ficar ali, dormindo por horas e horas, e se esquecer de todo o restante. Mas se obrigou a levantar e, soprando as mãos feridas, seguiu mancando em direção à escada.

Subiu com dificuldade, mantendo-se colado à parede. Havia um corredor lá no alto. Era comprido e muito iluminado, estranhamente familiar. Ele não via ninguém e não escutava nada, a não ser o zumbido dos motores, então prosseguiu, parando em cada porta para ouvir. Tinha certeza de já ter estado ali antes. Não fazia muito tempo. Chegou ao fim do corredor. A última porta parecia mais nova que as outras, mais lisa e polida. Então ele entendeu. A Casa Sem Igual. A dama de ameixa esvoaçando pelo corredor iluminado. As palavras do mordomo-fada quando encontrou o Sr. Jelliby: *"Saia daqui agora! Volte para a casa."* O corredor ficava no dirigível. Naquele dia da reunião, ele havia entrado, sem perceber, no esconderijo secreto do Sr. Lickerish. De alguma forma estavam conectados, a velha casa na Blackfriar Bridge e o dirigível no céu. Alguma magia de fada havia unido os dois.

Vozes vinham do outro lado da porta. A do Sr. Lickerish. A de Bartholomew, baixa, porém firme. Em seguida, outra porta começou a se abrir mais para cima no corredor.

O Sr. Jelliby se virou, o medo tomando conta de seu peito. Estava encurralado. *Sem lugar para se esconder, sem lugar para se esconder.* O corredor estava vazio, apenas lampiões e o revestimento. As portas estavam todas trancadas. *Todas menos uma.* Uma estava com a chave na fechadura. Ele correu até lá e virou a chave. A porta se abriu facilmente. Conseguiu entrar bem na hora em que um pequeno gnomo marrom chegou ao corredor.

A sala em que se encontrava estava escura como breu. As cortinas tinham sido puxadas, cobrindo a janela, e tudo o que conseguia ver era um pouco da luz vermelha do sol poente que invadia o lugar.

Havia mais alguém na sala, percebeu de repente, ficando paralisado. Ele ouvia alguém respirando bem baixinho, suavemente, perto do chão.

Levou a mão até as pistolas na cintura e xingou em silêncio quando se lembrou de que não estavam lá. Colou as costas à porta, tateando em busca de algo para acender as luzes. Seus dedos encontraram um disco de porcelana, e ele o girou. Lampiões se acenderam pelas paredes.

Ele estava em uma pequena sala de estar, com um armário, um sofá turco e vários tapetes e almofadas com franjas espalhados pelo chão. E uma menina. Encolhida sobre uma almofada de seda verde-jade, havia uma medonha. Seu rosto era fino, e galhos saíam de sua cabeça. Ela estava dormindo.

O Sr. Jelliby tirou a mão do disco de porcelana.

— Hettie? — sussurrou ele, dando alguns passos em direção a ela. — É esse seu nome, garotinha? Você é Hettie?

A criança não se mexeu ao ouvir a voz dele. Mas era como se ela pudesse sentir estar sendo observada, mesmo em seus sonhos, então, após um segundo ou dois, ela se sentou, sobressaltada. Arregalou os olhos negros quando viu o Sr. Jelliby.

— Não se preocupe — disse ele, agachando-se e sorrindo. — Bartholomew também está aqui, e viemos resgatá-la. Você não precisa ficar com medo.

O rosto dela continuou tenso. Por alguns segundos, só ficou olhando fixamente para ele. Depois, em um sussurro desesperado, disse:

— Apague as luzes. Rápido, senhor, *apague as luzes!*

O Sr. Jelliby olhou para ela, confuso. Então também ouviu. Passos rápidos pelo corredor. Não os passos suaves do Sr. Lickerish ou os arrastados do gnomo corcunda. Havia algo pesado e forte lá fora, vindo diretamente para a porta da sala de estar.

O Sr. Jelliby deu um pulo e girou o disco de volta. Os lampiões se apagaram, e ele correu pela sala, escondendo-se atrás das cortinas que cobriam a janela. Alguém parou em frente à porta. Ouviu alguém encostar na chave. Depois parecia que tinham tirado a mão de lá, e houve uma pausa. A porta se abriu com força.

O Sr. Jelliby só conseguiu ver uma figura entrar na sala antes de a porta se fechar de novo. Quem quer que fosse, não acendeu as luzes. Mas a figura trazia uma lamparina, um pequeno globo verde que flutuava na escuridão. E fazia um barulhinho constante, como um relógio, *tic, tic, tic.* O globo se expandiu ligeiramente. De repente, as luzes se acenderam de novo. Lá estava o mordomo-fada, o olho mecânico fixo no lado oposto da sala, o cenho franzido.

— Garotinha? — chamou ele, com sua voz gemida. — Garotinha, me diga uma coisa. Você consegue atravessar paredes?

Hettie não olhou para ele.

— Não — disse ela, e se enterrou na almofada.

— Ah. — O mordomo-fada fechou ainda mais a cara. — Então por que a porta estava destrancada?

O Sr. Lickerish estendeu um dos dedos longos e tocou o queixo de Bartholomew. Então curvou o dedo com força, puxando o rosto do menino. Bartholomew ficou sem ar e mordeu a língua para não dar um grito.

— Medonhos pertencem aos dois mundos — disse o Sr. Lickerish. — Filhos de humanos com sangue de fada. Uma ponte. Uma porta. Mas não pense que vou explicar meus planos para você, porque não vou. Você é burro demais para entender.

— Só me diga por que precisa ser Hettie — falou Bartholomew, fazendo força para se soltar da fada-rato. Sabia que aquele era o fim. Teria sorte se deixasse a sala com vida. Não havia mais razão para se fechar. — Por que não foi um dos outros? Por que não foi o garoto de frente da minha casa?

— O garoto de frente da sua casa? Se está se referindo a Criança Número Nove, então foi porque ele era uma criatura imperfeita e degenerada, assim como os outros oito antes dele. Descendentes de fadas inferiores, todos eles. Filhos e filhas de goblins, gnomos e *spriggans*. O portal não se abriu para eles. Até funcionou, mas era um portal pequeno e fraco. E se abriu dentro deles.

O fogo estalou na lareira. O Sr. Lickerish riu suavemente e soltou o queixo de Bartholomew, se acomodando de volta em sua cadeira.

— Talvez você tenha ouvido falar que os medonhos estavam ocos? É claro que ouviu. Os jornais criaram a maior confusão em torno disso. Eu me pergunto por que eles se chocaram. Uma fada, que agia de forma inocente na Terra Velha, tal como você, de repente se viu confrontada com um monte de entranhas fumegantes de um medonho. Os outros nove não eram bons o bastante. Eram muito comuns. Muito fadas ou muito humanos. Mas a Criança Número Onze. Hettie. Ela é filha de um Sidhe. É perfeita.

Bartholomew engoliu em seco.

— Sou irmão dela. Somos filhos do mesmo pai. Eu serei o portal.

— Você? — O político-fada parecia prestes a dar uma gargalhada. Mas então parou e olhou o menino. Bartholomew pensou ter visto surpresa naqueles olhos negros. — Você *quer* ser o portal? — perguntou o Sr. Lickerish. — Você quer morrer?

— Não — disse Bartholomew baixinho. — Mas quero que Hettie fique viva. Quero que ela vá para casa. Por favor, senhor, eu serei o portal, deixe Hettie ir embora.

O Sr. Lickerish olhou para ele por um bom tempo. Um risinho surgiu no canto da boca. Finalmente, disse:

— Ah, mas que coisa mais tola para se querer. — Em seguida, virando-se para a fada-rato: — Leve-o de volta para o depósito e livre-se dele. Achei que pudesse ser perigoso. Mas não é. Não é nem forte. É simplesmente peculiar.

A fada-rato olhou para o Sr. Lickerish, com ratos deslizando por ela e guinchando.

— Melusine — disse baixinho. — E quanto a Melusine?

— O depósito, Jack Box. Agora.

A fada-rato empurrou Bartholomew em direção à porta.

— Onde está Hettie? — gritou Bartholomew, lutando para se desvencilhar da fada-rato. — Onde está minha irmã?

Mas o Sr. Lickerish só deu uma grande mordida em sua maçã, com um ar malicioso, e não respondeu nada.

O Sr. Jelliby permaneceu imóvel atrás das cortinas. O veludo preto o envolvia, abafando-o, sufocando-o com seu cheiro de cera velha e pétalas murchas. A testa dele começou a suar, e a cortina grudava em seu rosto, quente e pinicante. Ele se encostou ainda mais na janela, até sentir o vidro frio na bochecha. *Maldição.* A porta estava trancada pelo lado de fora antes. Aquela era uma prova de que havia mais alguém na sala.

Do outro lado das cortinas, o olho verde do mordomo-fada começou a percorrer as paredes, clicando e zunindo enquanto focava em tudo à volta. A dobra no tapete, as marcas no travesseiro, as digitais no disco de porcelana...

— Troutbelly? Você está aqui? Garotinha, aquele gnomo degenerado entrou aqui?

Hettie não lhe deu resposta, e o mordomo-fada não esperou por uma. Atravessou a sala, olhou no armário, abriu as gavetas, chutou as macias almofadas de seda.

— Jack Box? *Selenyo pekkal!* Isso não é hora para brincadeiras!

O mordomo estava bem em frente às cortinas. O Sr. Jelliby ouvia sua respiração chiada, sentia sua presença como um peso do outro lado do veludo. O mordomo-fada semicerrou o olho verde e estendeu o braço, pronto para abrir as cortinas. O Sr. Jelliby preparou o punho. Mais um segundo e ele pularia dali como um louco. Mas então uma máquina soou na parede, estridente com um pássaro irritado.

O mordomo se virou abruptamente e atendeu o chamado.

— *Mi Sathir?*

* * *

A fada-rato seguia silenciosamente enquanto levava Bartholomew pelo corredor. Nenhum deboche, nenhuma ameaça. Bartholomew achava que fosse provocá-lo logo que estivessem a certa distância do escritório e o Sr. Lickerish não pudesse mais ouvi-los, mas a boca de Jack Box permanecia fechada.

Passaram pela escada curva, em direção ao saguão do dirigível. A fada-rato ia atrás de Bartholomew, as garras furando enquanto prendiam o braço do menino às costas.

— O Sr. Lickerish não vai ajudá-lo, você sabe disso — disse Bartholomew, com voz dura. — Não sei por que você acha que vai. Não sei o que há de errado com a dama de ameixa, mas o Sr. Lickerish não se importa. Ele só quer você por perto para fazer coisas para ele.

— Cale a boca — disparou a fada-rato, e dentes amarelos mordiscaram as costas, pulsos e ombros de Bartholomew. — Calado, menino, você não sabe...

Bartholomew quis gritar de dor, mas se conteve.

— Ele não vai ajudar você, não está vendo? Você vai morrer quando o portal se abrir. Vai morrer como todos os outros. O Sr. Lickerish não se importa com você. Não se importa com ninguém além de si mesmo.

De repente a fada-rato atirou Bartholomew contra o corrimão e desabou, rolando escada abaixo. Bartholomew o viu cair ao pé da escada e tornar-se uma figura disforme, trêmula e infeliz.

Deu uma olhada para o alto da escada. *Devo correr?* Alguém pode estar olhando. Alguma fadinha espiando dos candelabros, ou um rosto de madeira dentro do revestimento. *E para onde eu correria?*

Bartholomew se aproximou lentamente da fada-rato.

— O que há de errado com Melusine? — perguntou ele, tentando fazer sua voz soar gentil. — Se detivermos o Sr. Lickerish, você poderá ajudá-la. É a *única* maneira de conseguir isso.

A fada-rato olhou para Bartholomew, o rosto contorcido de surpresa, depois de desconfiança e confusão. Bartholomew achou que a criatura fosse dizer alguma coisa, mas só abriu e fechou a boca sobre os dentes tortos.

— Quem é ela? — perguntou Bartholomew, abaixando-se perto dele. — Quem é Melusine?

Houve um instante em que a severidade da fada-rato voltou ao seu rosto. Bartholomew se encolheu, certo de que ela iria se levantar novamente e continuar a arrastá-lo. Mas então aquele ar duro desapareceu outra vez, tão depressa quanto tinha surgido, e foi substituído por algo que Bartholomew nunca tinha visto em um rosto tão inumano. Uma melancolia triste e distante.

— Eu a conheci em Dublin — disse a fada, e a voz saiu rouca. — Ela estava comprando fitas na Nassau Street e era tão linda. Tão linda. E eu tão feio, observando-a das sombras. Lancei um feitiço em mim mesmo, um encanto poderoso que, num piscar de olhos, me transformou na criatura mais bonita do mundo. Caminhei até ela e lhe disse como as fitas roxas ficariam bonitas em seus cabelos. Começamos a conversar. Ela me apresentou aos seus pais, e fui convidado a jantar com eles...

A criatura respirou fundo e continuou:

— Nós iríamos nos casar em maio. Mas a idiota da empregada... aquela tonta supersticiosa com um anel de ferro no dedo noite e dia. Ou talvez não fosse tão tonta. Ela conseguiu ver através de minha magia desde o início. Ela me viu como eu era, um emaranhado horrível de ratos deslizando ao lado de sua patroa. Por um tempo, pensou que estivesse louca. Depois, contou suas suspeitas ao lacaio. Este contou para a cozinheira, que contou para a governanta, e a história acabou chegando aos ouvidos do pai de Melusine. Ele era um homem sempre tão gentil, até comigo, e amava muito sua filha. Aquele boato o perturbou. Pediu que um caçador de fadas viesse de Arklow para descobrir se havia alguma magia em curso em sua casa. O pai de Melusine a chamou para conversar e lhe contou sobre seu receio. Mas eu havia falado com ela primeiro e tinha virado sua cabeça contra ele. Ela o chamou de mentiroso e monstro desalmado, e nós dois fugimos juntos em meio a uma ameaça de tempestade, levando os pôneis pela colina.

Houve uma pausa, e o dirigível ficou muito quieto. As chamas nos lampiões aumentavam e diminuíam silenciosamente. O único som era o zumbido do motor.

A mente de Bartholomew estava em disparada. *Não tenho tempo para isto. Preciso achar o Sr. Jelliby e encontrar Hettie antes que ela seja transformada em um tipo horrível de portal.* Ele se perguntou o quão forte a fada-rato ainda era, o que faria se ele tentasse correr. Seus dedos envolveram uma haste do corrimão. Ele poderia arrancá-la, pensou, e bater nos ratos com ela.

Mas então a fada olhou para ele de novo, e seus olhos estavam úmidos, profundos e insuportavelmente tristes.

— Fomos para Londres — disse a fada, sem se dirigir exatamente a Bartholomew. Sem se dirigir a ninguém. — Vendemos as joias dela para comprar vinho e dançamos até nossos pés cansarem. Eu achava que estava tudo perfeito, mas Melusine, não. Não minha linda e doce Melusine.

Ela sentia saudade dos pais. Sentia saudade da Irlanda e das altas colinas verdejantes. Afinal, é tão jovem... — Bartholomew soltou a haste do corrimão. — E eu soube que ela nunca seria realmente minha enquanto durasse o encanto. Ela não me amava. Amava uma ilusão e uma mentira, e então, um dia, retirei o feitiço. Mostrei a ela como eu era.

A fada-rato olhou para o nada. Quando falou de novo, a voz saiu sufocada:

— E ela me odiou. Odiou-me por minha feiura. E correu. Correu para a porta, chorando e gritando, mas eu não podia deixá-la ir. *Não podia.* Sabia que isso a mataria. Sabia que os ratos iriam lhe corroer por dentro e ela nunca mais seria a mesma, mas o que mais eu poderia fazer para mantê-la comigo? *Não podia permitir que ela me deixasse!* — A fada-rato sofreu um espasmo, como se suas várias pernas estivessem correndo em direções opostas. Então se curvou como um caracol, escondendo a cabeça. — Foi então que conheci o Sr. Lickerish — sussurrou. — Na rua, naquela noite. Ele me falou de seu plano e disse que precisava de alguém para lhe trazer medonhos. E disse que, se o portal das fadas se abrisse, tudo ficaria bem de novo. A magia seria forte na Inglaterra, e eu poderia impedir Melusine de morrer. Eu poderia lançar um feitiço tão forte e poderoso que nem mesmo o anel de ferro da empregada poderia ajudá-la a ver quem eu era. E tudo isso... — A criatura ergueu uma das mãos feita com rabos de ratos e acenou cegamente. — E tudo isso iria parecer apenas um pesadelo. Por isso, fiz tudo que fiz. Tudo o que ele me pediu para fazer.

Bartholomew não disse nada. Não tinha gostado do que ouvira. Queria encontrar Hettie e queria odiar Jack

Box. Queria considerá-lo um monstro por toda dor que causara. Mas uma voz maldosa se insinuara na cabeça de Bartholomew e dizia: *Um monstro? Mas ele é como você. Tão feio quanto, tão egoísta quanto. Você não é diferente dele. Você não mataria um milhão de pessoas para salvar Hettie?*

Bartholomew fechou os olhos.

— Mas Melusine — disse ele, tentando parecer calmo. — Ela irá viver agora que você a deixou. Bath fica tão longe. Ela estará segura agora.

— Segura — disse a fada, com voz sussurrante. — A salvo de mim. Segura para sempre.

Bartholomew olhou para ele.

— Ninguém a ajudou. Nem a polícia nem o Sr. Lickerish, mesmo eu tendo implorado a ele e feito tudo que me pediu. Ela durou um dia, talvez dois. Mas depois morreu, sozinha naquela cadeira, naquela sala branca embaixo da terra.

O Sr. Lickerish falava rapidamente no mecanismo de comunicação de bronze, a voz radiante de empolgação.

— O elixir da bruxa chegou finalmente. Leve a Criança Número Onze para o depósito e o dê a ela. Certifique-se de que vai beber até a última gota. Então corra. Os silfos virão depressa. Você terá apenas alguns minutos antes que o portal comece a destruir a cidade. Corra de volta para a *Lua* e não se atrase. Precisarei de você no mundo de amanhã. — Ele abaixou o bocal, mordiscando pensativamente a ponta do lenço de seda de seu relógio.

— *Sathir?* — A voz do mordomo estalou pelo aparelho. — *Sathir*, você está aí? Gostaria de dizer mais alguma coisa?

O Sr. Lickerish pegou o bocal de novo.

— Sim. Sim, acredito que sim. Jack Box está... instável. Ele está descendo para o depósito enquanto falamos. Cuide para que fique por lá. — E, sem esperar resposta, pousou o bocal no gancho.

O mordomo-fada colocou o mecanismo de comunicação no lugar lentamente.

— Muito bem — disse ele para ninguém especificamente, e, lançando mais um olhar desconfiado pela sala, pegou Hettie pela mão e a puxou em direção à porta.

— Vamos, mestiça. Está com sede? Imagino que sim.

— Sinto muito que ela tenha morrido — disse Bartholomew gentilmente.

De um jeito estranho, realmente sentia. Ela sempre parecera um fantasma e uma bruxa, um símbolo de todo o mal que se abatera sobre a vida dele. Ela começara tudo, entrando no beco e levando o menino da família Buddelbinster. Mas não tinha sido ela de fato. Quando ele a encontrara embaixo do beiral daquela casa no Beco do Velho Corvo, ali sim tinha encontrado a verdadeira Melusine. Ele ouvira sua voz doce e ideias tolas sobre criados e pêssegos com creme. Nunca se esqueceria do brilho da dor em seus olhos quando vira a fada-rato correndo pela rua em direção a ela. *Diga a papai que sinto muito*, ela pedira. *Diga a papai que sinto muito.*

Se Bartholomew vivesse para isso, ele diria ao pai dela. Ele o encontraria e contaria como Melusine o amara em seus últimos dias, como quisera voltar para casa.

Bartholomew se ajoelhou perto de Jack Box e quase estendeu a mão para lhe tocar. Mas não conseguiu. Fechou o punho e disse:

— Você não precisa mais ouvir o que o Sr. Lickerish diz. Não precisa machucar as pessoas. Você sabe onde minha irmã está? Pode me levar até ela? Por favor, senhor. Por favor, me ajude a salvá-la.

Por um instante, Jack Box ficou em silêncio. Seu rosto estava perdido em meio à massa efervescente de peles e rabos. Os ratos pareciam sentir que havia algo de errado. Rastejavam uns em direção aos outros, revirando os olhos e tiritando os dentes amarelos. Depois de alguns segundos, Jack Box disse, com voz abafada:

— Por que eu deveria ajudá-lo? Por que deveria ajudar qualquer um agora?

Bartholomew cravou as unhas nas palmas das mãos.

— Porque... — gaguejou, mas não tinha uma resposta. Não ainda. Só conseguia pensar em Hettie, e na mãozinha dela sobre a dele, e em seus galhos estúpidos que não podiam ser cortados. — Você pode simplesmente me ajudar? Por favor, por favor, me ajude.

Ouviram um barulho metálico, e um alçapão começou a se abrir, rasgando um buraco, por onde o calor começou a sair. O vento soprou na sala, assoviando pelas orelhas de Bartholomew. Então uma porta se abriu e se fechou no corredor acima. Passos soaram pelo tapete.

Alguém está vindo. Bartholomew começou a se levantar, pronto para correr. *Temos de sair daqui. Precisamos sair agora.*

Mas a fada-rato só se endireitou um pouco e olhou para Bartholomew, que implorava com seus olhos negros.

— Você precisa me ajudar! — repetia Bartholomew desesperadamente. — Não sei por que, mas você *precisa*! Minha irmã vai morrer! Por favor, me ajude.

Jack Box desviou o olhar. Os ratos se agitavam freneticamente, mas o rosto da fada estava parado, quase tranquilo.

— Não — disse ele. A palavra curta saiu como uma pedra de sua boca. Depois, arrastando-se para a beirada do alçapão, deixou-se cair em direção à noite lá fora. Bartholomew não assistiu à queda. Cobriu as orelhas para não ouvir os gritos dos ratos e virou o rosto para a parede.

O Sr. Lickerish tinha acabado de comer a maçã. Pousou o miolo da fruta e começou a retirar as sementes, enfileirando-as em sua escrivaninha. Quando já estava satisfeito com sua tarefa, tocou um sino para chamar um criado e pediu um copo de leite ao gnomo corcunda. O leite chegou num instante, mas, em vez de bebê-lo, o Sr. Lickerish pegou as sementes de maçã e as colocou dentro do copo. Depois foi até a janela e olhou para fora, os punhos de cetim cruzados atrás das costas.

Um barulho fraco o fez virar. A sala estava vazia. Um pássaro de metal olhava para o nada com seus olhos de miçanga. No copo, uma película tinha se formado no alto, como sempre acontecia quando o leite estava razoavelmente fresco. Enquanto o Sr. Lickerish observava, a película ficava mais espessa, e, de repente, o copo virou, e um pedaço de leite talhado branco-azulado pulou no tampo liso da escrivaninha e foi se sacudindo até a beirada. O Sr. Lickerish o pegou com a mão e o levantou perto do rosto. Abriu um sorriso radiante, expondo os dentes afiados. Dava para ver ligeiramente as sementes de maçã no meio do leite, pequenas veias, pulmões e um coração brotando delas. Então duas sementes se transformaram em olhos, e a criatura cambaleou sobre pernas que pareciam caules.

Tinha uma boca enorme que pendia aberta, completamente vazia.

— Encantador — disse o Sr. Lickerish, ainda sorrindo. — Você será meus olhos durante algum tempo, diabinho. Corra até o depósito e fique alerta. O que você vir, eu verei, e o que eu disser, você irá dizer. Está entendendo?

O leite talhado olhou para o Sr. Lickerish, seus olhos de semente de maçã parecendo tristes. Então assentiu lentamente. Depois pulou da mão da fada e cambaleou pelo piso em direção à porta.

O Sr. Jelliby encontrou Bartholomew no saguão do dirigível, tentando se esconder embaixo dos tapetes. O alçapão estava aberto. Era uma noite clara e fria, e a cidade se estendia infinitamente. As ruas formavam uma teia de aranha luminosa, Mayfair e High Holborn brilhando com as luzes das fadas das chamas enquanto as ruas mais pobres eram apenas fios iluminados a gás, fracos e tremeluzentes, ou mesmo sem luz alguma. O rio dividia tudo ao meio, preguiçoso, em sua escuridão que era cortada apenas por algum ocasional lampião de barco.

— Bartholomew! O que você está fazendo? Saia da beirada! — sussurrou o Sr. Jelliby, andando na ponta dos pés pelo saguão. — O mordomo-fada está com o Sr. Lickerish nesse exato momento. Ele está com sua irmã e vai pegar a poção e descer com ela pelo elevador.

Bartholomew se sentou de repente.

— Hettie? Você a viu?

— Sim! Com meus próprios olhos! Mas precisamos nos apressar. — Ele correu para a beirada do piso e alcançou o elevador, examinando-o rapidamente.

— Ali. Vê aquelas barras de metal lá embaixo? Podemos nos espremer ali, eu acho, e depois sair quando o mordomo estiver sozinho no depósito. Depressa! Vou com você.

Sem mais uma palavra, Bartholomew saiu da beirada do piso para as barras de metal. O calor do saguão dissipou em um instante. Vento e cinzas congeladas sopravam em volta, mas ele mal notou. *O Sr. Jelliby encontrara sua irmã. Ela está ali e viva.*

O espaço sob o elevador mal tinha 30 centímetros de altura e era completamente aberto. Somente as barras o impediam de cair na escuridão. *É o compartimento de bagagem*, pensou ele. Era onde os baús e caixas de chapéu ficariam se o dirigível fosse usado para algo comum.

O Sr. Jelliby agarrou o cabo, e o elevador afundou um pouco. O compartimento de bagagem desceu para baixo do alçapão, escondido; ele se enfiou ali.

Bem na hora. O Sr. Jelliby mal tinha tido tempo de ajeitar seus braços e pernas quando ouviram os primeiros passos na escada.

— Ande *logo*! — gemeu o mordomo-fada, entrando no saguão. — Raios, você é a criatura mais difícil que já vi! Os outros nove não eram nem de longe tão ruins.

Ouviram então um arrastar de pés enquanto ele puxava Hettie e ela tentava acompanhá-lo. O elevador balançou quando subiram. Bartholomew conseguia enxergar alguma coisa pela trama metálica do piso. Conseguia identificar a sombra dos pés descalços de Hettie e as solas enormes dos sapatos do mordomo. E havia mais alguma coisa também. Algo redondo e pequeno, que nunca ficava parado e fazia um barulho estranho como água em uma jarra.

Bartholomew prendeu a respiração. Hettie estava tão perto. Centímetros acima dele. Ele queria subir e pegá-la, e lhe dizer que a encontrara e que logo estariam em casa. *Só um pouco mais...*

O elevador começou a descer, rangendo pela noite. A única luz vinha do olho verde do mordomo. O Sr. Jelliby rezava para que ele não olhasse para baixo, pois os veria imediatamente, escondidos sob o piso. Seu olho mecânico veria além do metal e da escuridão e...

A fada empinou o nariz e fungou. O Sr. Jelliby ficou congelado.

— Sinto cheiro de chuva — disse o mordomo-fada, olhando para Hettie de maneira curiosa. — Chuva e lama.

Hettie não disse nada.

O mordomo tamborilou os dedos na grade.

— Não chove em Londres há dias.

Por vários segundos, o único som era o do vento. Então, sem aviso, uma lâmina denteada saiu da manga do mordomo e cortou o ar, enfiando-se entre o gradeado do chão. A ponta parou a centímetros do olho de Bartholomew. Ele gritou.

— Barthy? — chamou Hettie, pressionando o rosto à grade.

O Sr. Jelliby saiu de dentro das barras e se pendurou nelas, as pernas balançando a 12 metros do chão.

— Saia! Saia, Bartholomew, ele vai matar você!

A lâmina desceu de novo, várias vezes, cortando o braço de Bartholomew, que começou a sangrar. O elevador tinha chegado ao teto do depósito. O ar ficou quente quando desceram nele.

— Agora! — gritou o Sr. Jelliby, de onde estava pendurado. — Solte! Já não estamos tão alto!

Bartholomew viu a lâmina cortando o ar depressa em sua direção, brilhando como um raio. Ela o mataria desta vez. Atingiria seu alvo, acertando seu coração em cheio. Mas quando a ponta tocou sua pele, ele escorregou entre as barras e caiu no depósito.

O impacto lhe tirou o ar dos pulmões. Seus joelhos se dobraram, e ele rolou pelo depósito, até parar contra uma parede de caixotes. Ele ouviu o barulho do elevador chegando ao chão, e então os passos dos pés descalços de Hettie e os sapatos do mordomo na pedra. Quando abriu os olhos, meio que esperava ver a criatura em pé ao seu lado, com a faca pronta para matá-lo.

Mas o mordomo-fada parecia ter perdido completamente o interesse por ele. Também não estava prestando atenção ao Sr. Jelliby, que tinha se arrastado para o mar de caixotes e se sentado lá, agachado, arfando. Como movimentos rápidos e eficientes, a fada forçou Hettie a entrar nos sapatos queimados e começou a amarrar os cadarços, até não haver a menor chance de ela conseguir escapar dali.

Ela tentou levantar os pés, chutar as mãos dele, mas os sapatos estavam bem presos ao chão. O mordomo puxou os nós com os longos dedos, testando-os. Ela arranhou a cabeça dele, tentou pegar os cadarços, mas a fada a empurrou para longe.

Bartholomew começou a engatinhar na direção dela, mas o mordomo continuava a não lhe dar atenção. A fada se levantou e pegou o elixir da bruxa em seu casaco. Levou-o aos lábios de Hettie, virando o frasco. Ela cuspiu uma vez, mas ele prendeu o rosto dela com a mão, obrigando-a a virá-lo para cima, e não havia mais nada que ela pudesse fazer senão engasgar com o líquido que descia em grandes goles.

Quando o frasco estava vazio, a fada o atirou para o lado. Sem dizer palavra alguma, retornou depressa para o elevador.

O Sr. Jelliby saltou do meio dos caixotes, brandindo um gancho de metal à sua frente como se fosse um florete. O mordomo nem hesitou. Desviou do gancho graciosamente, deslizando para o lado como uma cobra e, girando, atingiu o Sr. Jelliby com um forte golpe na cabeça. Bartholomew viu o Sr. Jelliby cambalear, e depois continuou engatinhando até Hettie. *Vou levá-la até a janela. Vamos pular por ali enquanto o mordomo estiver distraído e...*

Ele congelou. O mordomo-fada também. O Sr. Jelliby deixou o gancho cair.

Uma leve brisa começara a soprar do nada, carregando o cheiro de neve. E algo estava acontecendo com Hettie. Uma linha preta começava a se formar pela pele dela a partir do alto da sua cabeça, deslizando em direção aos ombros, passando pelos braços e pelas pernas.

— Barthy? — disse ela, a voz desafinando devido ao medo. A pele pálida em volta da boca estava manchada de uma cor escura, como amora. — Barthy, o que está acontecendo? O que você está olhando?

No instante em que a linha chegou aos sapatos pregados, eles se desintegraram, transformando-se em delicados flocos que deslizavam pelo chão. A brisa deu lugar a um vento, que agitava os galhos da cabeça de Hettie. E, de repente, já não havia mais uma parede atrás dela, caixotes ou um depósito, mas uma grande floresta escura que se estendia à distância. A neve caía no chão. As árvores eram pretas e não tinham folhas, eram mais velhas e mais altas do que qualquer árvore inglesa. Lá atrás, entre elas, Bartholomew via uma cabana de pedra. Uma luz ardia na janela.

Hettie passou os braços em volta do corpo e olhou para ele, os olhos arregalados.

— Está funcionando — balbuciou uma voz que vinha do teto. Bartholomew olhou para cima, girando, e viu uma pequena forma branca na penumbra, pendurada na ponta de uma das correntes suspensas. A criatura olhava para a floresta, para Hettie. Sua boca era grande e vazia, e em algum lugar dentro de sua voz fria e úmida ecoava a voz sussurrante do Sr. Lickerish. — O portal está se abrindo.

Bartholomew girou de volta para Hettie. O portal *estava* se abrindo. A linha preta se expandiu lentamente, estendendo-se em forma de anel, como um grande círculo de fogo, feito para um tigre atravessar. E à medida que o portal aumentava, sua moldura também crescia, até já não ser mais apenas uma linha, mas um segmento de asas que batiam violentamente. Pareciam as asas que voavam ao redor de Jack Box e Melusine para onde quer que fossem, só que de algum modo mais fortes, mais escuras. E o que quer que tocassem, destruíam. As placas de pedra do chão do depósito se curvavam e se soltavam ao passarem por elas. Os caixotes mais perto explodiam em uma chuva de madeira. E Hettie continuava presa ao chão, uma figura pequenina contra a floresta e a neve da Terra Velha.

— *Isso.* — A voz do Sr. Lickerish soou através da boca do diabinho de leite, suave e sibilante. — Criança Número Onze. Você abriu.

O mordomo recuou em direção ao elevador, mas o Sr. Jelliby já o alcançara de novo, chutando-o e socando-o com toda força. Bartholomew foi em direção à Hettie. Sentiu o vento e o cheiro de gelo e podridão que vinha da antiga floresta. O portal não era muito largo. Sua mãe sempre lhe dissera que aquele de Bath tinha sido a maior coisa que o mundo já vira.

— Vá até ela, garoto — disse o diabinho de leite lá do teto.

— Vá pegá-la para levá-la para casa. — Sua voz tinha um tom ardiloso agora, como seda envolvendo uma faca afiada. — Não se preocupe. Os silfos não vão machucar você. Não um de seus iguais. — O diabinho desceu do gancho. — Vá — disse, persuasivo. — Vá buscá-la.

Bartholomew não precisava que lhe dissessem duas vezes. Saiu correndo, desviando do Sr. Jelliby e do mordomo-fada. Então se pôs diante de Hettie e começou a puxá-la para si.

Hettie saiu das asas negras do portal. Seus pés tocaram o chão de pedra. Bartholomew segurava a mão dela e já começava a correr para a janela. Atrás deles, o portal deu um tranco violento. Com velocidade assustadora, as asas começaram a guinchar, saindo dali e devorando tudo em seu caminho. Bartholomew as sentiu arranhando sua pele, penas ásperas e ossos. Mas o diabinho não tinha mentido; quaisquer que fossem as criaturas mágicas ocultas naquelas asas, elas não o haviam machucado.

— Bartholomew! — gritou o Sr. Jelliby, abaixando-se quando a faca do mordomo passou zunindo sobre sua cabeça. — Coloque-a de volta! Coloque-a de volta ou você vai matar todos nós!

Em pânico, Bartholomew empurrou Hettie, mas o estrago já tinha sido feito. O portal tinha quase atingido o telhado do depósito, um imenso tornado de asas engolindo tudo ao redor. O vento golpeou o rosto dele com força, juntamente à neve. A floresta parecia preencher todo o espaço, estendendo seus domínios e ocupando o espaço dos caixotes e do rio com sua escuridão. Houve passos pelo chão de pedra ali perto — provavelmente o Sr. Jelliby ou o mordomo —, mas Bartholomew não viu ninguém.

Hettie tentava alcançá-lo de novo, tentando agarrar a camisa dele com as mãos. Do outro lado, a floresta já não estava mais vazia. Algo emergira da cabana à distância. A luz ainda estava lá, mas piscava à medida que uma figura se lançava na frente dela, às vezes se escondendo atrás das árvores, às vezes correndo para a frente, aproximando-se. Atrás dessa, outras formas chegavam pela floresta, escuras e rápidas, olhos curiosos brilhando ao luar.

As fadas. Elas estão vindo.

— Você não quer sua irmã? — debochou o diabinho. — Ah, querida Hettie, está vendo? Seu irmão não gosta mais de você. Ele não quer salvá-la.

Bartholomew olhou para ela, desesperado. O que ele mais queria era salvá-la. Tinha viajado centenas de quilômetros, enfrentado a polícia de Bath, o Mercado Goblin e a fada-rato para encontrá-la. Mas Hettie o estava observando com seus olhos redondos e incertos.

— Sabe, se você empurrá-la de volta... Se empurrá-la para a Terra Velha e para aquela escura floresta de inverno, com aquelas fadas más se aproximando por todos os lados, o portal começará a encolher. Não seria incrível? Não seria *bárbaro*? Ele ficaria instável. Iria implodir. Não estou mentindo. Experimente. Abandone sua querida irmã por um mundo para o qual você não liga a mínima.

As palavras do diabinho acenderam alguma coisa na lembrança de Bartholomew. De repente, ele se viu de volta na clareira da bruxa, afastando-se da carroça pintada e da luz alegre que vinha da janela. *Não me importo com o mundo.* Foi o que ele dissera, resmungando enquanto caminhavam pela noite. Ninguém mais se importava. As fadas não se importavam. As pessoas não se importavam. Tinham outras coisas com as quais se preocupar, como moedas, pão e elas mesmas. Bartholomew podia deixar todos eles morrerem. Podia levar Hettie dali, e as asas varreriam aquela cidade cruel e detestável. Elas destruiriam tudo, derrubariam igrejas, casas e palácios do governo. O Sr. Jelliby viraria pó. E Bartholomew e Hettie iriam embora, de mãos dadas, pelas ruínas. Seria tão fácil.

Você não é diferente, dissera aquela voz maldosa, e estava dizendo de novo, mais alto e mais cruel que nunca. *Você não é diferente da fada-rato. Não é diferente do Sr. Lickerish e da bruxa e de todas as outras pessoas que você pensou odiar.*

Mas Bartholomew *era* diferente. Ele sabia que era. Era frágil, feio e não muito alto, e já não se importava mais. Não ligava se as fadas o detestavam ou se as pessoas o temiam. Ele era mais forte que elas. Mais forte que a fada-rato tinha sido, mais forte que o Sr. Lickerish jamais seria. Ele tinha ido a lugares e feito coisas, e não por si, mas por Hettie, por sua mãe e pelo Sr. Jelliby, que o levara consigo quando Bartholomew estava sozinho no beco. Eles o faziam sentir que pertencia a um lugar. Não às fadas e não às pessoas. Não precisava ser como elas.

Levou o rosto até a orelha de Hettie e começou a sussurrar, rápida e urgentemente, segurando os dedos dela com força.

— Não dê ouvidos a ele — disse Bartholomew, através do vento e das asas. — Ele só fala mentiras. Não fique com medo. Você vai ter de ficar lá por um tempo, mas assim que o portal ficar o menor possível, pule de volta para cá. Pule com toda sua força, está me ouvindo? Vai funcionar, Het. Eu sei que vai.

— Barthy? — A voz de Hettie estava trêmula. Então o vento uivou em volta deles, e ele já não conseguia ouvi-la. Mas sabia o que ela estava dizendo. *Barthy, não me faça entrar lá. Não deixe as fadas me pegarem.*

Bartholomew tentou sorrir para ela, mas seu rosto não se mexia. Até as lágrimas estavam congeladas, ardendo por trás dos olhos. Ele abraçou Hettie com força, como se nunca mais fosse soltá-la.

— Vai dar certo, Het. Vai dar certo.

Muito delicadamente, ele a empurrou pelo portal.

Os pés descalços dela afundaram na neve. O vento açoitava seus galhos, suas roupas. Por um instante, as asas pararam, como se planassem em céu aberto. Depois pareceram se virar, guinchando para dentro.

— *O quê?* — disparou o diabinho, agarrando sua corrente e olhando, sem acreditar. — O que você está fazendo, seu miserável. Puxe-a de volta! Puxe-a de volta ou você jamais a verá novamente!

Verei, sim. Mas Bartholomew sabia que não adiantava responder. Manteve os olhos fixos em Hettie, esperando para gritar, para lhe dizer que estava na hora, que ela podia pular.

O portal se encolhia rapidamente. Quanto menor ficava, mais rápido as asas batiam, até que, de repente, uma coluna de escuridão irrompeu para cima, chiando pelo cabo do elevador em direção ao dirigível. O diabinho soltou um gemido e foi consumido. Um estrondo profundo e ressonante veio de algum lugar no alto.

As asas preencheram o portal, apagando todo o restante. Bartholomew conseguia ver apenas partes das árvores lá atrás, pequenos vislumbres do rosto assustado de Hettie, a cabana, a floresta coberta de neve.

— Agora! — gritou Bartholomew. — Agora, Hettie, saia! *Pule!*

Ela não se mexeu. Havia alguém atrás dela. Uma figura alta, magra e sombria, que apoiava a mão em seu ombro.

Bartholomew se lançou para a frente. Enfiou o braço na fenda. Ele sentiu Hettie, sua camisola suja, seu cabelo de galhos. Tentou segurar a mão dela e puxá-la de volta para si, para Londres e para o depósito. Para casa.

— *Venha, Hettie, agora! Pule!*

Mas as asas estavam por toda parte, batendo nele, afastando-o. A mão de Hettie foi puxada para longe da dele. Bartholomew foi atirado para trás, voando pelo ar até bater em uma parede de caixotes. Deslizou até o chão, a cabeça girando. Sentiu algo quente pingar em sua sobrancelha. Sentiu gosto de sangue.

Hettie, pensou com os olhos turvos. *Hettie precisa pular.* Então, lenta e dolorosamente, forçou-se a ficar de pé, a se mover.

— Hettie — gritou. — Hettie, você tem de...

Tudo estava imóvel. O vento tinha parado, o barulho também. As asas estavam congeladas no ar; caixotes estilhaçados, ganchos e correntes, todos pendiam suspensos. O portal era um círculo perfeito no meio do depósito. E, emoldurada lá dentro, pequena e solitária entre as árvores arqueadas, estava Hettie.

Ela olhava para Bartholomew, os olhos negros cheios de pavor. Lágrimas rolavam deles, pingando nas maçãs do rosto salientes. Ela levantou a mão.

Então ouviu-se um som como uma corda de violino se arrebentando. O feitiço tinha sido quebrado. Tudo voltou a entrar em movimento. Escombros choviam por todos os lados — madeira dos caixotes, pedra das paredes, hélices e lona em chamas do dirigível. O portal desapareceu.

Bartholomew gritou desesperadamente. Correu para o lugar onde o portal estivera, procurando alguma coisa no ar, nas pedras.

— Pule! — gritou ele. — Pule, Hettie, pule, pule!

Mas era tarde demais.

Acima dele, um enorme desabamento se iniciou. Pedaços do telhado e vigas em chamas desabaram ao redor, prendendo-o. Em algum lugar em meio à fumaça, uma explosão. Ele caiu no chão, chorando e gritando, e a escuridão o envolveu.

Ele não soube dizer por quanto tempo ficou lá. Podia ter sido um ano ou um dia. Para ele, não faria a menor diferença se estivesse morto e se aquele fosse o fim do mundo. Sons ecoavam em sua direção, vindos de longe. Água gelada pingava em sua pele. O preto e prata dos uniformes dos bombeiros brilhavam embaçados pela névoa de sua visão. Então algumas pessoas se reuniam ao redor, falando ao mesmo tempo.

— Um Peculiar — diziam. — Moribundo. Devemos deixá-lo? Devemos deixá-lo aqui?

E, em algum lugar, Bartholomew ouviu o Sr. Jelliby gritar, irritado:

— Vocês vão levá-lo para a carruagem, isso sim! Vão levá-lo depressa para a Harley Street e vão salvar a vida dele nem que passem o restante de suas vidas tentando! Ele salvou vocês. Salvou todos nós.

Vão embora, pensou Bartholomew. *Deixem-me em paz.* Ele queria dormir. A escuridão estava lá de novo, chamando por ele. Mas, antes que ele a deixasse levá-lo, abriu as pálpebras e olhou para cima. Conseguia ver o céu através do telhado destruído. Estava amanhecendo. O sol começava a se erguer sobre a cidade, atravessando as nuvens pesadas.

— Vou encontrar você, Hettie — sussurrou ele, enquanto mãos fortes o colocavam sobre uma maca e o levavam dali. — Onde quer que você esteja, vou trazer você para casa.

Este livro foi composto na tipologia Minion Pro,
em corpo 11,5/15,3, e impresso em papel off-white
no Sistema Cameron da Divisão Gráfica
da Distribuidora Record.